王向遠教授

學術論文選集

●第三卷●
比較文學學術史研究

《王向遠教授學術論文選集》
編輯委員會

編輯委員

尹　玥　王昇遠　古添洪　李　群　汪帥東　周冰心

姜毅然　祝　然　寇淑婷　張漢良　許台英　郭雪妮

馮新華　盧茂君　龍鈺涵　戴維揚　蘇　筱

（以姓氏筆畫為序）

叢書策畫

李　鋒　張晏瑞

執行編輯

蔡雅如

編輯弁言

　　萬卷樓圖書股份有限公司與王向遠教授部分的學生，組成編輯委員會，於王向遠教授從事教職滿三十週年（1987-2016）之際，推出《王向遠教授學術論文選集》。

　　《王向遠教授學術論文選集》是王向遠教授的論文選集，選收一九九一至二〇一六年間作者在各家學術刊物公開發表的學術論文二百二十餘篇，以及學術序跋等雜文五十餘篇，共計兩百五十餘萬字，按內容編為十卷，與已經出版的《王向遠著作集》全十卷（寧夏人民出版社，2007年）互為姊妹篇。

　　各卷依次為：

　　第一卷《國學、東方學與東西方文學研究》

　　第二卷《比較文學學科理論研究》

　　第三卷《比較文學學術史研究》

　　第四卷《翻譯與翻譯文學研究》

　　第五卷《日本文學研究》

　　第六卷《中日現代文學關係研究》（上）

　　第七卷《中日現代文學關係研究》（下）

　　第八卷《日本侵華史與侵華文學研究》

　　第九卷《日本古典文論與美學研究》

　　第十卷《序跋與雜論》

　　以上各卷所收論文，發表的時間跨度較大，所載期刊不同，發表時的格式不一。此次編入時，為統一格式原刊有「摘要」（提要）、關鍵詞等均予以刪除；「注釋」及「參考文獻」一般有章節附註與註腳

兩種形式，現一律改為註腳（頁下註）。此外，對發現的錯別字、標點符號等加以改正，其他一般不加改動。

　　感謝王向遠教授對本書編輯出版的支持，也感謝本書編委會諸位成員為本書的編校工作及撰寫各卷〈後記〉所付出的辛勞。

萬卷樓圖書股份有限公司

二〇一六年六月

目次

比較文學學術系譜中的三個階段與三種形態[1]

一

　　比較文學系譜學的建立，首先有賴於對世界比較文學學科發展史進行縱向梳理。在歷史方法與邏輯演繹的雙向運動中，可以將比較文學的學術理論系譜大致劃分為三個歷史時期。第一期，古代的樸素的「文學比較」，是比較文學的歷史積澱期；第二期，近代的「比較文學批評」，比較文學以文學批評的形態存在，是比較文學的學術先聲期；第三期，現代的「比較文學研究」，比較文學實現了「學科化」。

　　在十九世紀末學科成立之前，比較文學經歷了一個漫長的歷史積澱期，也是比較文學學術系譜中的第一個階段。這一階段沒有形成比較文學的自覺意識與方法論，而僅僅是一種以自國為中心、在有限的國際區域視野中的樸素的「文學比較」，呈現出地域性（非世界性）、偶發性的、簡單的異同對比的特徵。這種樸素的「文學比較」在古代各文明民族國家，或多或少大都存在，但情況有所差別。在中國，長期以來，漢文學以外的文學很少能夠引起中國的文學家、文學批評家與研究者的注意，屬於中外文學比較的文字材料極為罕見。有的學者在談到中國比較文學「史前史」的時候，認為魏晉南北朝時期的南方與北方的文學的比較屬於比較文學。但實際上，中國古代的南北文學

---

[1]　本文原載《廣東社會科學》（廣州），2010年第4期。

比較雖跨越了狹義的「民族」（甚至「國家」）的界限，但卻是在走向融合的「中華文化」內部進行的，而且是在漢語言文學內部展開的，因此不是現代意義上的跨文化的比較文學。中國古代真正的跨文化的文學比較，是在印度佛教經典翻譯的過程中發生的。在佛經翻譯過程中，一些翻譯家在中印的比較中，看出了印度文學不同於中國文學的一些特點，並且提出了有關譯學理論的主張及中印文學不同特徵的一些看法。但那基本上是在宗教學、語言學的範疇內進行的，而且流於隻言片語。

　　相比而言，在古代東西方各國，最具有國際觀念與比較文學意識的，首推阿拉伯帝國時期的阿拉伯作家與評論家，其次是東亞的朝鮮與日本。西元八至十一世紀阿拉伯帝國廣泛接收和吸納周邊各民族的文化，熔鑄成新的阿拉伯—伊斯蘭文化。在各民族交往日益頻繁的大背景下，學者、文學家們自然產生了文學與文化的比較意識，他們喜歡對不同地區、不同民族的詩人及其作品加以較，並判別優劣高下。此外，中國的東鄰朝鮮和日本兩國始終感受到了中國文化、中國文學的強大存在，因此很早就產生了異文化觀念和國際文學眼光。朝鮮人相對於中國自稱「東人」或「東方」，而稱漢學為「西學」，對漢文化特別是唐朝文化的繁榮強盛，普遍具有敬畏感、自卑感，但也同時普遍產生了民族國家意識和民族文學的自覺追求。日本的情況與朝鮮一樣，其語言文字與書面文學是在漢語言文學的影響下發生發展的，而且，漢文化與漢文學東漸日本，很大一部分是以朝鮮為中介的。因此，日本人較早就具有了「國際」的觀念，在認同漢文化的先進性的同時，相對於「唐土」，有了「本朝」、「日本」、「神國」、「皇國」等民族與國家的觀念，並逐漸產生了民族文學的自覺，到了十八世紀的所謂「國學派」，甚至用比較的方法論證日本文學優越於中國文學，從而由文學的國際意識、民族意識發展到了文學上的民族主義。

　　第二個階段是近代的「比較文學批評」（或稱「比較文學評

論」)。這種形態發源於、並且多見於近現代歐洲國家，十九世紀後在歐洲的影響下，亞洲各國也進入到這個階段。在歐洲，文藝復興運動後各民族文學迅速成熟和發展，各國文學間的聯繫日益廣泛和深刻，各國文學的特性與歐洲的普遍性共存，使得批評家要為某作家作品或某種文學現象做出定性與定位，就要運用國際的眼光與比較的方法。尤其是到了十八世紀末至十九世紀初的浪漫主義時代，為了解放思想和釋放想像力，其文學視閾大為開闊，文學家們不僅熱衷民間民族文化，更追求異國情調乃至東方趣味。浪漫主義時代的文學批評也相應地表現出了對外部文學的濃厚興趣，不僅突破了此前西歐的乃至歐洲的視閾、而且初步具備了包括亞洲文學在內的東西方文化與文學的廣闊視野。

「比較文學批評」作為文學批評，雖然也有高低優劣的價值判斷，但它的不同於古代樸素的「文學比較」的根本特點，是批評家們淡化了本國文化中心論思想，較多地具有了多元文化意識與文化平等觀念，能夠正確理解和看待文學的民族性與多民族構成的區域性文學的關係，並在這個基礎上產生了「世界文學」的觀念。同時，在比較批評的實踐中，一些批評家不僅在具體實踐中運用比較批評的方法，而且提出了比較文學的方法論問題（雖然還是很簡單的），如德國的弗・施萊格爾提出的「宏觀把握」與「整體描述」的比較方法，法國的斯達爾夫人提出的「南方文學」、「北方文學」的區域劃分與區域比較法以及「集體性的、現實的比較」的方法，不僅具有實踐價值，也具有重要的理論價值。這些都為十九世紀後期比較文學學科理論的建構提供了經驗，成為比較文學研究及比較文學學科成立的先聲。

「比較文學批評」它本質上是一種頗具主觀性的、審美活動，具有很強的鑒賞性、自我感受性、審美領悟性與價值判斷功能。[2] 因

2　需要指出的，在中國學術界，存在著將「文學批評」（或「文學評論」）這一概念加以泛化的傾向，往往將「文學批評」與「文學研究」混為一談，導致許多人以「文

此，它與作為科學研究的「比較文學研究」還具有相當的距離，甚至在許多重要方面，兩者是矛盾對立的。例如，「比較文學批評」具有個別性、片段性，「比較文學研究」具有系統性、整體性；「比較文學批評」的對象主要是作家與作品，「比較文學研究」除作家作品外，更包括了一切跨文化的文學關係；「比較文學批評」依賴主觀感受，「比較文學研究」依賴客觀材料；「比較文學批評」較為隨意，其觀點對與錯難以驗證，「比較文學研究」則需要嚴謹，其觀點的正確與否能夠以史料實證方法加以驗證。凡此種種都表明，「比較文學批評」與「比較文學研究」屬於兩種不同的形態，「比較文學」要由「文學批評」形態發展為「文學研究」形態，要由「比較文學批評」發展為「比較文學學科」，首要的是要建立一套學科理論體系，特別是方法論體系，來規範和指導研究實踐。

二

　　比較文學學科的體系性的學術理論，不是從古已有之的「樸素的文學比較」中產生，也不是從近代的「比較文學批評」中產生，甚至不是從文學自身的研究中產生，而從十八至十九世紀的歷史哲學、文化人類學，比較神話故事學等相關學科中借鑒過來的。十八世紀後，歐洲的整個思想與學術界的成果，都從不同角度、不同側面，為比較文學學術理論的形成提供了支援。尤其是德國人的思辨哲學、歷史哲學、比較語言學、比較神話學，法國的實證哲學，英美人的文化人類學等，對比較文學學科理論的建設影響很大。可以說，在十九世紀末二十世紀初比較文學學科理論基本形成之前或形成的過程中，一些基

學批評」文章代學術研究論文，賞析性、批評性文章與研究性論文不分，就會使文學研究喪失了操作規範和評價標準，這是需要加以反省的。

本理論問題，已經由相關學科首先、或同時提出來，並部分地予以回答和解決了，這些問題包括：一，比較文學學科成立的理論前提，人類文化整體性與多樣性的確認，人類文化發展史及其不同的進化階段所具有的普遍有效性和普遍適用性；二，文學的外部決定因素的研究，亦即跨學科研究的基點：種族、環境、時代；三，比較文學研究的基本範型與基本單位：各民族文化類型及其「基本象徵」物，各種文明「單位」與文明類型，在此基礎上，可以比較、總結各民族文學的基本特徵及基本類型；四，比較研究方法：綜合的、系統的，而非個別的比較（即現在我們所否定的簡單化的 X 與 Y 式的雙項比較）；五，比較文學的研究各種研究類型，包括「原始共同語」、「神話殘片」、「語言殘片」的追根溯源式的「淵源學」的研究，探尋文學在各民族之間流變軌跡的「借用研究」、「傳播研究」，以若干民族的集合體為單位的「文學圈」亦即區域文學的研究，對各民族文學作品按情節、題材、主題或「功能」加以分類並加以比較的「類型學」、「主題學」、「題材學」研究，等等。相關學科的這些理論建構，在學術視野的全球性與宏觀性、研究對象的綜合性與整體性、研究方法的科學性與實證性、學科理論建構的體系性等方面，為比較文學學科理論的產生與學科的成立提供了理論支撐，奠定了學理基礎。在這種情況下，由近代形態的「比較文學批評」，到現代形態的「比較文學研究」的轉型，由片段的比較方法論，發展為體系的比較文學學科論及學科方法論，在十九世紀末到二十世紀初的幾十年間的歐洲國家，可謂水到渠成。

　　在近現代學術史及學科發展史上，一個學科的成立，還需要經歷「學院化」的過程。十七至十八世紀盛行的「比較文學批評」的主體是文學家和文學批評家，而十九世紀「比較文學研究」的主體則主要是學者和教授，主要基地在大學，帶上了「學院派」的特徵。「比較文學研究」由文壇走向學院，帶上了「學院派」的特徵。比較文學的

第一部學科理論著作——英國人波斯奈特教授的《比較文學》，顯示了將比較文學學院化的努力。波斯奈特雖然還沒有要將比較文學建設一個獨立學科的明確目的與意圖，但他把比較文學研究看成是文化史、文明史研究的一個組成部分，把「比較文學」推到了「文明史」研究的領域，從而將此前的作為「文學批評」的比較文學加以學術化、「史學」化了。法國學派的理論家梵·第根在《比較文學論》中認為，比較文學是一種歷史科學，屬於文學史的研究，其研究方法是以史料為依據的歷史學的、科學的考證，這樣就將「比較文學」與一般的「文學比較」劃清了界線；與這一性質相聯繫，「比較文學」不是審美的鑒賞與批評，而是一種科學研究，這就把「比較文學研究」與「比較文學批評」劃清了界線。梵·第根的這種界定在比較文學學術史上具有劃時代的意義，由此，「比較文學」具備了「科學」的性質，並有理由、有資格成為一門「學科」。對此，比較文學學術史應該給以高度的評價。後來一直有人認為梵·第根這個定義「有明顯的缺陷」，批評他僅僅從文學史的科學性角度來看待和要求比較文學，而輕視和排斥文學鑒賞和審美活動在文學發展中作用。這樣的看法雖然不無道理，但顯然是對第根的比較文學「學科化」的意圖缺乏理解。第根雖然沒有明說，但顯然已經意識到：倘若比較文學作為「文學批評」的形態而存在，它就不會成為一個學科，而比較文學要成為一個學科，就一定要「史學化」。在歐洲乃至世界的學術史上，任何學術的研究都是「史」的研究，連法學、社會學研究這樣的現實性極強的社會學科，都具有「史」的研究的性質，因此，「比較文學」要成為一種「科學」和一門「學科」，必須強調它的「史」的性質，即「文學史研究」的性質。況且，第根主張比較文學要「擺脫全部的美學含義」，並不意味著在具體的比較文學研究完全不要審美判斷，那既不可能，也無必要，而只是要將比較文學從「文學批評」中擺脫出來，因為文學批評的本質是審美價值判斷。比較文學一旦從文學批評

超越出來，其審美判斷必須服從於實證的、科學的、歷史的判斷。假如不把比較文學由文學批評轉換為國際文學交流史的研究，那就不需要運用文獻學、考據學、目錄學、統計學等一系列實證的研究；假如沒有實證研究，就難以使比較文學成為真正可靠的科學研究或成為一門學科。

　　一九五〇年代，比較文學學科發展出現了歷史性轉機，美國學者韋勒克對以文學交流史研究為對象、以實證方法為中心的法國學派提出了強烈批判，站在「文學性」即文學的語言、結構、形式等審美價值的角度，提出了一系列新的理論主張，這是對法國學派的超越，也是對法國學派的修正與補充。美國學派強調比較文學要擺脫實證主義與「唯事實主義」，不拘泥於史實的發掘和事實的呈現，要有助於人們將人類文學作為一個整體來看待和理解，要具備知識整合功能與理論概括功能。如果說法國學派的研究宗旨是客觀地描述史實和呈現史實，那麼美國學派的研究宗旨就是在比較中發現文學現象內在聯繫性的普遍規律，研究方法也隨之由文獻學的實證的、呈現與描述的方法，轉變為以理論提升為目的的平行比較方法。這是美國學派和法國學派的根本不同。由此，美國學派對法國學派實現了三重突破：一是從國際文學交流史研究，到沒有事實聯繫的「文學性」的平行比較研究；二是從文學範圍的研究，到文學與其他學科的跨學科研究；三是從「西方中心」到全球性的東西方比較文學乃至比較詩學，並且在此基礎上形成了以跨文化研究、跨學科研究為特徵的「美國學派」。美國學派的最大貢獻，是將比較文學從法國文學的「國際文學交流史研究」這一較為狹窄的領域中解放出來，將比較文學與文學批評、文學理論、乃至美學與文化理論聯通起來，從而使比較文學轉化為以宏觀視閾、理論概括、學科整合為主要特徵的「文藝學」。

　　美國學派的平行比較的精髓，是強調普遍的理論價值的追求，因此它本質上不同於十九世紀之前的比較文學批評，它將比較文學落實在

「文學理論」與「文藝學」的基礎上,「文藝學」是一門科學,它有自身的學科規律與規範,而「文學批評」本質上卻屬於一種主觀性的廣義上的文學創作活動。因此,當「比較文學」作為「比較文學批評」而存在的時候,它不能成為一門學科;當比較文學作為「文藝學」而存在的時候,它就是一門學科,而且其學科空間比法國學派的「國際文學交流史」更廣闊,因為文藝學研究不能脫離文學史的研究,否則它就是架空的。從這個角度看,美國學派不是對法國學派的徹底顛覆,而是對法國學派的繼承和擢升。當年法國學派排斥文學批評,拒絕審美判斷,為的是使比較文學超越主觀性很強的「文學批評」形態,而提升為以實證為主要特徵的「文學研究」的層面,並由此將比較文學建設為一門學科,而現在美國學派又將文學批評納入比較文學中,也不是簡單地復歸舊有的批評傳統,而是要將文學批評及審美判斷作為文學理論與文藝學建構的基礎。

　　稍後,蘇聯學者在十九世紀維謝洛夫斯基的「歷史詩學」的基礎上,加上歷史唯物主義史觀,提出了與西方的「比較文學」相抗衡的「歷史比較文藝學」(又簡稱「比較文藝學」)的概念。這一概念在意識形態立場與「歷史詩學」的強調方面與美國學派明顯不同,但是,在把比較文學由「文學史研究」轉換為「文藝學」研究上,與美國學派卻是一致的。蘇聯的「歷史比較文藝學」的限定詞是「歷史」。所謂「歷史比較文藝學」明顯是為了矯正美國比較文學在橫向的平行研究中常常出現的缺乏歷史感的問題。在這一點上,蘇聯學者與法國學派的「國際文學交流史研究」又有了契合。實際上,蘇聯的「歷史比較文藝學」是在美國學派及此前的法國學派的基礎上批判地繼承而來的,而其指導思想則是馬克思主義的歷史唯物主義。從這個意義上說,蘇聯的「歷史比較文藝學」有著自己的特色,也不妨說形成了比較文學的「蘇聯學派」。假如將「比較文藝學」的政治意識形態含義除外,就學科定義的準確性而言,「比較文藝學」比現在通行的「比

較文學」這一概念更能揭示這門學科的「文藝學」性質。因為「比較文學」可以包含「文學比較」、「比較文學批評」、「比較文學研究」等不同歷史時期的學術文化形態，而「比較文藝學」指稱的則是運用跨文化的比較所進行的「文藝學」研究，所強調的是比較文學的文藝學屬性，亦即現代比較文學的學術屬性。

三

　　從「比較」的角度看，在比較文學學科譜系中，各國學者都發揮了自己的文化優勢，為比較文學作出了特殊的貢獻。例如，德國學者貢獻給比較文學的主要是其思辨哲學的基礎、先驗的範疇與概念，強調的是精神史與比較文學的聯繫；英國學者貢獻給比較文學的主要是其人類文化視野與歷史緯度，強化的是文明史與比較文學的關聯；法國學者貢獻給比較文學的是實證科學的方法，注重的是比較文學的史學化、科學化與學科化；俄蘇學者貢獻給比較文學的主要是鮮明的意識形態立場與歷史唯物主義態度。中國學者對世界比較文學的貢獻是什麼呢？筆者認為，一九八〇年代至今的中國比較文學，繼日本之後將比較文學由一種西方的學術形態與話語方式，轉換為一種東方西方共有的話語方式與學術形態，真正將比較文學提升為一種包容性、世界性、貫通性的學術文化形態。

　　一九八〇年代世界比較文學的重心移至中國後，中國比較文學逐漸成為世界比較文學發展新階段的代表。三十年間中國比較文學理論與實踐的過程，是對歐美比較文學學科理論的繼承、闡釋與超越的過程。中國學者對比較文學研究方法做了一系列新探索與新表述，提出了包括闡發法、原典實證法、三重證據法等方法論，並將「影響研究」與「傳播研究」的剝離，將平行研究優化為「平行貫通」研究，將「跨學科」研究法修正為「超文學研究法」，從而解答了此前比較

文學學科理論中的一系列邏輯悖論與理論難題。中國比較文學在比較
文學的若干分支學科上做出了新開拓與新建構，包括：建立了從「譯
介學」到「翻譯文學」的本體理論、提出了「世界文學學」與「宏觀
比較文學」的分支學科範疇、提出了「形態學」與「變異學」的概
念。在豐富的理論探索與研究實踐中，中國比較文學以其開闊的胸襟
與宏大的視野，超越了比較文學長期難以突破的歐美性、西方性，超
越了法國學派、美國學派、蘇聯學派那樣的「學派」性質。世界比較
文學發展到當代中國，猶如大河匯流，百川歸海，逐步達成整合學
派、跨越文化、超越學科、和而不同的新階段，將東方文化與西方文
化融合，文化視閾與文學學科融合，歷史深度與現實關懷融合，形成
了自己鮮明的特色，在上述歐美比較文學的三種歷史形態的基礎上，
逐漸形成了第三種形態，那就是「跨文化詩學」。

　　「文化詩學」這一概念是美國的「新歷史主義」的代表人物格林
布拉特較早提出來的。進入一九九○年代中期後，中國有學者認為，
「文化詩學」的本質就是超越、打通、整合、融匯，這與比較文學研
究的宗旨非常吻合。具體說，就是跨越民族、國家、語言與文化，包
容以往不同的學術方法與學術流派，打通文化各領域、各要素與詩學
之間的壁壘，整合文學與各知識領域，從而提升為詩學理論形態。換
言之，「跨文化詩學」的基本宗旨就是超越以往的學派分歧（例如法
國學派與美國學派的分歧），將文學的文本屬性與歷史文化屬性結合
起來，而走向文化與詩學的融合。

　　「跨文化詩學」可以將「跨文化研究」或「跨文明研究」的提法
包容進來。任何國家的比較文學都是「跨文化」的，而跨越「東西方
異質文化」的也不僅僅是中國的比較文學，日本、朝鮮、印度等許多
東方國家的比較文學也跨越了「東西方異質文化」，西方的「東方
學」研究也是「跨越東西方異質文化」的。而且，「跨文化研究」或
「跨文明研究」的提法，是以「學派」的思路來看待中國比較文學

的。而「學派」的本質就是宗派、派別,學派往往旗幟鮮明,而又各執一端,中國比較文學顯然已經超越了這樣的「學派」範疇,因而不能將中國比較文學視為一個「學派」。相比之下,「跨文化詩學」這一概念雖然相當包容,但又具有明確的特指性,它不像「跨文化」那樣可以概括所有國家、所有階段的比較文學,而是最適合概括中國的比較文學。具體地說,英國波斯奈特提出的比較文學,和後來法國學派的比較文學,本質上是一種歷史學的、國際關係史的研究,「文學性」(詩學)的因素相對淡薄。梵·第根更是明確地將審美分析從比較文學中剔除出去,因而法國學派的比較文學本質上缺乏「詩學」研究的性質。後來美國學派雖則極力矯正法國的「非詩學」性,同時強調跨文化,但美國學派的研究在實踐中出現了兩種偏向:一種是受「新批評派」的影響,在理論上過分強調「文學性」,在實踐上過分注重對具體作品的語言形式與文本結構的分析與審美判斷,造成歷史維度與實證研究的缺失;另一種偏向就是主張「跨學科研究」,而使比較文學喪失了它應有的學科邊界,走向了泛文化的比較,「文學」或「詩學」容易被「文化」淹沒。可見,世界比較文學系譜中的法國學派與美國學派,在理論與實踐中都存在著「文化」與「詩學」兩者的背離和悖論。中國的比較文學與前蘇聯的比較文學有很多相通之處,但作為社會主義市場經濟國家的比較文學,與當年帶有強烈的政治意識形態性與冷戰色彩「蘇聯學派」,顯然有著本質上的不同。此外,在東方國家中,日本的比較文學在打破西方的比較文學話語壟斷方面,與中國完全一致,且比中國先行一步,但日本的比較文學總體上以法國學派的實證研究為圭臬,基本上是法國學派的延伸與發展,而中國比較文學對西方各學派則是全面吸收與整體超越。

　　以上分析可以表明,一九八〇年代後,中國比較文學繼日本之後,將比較文學由一種西方的學術形態與話語方式,轉換為一種東方西方共有的話語方式與學術形態,真正將文學的文本屬性與歷史文化

屬性結合起來，把比較文學提升為一種包容性、世界性、貫通性的學術文化形態，即「跨文化詩學」形態，中國比較文學也超越了「學派」性質。世界比較文學發展到當代中國，已經進入了一個新的歷史階段。

中國比較文學百年史整體觀[1]

　　比較文學的出現是人類社會文化及文學本身發展到一定階段的產物。它作為一門獨立學科的形成是以一八七七年世界第一本比較文學雜誌的出現（匈牙利）、一八八六年第一本比較文學專著的出版（英國）以及一八九七年第一個比較文學講座的正式建立（法國）為標誌的。經過法國學派倡導的各國文學相互傳播及相互影響的研究、第二次世界大戰後美國學派倡導的平行研究及跨學科研究，又經過二十世紀八〇年代後中國比較文學的崛起和繁榮，比較文學學科走過了百年歷程。

　　但是，中國比較文學崛起與繁榮並不是法國學派和美國學派的直接延伸，它雖然受到了世界比較文學的重大影響，卻有著自己發生、發展的獨特過程。在過去的一百年中，比較文學先是作為學術研究的一種觀念和方法，後是作為一門相對獨立的學科，在中國學術史上留下了自己較為深刻的、獨特的足跡。從根本上說，比較文學在二十世紀中國的發生、發展和繁榮，並不是基於一個新的研究對象的出現或新的研究領域的發掘——像甲骨文的發現促生了甲骨學的產生那樣——而是基於中國文學研究觀念變革和方法更新的內在需要。這一點決定了二十世紀中國比較文學的基本特點。學術史的研究表明，中國比較文學不是古已有之，也不是舶來之物，它是立足於本土文學發展的內在需要，在全球交往的語境下產生的嶄新的、有中國特色的人文現象。

1　本文原載《文藝研究》（北京），2005年第2期，與樂黛雲先生合作。

　　儘管我們可以將二十世紀中國比較文學的「史前史」上溯到先秦時代，但中國比較文學並非古已有之。為什麼在歷史悠久的中國傳統學術中未能孕育出以跨越異文化為根本特徵的比較文學呢？為什麼兩千多年中華各民族之間文學的交流、一千多年以佛經翻譯為紐帶的印度文學對漢文學的輸入、一千年間漢文學對東亞國家的傳播與影響，卻都沒有促使中國產生以中外文學交流為研究對象的「比較文學」學科，甚至沒有在文學研究中自覺地運用跨文化的比較方法呢？原因很複雜，答案也是多種多樣的。或許有人認為，中國人的文化與文學的自豪感，乃至「居天地之中」的「中國」意識不利於比較文學觀念的形成。然而十九世紀的法國人對法國文化與文學也有優越感，也有法國文學的中心意識，但比較文學學科卻恰恰成立於此時的法國，法國正是通過比較文學研究弘揚了他們的文學自豪感；或許又有人認為，中國傳統學術研究及文學研究的習慣方式是感悟式的評點，不擅長比較文學研究所要求的那種條分縷析的系統研究，然而比較文學既可以是系統的研究，也完全可能以中國式的感悟評點、點到為止的形式來進行，被許多人譽為比較文學研究楷模的錢鍾書的《管錐編》，不就是以感悟評點的傳統形式寫成的嗎？何況，中國傳統學術歷來主張「文史哲不分家」，這與當代比較文學的一些提倡者所主張的「跨學科」研究豈不是不謀而合的嗎？

　　中國傳統學術未能孕育出以跨越異文化為根本特徵的比較文學，其根本原因是社會、政治、經濟條件尚不成熟。當世界「地方的和民族的自給自足，閉關自守狀態」，還未被馬克思恩格斯所說的「各民族、各方面的互相往來和各方面的互相依賴所代替」的時候，世界任何地方都不可能產生現代意義上的比較文學。當然中國還有自己獨特的原因，例如傳統中國人缺乏那種依靠輸入外來文學來更新自身文學的自覺而迫切的要求。由於漢文學自成體系，作為東亞諸國文學的共同母體，具有強大的衍生力和影響力，因而漢文學史上的歷次革故鼎

新，都沒有主要依靠外力的推動，而基本上是依靠漢文學自身的矛盾運動來實現的。在中國幾千年的文學舞臺上，一直沒有一個外來文學體系堪與漢文學分庭抗禮。佛經翻譯雖然引進了印度文學，但那主要是在宗教範疇內進行的，而且又較快地被漢文學吸收消化，在不自覺地引進印度文學的過程中，並沒有在中國人的文學觀念中產生諸如「印度文學」或「外國文學」之類的觀念或概念。沒有對等的外來文學體系的參照，就談不上「本國文學」和「外國文學」的分野，因而也就無法形成「漢文學」、「中國文學」這樣的與外來文學對舉的概念。而「比較」、「比較文學」總是雙邊的甚至多邊的，這種沒有「他者」在場的漢文學的「單邊」性，只能是漢文學的「獨語」，或者是漢文學對周邊異文學的「發話」，而不是漢文學與異文學之間的「對話」。而「文學對話」的意識正是比較文學成立的根本前提之一。

　　這種情形，到了晚清時期開始發生根本的變化。這當然首先是社會、經濟、政治方面的變化。二十世紀伊始，清政府一方面是對改革派「橫流天下」的「邪說暴行」實行清剿，一方面也不得不提出「舊學為本，新學為用」的口號，並於一九〇一年下令廢除八股，一九〇五年廢除科舉並派五大臣出洋考察，一九〇六年又宣布預備立憲，改革官制等。在這樣的形勢下，有頭腦的中國人，無論贊同與否，都不可能不面對如何對待西方文化的問題，也不能不考慮如何延續並發揚光大中國悠久文化傳統的問題。在這樣的形勢下，西學東漸成為不可阻擋的時代潮流。在西學的衝擊下，傳統文人難以單靠漢語文學立身處世，出國留學、學習外語便成為新的選擇。連林紓那樣的傾向保守的人士，儘管無法掌握外語，卻與人合作譯出了三百多種外國小說，晚年更感歎自己一生最大的遺憾是不通外文。林紓的譯作在讀書人的面前展開了新異的文學世界，推動了中國人的文學觀念由傳統向現代的轉變。從此，在中國人的閱讀平臺上，出現了與漢文學迥然不同的西洋文學，這就為中西文學之「比」提供了語境。許慎《說文解字》

釋「比」字為「反從為比」。西洋文學與中國文學的「反從」（不同），就為中西文學之「比」提供了可能。於是清末民初的不少學者，如林紓、黃遵憲、梁啟超、蔣智由、蘇曼殊、胡懷琛、孫寶瑄、俠人、黃人、徐念慈、王鍾麒、周桂笙、孫毓修等，都對中外（外國主要是西方，也包含日本）文學發表了比較之論。當然，這些「比較」大都是為了對中西文學做出簡單的價值判斷，多半是淺層的、表面的比較，但它卻是二十世紀中國比較文學的最初形式。

　　這一點與歐洲比較文學有明顯的不同。法國及歐洲的比較文學強調用實證的方法描述歐洲各國文學之間的事實聯繫，而中國的比較文學一開始就具有強烈的中外（主要是中西）文學的對比意識或比照意識；歐洲比較文學主要強調的是歐洲各國文學的聯繫性、相通性，而中國比較文學則具有強烈的差異意識。從這一點上看，歐洲比較文學重心在「認同」而不在「比較」，中國比較文學重心在「比較」而非「認同」。但中國比較文學發生伊始的這種「反從為比」的單一性，由王國維稍後的登場而有所改變。王國維獨闢蹊徑，從另一個側面進入了比較文學。他以外來思想方法燭照中國文學，用西洋的術語概念解讀和闡釋《紅樓夢》等中國作品，努力使外來思想觀念與中國固有的文學相契合，雖然沒有太多直接的比較，卻具有跨文化的世界文學眼光，體現了一種「他山之石、可以攻玉」的內在的比較觀念，因而更能夠深刻切入比較文學的本體。然而，無論是王國維的中西契合還是晚清時期其他人的中西比照，他們當時似乎都沒有注意到西方的比較文學學科研究本身，甚至也許對「比較文學」這一學科術語都不清楚。因此，從起源上看，中國人的比較文學意識並非直接從西方接受過來的，中國比較文學也並非來自於西方或起源於西方，而是在中外文化交流的大語境中，基於中外文學對話與文學革新的內在需求而發生的，是「內發」與「外發」相互作用的結果。

　　中西比較文學發生學上的這種不同，意味著中國比較文學與西方

比較文學之間所具有的更深刻的差異，也體現了中國比較文學的又一
根本特徵。這一深刻差異在於：歐洲比較文學是在歐洲文學、乃至西
方文學這一特定的區域文學內部進行的，它在很長的一段歷史時期內
都是一種區域性的比較文學；而中國比較文學一開始就是在世界文學
的大背景上發生的，而且一開始就跨越了東西方文學，具有更廣闊的
世界文學視野。誠然，歐洲人靠著新大陸的發現、奴隸貿易、資本的
輸出和殖民地的建立，在政治、軍事、經濟上比中國人更早具備了世
界視野，但從文學上看，當比較文學在十九世紀後期的法國作為一門
學科產生的時候，其基本宗旨是清理和研究歐洲各國文學之間的聯
繫。甚至到了二十世紀三〇年代後，梵・第根在其《比較文學論》中
將法國的比較文學實踐加以理論概括和總結的時候，視野仍然囿於歐
洲文學之內，這種情況的出現有著多方面的原因。法國學派將比較文
學學科界定為文學關係史的研究，而這種研究只有在歐洲各國文學之
間才能進行；超出歐洲之外，則當時文學交流與傳播的事實的鏈條尚
未形成，至多正在形成之中，還不能成為實證研究的對象。而且，以
當時法國人及歐洲各國比較學者的語言裝備來看，通曉歐洲之外的語
言、並具備文學研究能力的學者，可以說是鳳毛麟角。因而將研究視
野擴展到歐洲文學之外，對他們來說即使有心，也是無力，非不為
也，是不能也。況且他們所關注的主要是如何使其他文化變得跟他們
自己的文化一樣，如羅力耶在《比較文學史》一書中所追求的，那就
使歐洲的比較文學更難成為以多元文化為基礎的比較文學了。這種情
形到在五〇年代崛起的美國學派那裡，雖然由於非歐美血統的學者的
加入，而使美國學派具有了更多的世界性因素，但由於美國文學歷史
尚淺，與外國文學的淵源關係的清理和研究並非美國學派的急務和專
擅，美國學派對各國文學交流史的研究在理論上不提倡，不重視，在
研究實踐上成果也不多。如果說法國學派強調的是一種歷史的、地理
的視野，美國學派注重的卻是一種學術思維的多維空間。美國學派的
貢獻在這裡，侷限也在這裡。

　　將中國比較文學與西方比較文學加以比較還可以發現，比較文學當初在法國及歐洲是作為文學史研究的一個分支而產生的，它一開始就是一種純學術現象，一種「學院現象」。而二十世紀初比較文學在中國就不是作為一種單純的學術現象而發生的。中國比較文學從根本上說是一種文化現象、人文現象，它與中國文學由傳統向現代的轉型密切相關，它首先是一種觀念、一種眼光、一種視野，它的產生標誌著中國文學封閉狀態的終結，意味著中國文學開始自覺地融入世界文學中，標誌著中國文學開始嘗試與外國文學進行平等的對話。看不到這一點，就看不到比較文學在中國興起的重大意義與價值。

　　中國比較文學在二十世紀初發軔，二〇年代後作為一種學科開始孕育，其間經歷了漫長、曲折的進程。儘管時代和政治的原因，中國大陸地區的比較文學在六〇至七〇年代的所謂「文化大革命」時期處於一種潛沉狀態，但臺灣香港地區的比較文學卻在美國學派的影響下率先繁榮起來。一九七九年後改革開放後的大陸學界，壓抑了多年的學術熱情和創造力，像井噴一樣迸發出來。比較文學作為一種最具開放性、先鋒性的學科之一，得到了迅速的復興和迅猛的發展。從世界比較文學學術發展史上看，中國比較文學在此時的崛起具有重大意義。如果說，歐洲比較文學代表了世界比較文學發展和繁榮的第一階段，美國比較文學代表了世界比較文學的第二階段，那麼，二十世紀八〇年代後，世界比較文學的重心則是明顯地移到了中國。可以說，中國比較文學是繼法國、美國比較文學之後，在中國本地破土而出的、全球第三階段的比較文學的代表。

　　我們說中國比較文學是全球第三階段的比較文學的代表，絕對無意貶低其他國家的比較文學及其成就。我們也知道，二十世紀八〇年代後，歐美國家雖然有一些學者對比較文學學科本身提出了質疑，但畢竟更有大批學者長期從事比較文學研究，而且推出了一系列有價值的成果，比較文學在歐美學術界仍然是一門不可忽視的學科領域；我

們也知道，在亞洲，我們的東鄰日本早在一八九〇年就有坪內逍遙博
士講授「比照文學」，而且今天我們中國人使用的「比較文學」這四
個漢字本身就是日本人創制的，日本的比較文學在二十世紀一百多年
的時間裡也一直在發展和推進著。但是，同其他國家的比較文學相比
而言，作為世界比較文學的第三階段的中國比較文學，其規模、聲
勢、社會文化與學術效應都大大地超過了十九世紀至二十世紀上半期
的法國及歐洲的比較文學，也大大地超過了二十世紀五〇至七〇年代
的美國比較文學。在外國比較文學的影響之下，在本土文學與文化的
深厚的沃土之上，在時代的呼喚之中，中國比較文學由自為到自覺、
從分散到凝聚、從觀念到實體，從依託其他學科到成為相對獨立的學
科，再從弱小學科發展到較為強大的學科，走過了值得驕傲的百年
歷程。

　　先從研究成果的規模效應上看，據《中國比較文學論文索引
（1980-2000年）》（江西教育出版社，2002年）一書的統計，八〇至
九〇年代的二十年間，光中國大陸地區的學術刊物上就刊登出了一萬
兩千多篇嚴格意義上的比較文學論文或文章，還出版了三百六十多部
嚴格意義上的比較文學專著。儘管我們現在還無法對世界上比較文學
較為發達的國家，如法國、美國、英國、日本等國的比較文學成果做
一統計，並與中國做一比較，但即使這樣，我們也可以肯定地說：僅
從學術成果的數量上看，中國比較文學在這二十年間的成果在數量
上，已經在世界上處於領先地位了，而且其中相當一部分論文和絕大
多數研究專著，都具有較高的學術水平。再從研究隊伍上說，到九〇
年代末，中國比較文學學會的在冊會員已近九百名，加上沒有入會的
從事比較文學教學與研究的人員，估計應在千人以上。這樣一個規
模，更是任何一個國家所不能比擬的。更重要的是，通過各方面的支
持和努力，中國比較文學在組織上建立了被納入現行教育體制的專門
的研究機構，成為高等教育中的一個重要學科部門，形成了從本科生

到博士生到博士後流動站的系統連貫的人才培養體系，還有了《中國
比較文學》等幾種專門的核心刊物。由此，中國比較文學的存在已經
成為一個不可忽視的存在，成為一種「顯學」，在中國學術文化體系
中確立了自己獨特的位置。

　　從全球文化的高度上看，中國比較文學的興起和繁榮，是與全球
文化的基本走勢相契合的。在全球資訊時代，人類所面臨的問題仍然
是歷史上多次遭遇的共同問題：如生死愛欲問題，即個人身心內外的
和諧生存問題；權力關係與身分認同問題，即人與人之間的和諧共處
問題；人和外在環境的關係問題，即人與自然之間的和諧共存問題。
追求這些方面的「和諧」是古今中外人類文化的共同目標，也是不同
文化體系中的文學所共同追求的目的。深入了解不同文化中的文學對
這些共同困惑的探索，堅持進行文學的交流互動，就有可能把人們從
目前單向度的、貧乏而偏頗的全球主義意識形態中解救出來，形成以
多元文化為基礎的另一種全球化。由於中國作為發展中國家，它不可
能成為帝國文化霸權的實行者，而是將堅定地全力促進多元文化的發
展；作為世界比較文學第三階段的中國比較文學的基本價值取向，就
是致力於不同文化體系亦即異質文化之間，文學的「互識」、「互補」
和「互動」。

　　從中國社會文化自身的發展邏輯上看，中國比較文學發生和發展
的軌跡，是與中國學術的近代轉型和現代化相始終的。中國比較文學
之所以獲得如此的發展和繁榮，根本原因在於比較文學的學術精神契
合了二十世紀中國的社會歷史的發展進程，特別是契合了八〇年代以
後中國改革開放的需要、中國文學界和學術界思想解放的需要。當歐
美比較文學在其學術文化的主流中已遠不如過去興盛發達時，當歐美
學者由於語言和學術訓練的限制還很難深入進行跨東西文化的文學研
究時（這正是歐美比較文學最近發展不夠迅速的原因），中國比較文
學卻取得了高度的繁榮。可以說，現階段中國人、中國學者對歐美的

了解遠勝於歐美對中國的了解，中國學者的外國語言文化和學術修養，使得他們在跨文化、特別是跨東西文化的文學溝通與文學研究中具有更強的學術優勢。這一切，都自然地、歷史地決定了世界比較文學學術文化的重心已經逐漸轉到中國。換言之，世界比較文學發展的第三個階段，或稱第三個歷史時期，已經在中國展開。中國比較文學所代表的是世界比較文學發展中的一個歷史階段，賦予它生命的是一個時代，它不只是一般意義上的，如「法國學派」或「美國學派」那樣的「學派」。

作為世界比較文學第三階段的代表，中國比較文學立足於本土文化，努力吸收和消化外來文化的營養，體現了博大的文化襟懷。中國比較文學的根本特徵就是由這種開放的文化襟懷所決定的。首先是中國比較文學對東西方比較文學的兼收並蓄。中國的比較學者們對比較文學的中國傳統淵源做了深入的發掘和闡釋，並把中國古人提出的「和而不同」的價值觀作為比較文學的精髓。同時，對西方的歐美、東方的日本的比較文學的理論與實踐的成果也多有借鑒和吸收。從二十世紀三〇年代戴望舒翻譯梵‧第根的《比較文學論》起，到二十世紀末，中國翻譯、編譯出版的外國的比較文學著作、論文集已達數十種，對外國比較文學的評價文章數百篇，絕大多數的比較文學教材都有評介外國比較文學學科史的專門章節。或許在世界上任何一個國家，都沒有像中國學者這樣對介紹與借鑒外國的比較文學如此重視，這正是中國比較文學繁榮昌盛的一個表徵。

從中國比較文學研究本身來看，中國比較文學的特點也甚為顯著。最引人注目的是研究領域的全面性。涉及英語、日語、法語、俄語、德語、梵語、朝鮮語、阿拉伯語等語言文學的研究較多，不必多說。即使是涉及眾多「小語種」的比較文學領域，也或多或少有人從事著必要的研究。可以說，就比較文學研究領域的全方位性而言，中國比較文學在世界各國中即使不是最充分的，也是較充分的，可以

說，中國比較文學已具備了廣泛的「世界文學」的視野和眼光。在這種情況下，比較文學作為中國學術文化的一個重要組成部分，在二十世紀的中國學術發展演變的進程中，特別是在中國的文學研究中，有著特殊重要的無可替代的重要作用——接洽中外學術，促進文學交流、開拓國際視野，構建世界意識、打通學科藩籬，強化整體思維，在世界文學的大格局中為中國文學定性和定位。從這個意義上說，在二十世紀的中國學術中，比較文學具有其國際性、世界性和前沿性。它接受了法國學派的傳播與影響的實證研究，也受到了美國學派平行研究和跨學科研究的影響，同時突破了法國學派與美國學派的歐洲中心、西方中心的狹隘性，使比較文學真正成為一門溝通東西方文學和文化的學問，並與此同時，從各種不同角度，在各個不同領域將比較文學研究推向深入。

　　作為世界比較文學第三階段之代表的中國比較文學，對歷史上作為第一階段的法國學派有充分的借鑒，也有必要的超越。法國學派所開創的以文獻實證為特色的傳播研究，曾在五〇年代遭到了美國學派的批判和否定。但在中外文學關係研究中，實證研究不是一個簡單的方法選擇問題，而是研究中的一種必然需要。例如，歷史上一千多年間持續不斷的印度佛經及佛經文學的翻譯，為中國比較文學學術研究留下了豐富的學術資源。在宗教信仰的束縛下，在宗教與文學雜糅中，古人只能創造、而難以解釋這段漫長而複雜的歷史。到了二十世紀二〇年代後，胡適、梁啟超、許地山、陳寅恪、季羨林等將比較文學的實證研究方法引入中印文學關係史，在開闢了中外文學關係史研究的同時，顯示了中國比較文學實證研究得天獨厚的優勢，也為中國的中外文學關係研究貢獻了第一批學術成果。此外，中國文學在東亞和東南亞的朝鮮、日本、越南諸國的長期的傳播和影響，也給中外文學關係、東亞和東南亞文學關係的實證研究展現了廣闊的空間。因而，在二十世紀中國比較文學中，實證的文學傳播史、文學關係史的

研究不但沒有被放棄，反而是收穫最為豐碩的領域。中國學者將中國學術的言必有據、追根溯源的考據傳統，與比較文學的跨文化視野與方法結合起來，大大煥發了這一研究的生命力，在這個領域中出現的學術成果，以其學風的嚴謹、立論的科學而具有難以磨滅的學術價值和長久的學術生命。

　　作為世界比較文學第三階段之代表的中國比較文學，也從美國學派那裡接受了豐厚的饋贈。美國文學作為世界比較文學史上第二個階段，突破了法國學派的將比較文學定位為文學關係史的學科藩籬，提倡無事實聯繫的平行研究和文學與其他學科之間的跨學科研究。中國比較文學界對美國學派也有熱情的呼應。實際上，中國比較文學在這方面也有自己獨到的收穫。一九〇四年王國維的〈紅樓夢評論〉、一九二〇年周作人的〈文學上的俄國與中國〉、二〇年代茅盾的中國神話和北歐神話研究、鍾敬文的〈中國印歐民間故事之類型〉，以及一九三五年堯子的〈讀《西廂記》與 Romeo and Juliet（《羅蜜歐與茱麗葉》）〉等文章，已為中國比較文學開創了平行研究的先河。後來，錢鍾書的〈中國詩與中國畫〉、〈讀《拉奧孔》〉、〈通感〉、〈詩可以怨〉以及楊周翰的〈預言式的夢在《埃涅阿斯紀》與《紅樓夢》中的作用〉、〈中西悼亡詩〉等都是跨文化研究與跨學科研究的典範之作。七〇年代，錢鍾書的《管錐篇》更是別開生面的平行貫通的楷模。進入二十世紀八〇年代以後，特別是在中國比較文學的復興初期，美國學派所提倡的平行研究一時遍地開花，公開發表的相關文章每年數以百計。在平行研究中，人們有意識地在中外文學現象的平行比較中，尋求對中國文學及中國文化的新的理解和新的認識，並在平行比較中嘗試為中國文學做進一步科學的定性和定位。但對於平行研究中的可比性問題，陳寅恪等一代學者早就提出了質疑，隨著八〇年代後平行研究的熱潮洶湧，有識者很快及時指出它的弊端和問題。季羨林等學者嚴厲批評了那些「X 比 Y」式的牽強附會地比附，遂使得九〇年代後

期的中國比較文學有了更健康的發展。此後，中國比較文學在平行研究的理論和實踐方面都做了自己的探索。七〇年代錢鍾書的多項式平行貫通的研究實踐，成為中國式平行研究之楷模；而九〇年代後發表的有關比較文學學科理論與方法的著作和論文，在對中國比較文學的研究實踐進行總結的基礎上，使平行研究的方法論更趨於科學化和成熟化。

　　對美國學派提出的「跨學科研究」，中國比較文學界也給予了一定的回應，大多數的學科理論著作和教科書都在努力提倡和闡述「跨學科研究」。但最近二十年來，跨學科研究的成果卻很有限，與理論上的大力提倡並不相稱。這可能是由於對「比較文學的跨學科研究」這一命題的認識並不統一。其實，早在三〇年代已有不少學者在這方面作出了卓越的貢獻。如宗白華關於詩畫同源的研究，朱維之和許地山關於文學與宗教關係的研究等；另外，首屆中國比較文學學會會長楊周翰教授一九八九年也在為《超學科比較文學研究》一書所寫的序言中說得很清楚，他說：「我們需要具備一種『跨學科』（interdisciplinary）的研究視野：不僅要跨越國別和語言的界限，而且還要超越學科的界限，在一個更為廣闊的文化背景下來考察文學。」其實，只要我們清醒地把握「比較文學的跨學科研究」指的只是「跨學科的文學研究」，而不是別的研究，換言之，只要我們把跨學科研究理解為文學研究的一種角度與方法，則許多誤解都可以煙消雲散。舉例來說，對比較文學而言，「詩畫同源」的研究，重點在「詩」；「文學與宗教」的研究，重點在文學；關於《春江花月夜》的詞曲歌舞的多媒體研究，重點在詞。事實很清楚，如果沒有這樣的跨學科研究，人們對文學的了解就會缺少很多有意義的角度，而這些角度只有比較文學的跨學科研究才能提供。

　　綜上所述，中國比較文學充分吸取了歷史上前人研究的成果，但它並非只是被動地接納外來的學科理念，而是在自己的研究中試圖做

出自己的判斷；我們有理由說，中國比較文學作為世界比較文學的第
三個發展階段，不是外來學派的一個分支，它發出了自己獨特的聲
音，表現了自己深入的思考，顯示了自己固有的特徵。

　　比較文學在中國的興起，使得中國文學研究乃至中國學術文化發
生了一系列變化。這主要表現在研究視野的擴大和研究方法的更新這
兩個方面。

　　先說研究視野的擴大，包括研究對象、研究領域的拓展。比較文
學觀念與方法的引入，使中國傳統學術視野中一直被忽視的許多領域
得以呈現，得以納入學術文化的體制之中。例如，關於中國神話及民
間故事的研究，中國傳統學術是不大重視的。二〇年代以後，這一研
究卻成為現代學術的一個顯著的亮點。比較文學的跨文化視野使中國
神話和民間文學顯示了獨特的價值。茅盾、趙景深、周作人、鍾敬文
等人在神話與民間文學的研究中普遍採用了跨文化的歷史地理學派的
傳播研究方法、平行研究的主題學方法，從比較文學角度看就是在神
話與民間文學研究中運用比較文學的方法。此一方法的使用不僅將學
術研究的觸角深入到了中國文化和中國文學的根部，而且將民族的和
民間的東西賦予了世界性價值；九〇年代以後，又有新一代學者在神
話與民間文學比較研究的基礎上，使人類學研究與文學研究相交叉，
嘗試建立了「文學人類學」，成為中國比較文學跨學科研究催生出的
頗具活力的新領域之一。再如翻譯文學的研究，二十世紀二〇年代梁
啟超在《翻譯文學與佛典》中率先嘗試從跨文化的立場將翻譯文學作
為一個獨立的研究對象。八〇年代後，人們發現翻譯文學研究作為跨
文化的文學研究，是比較文學學科中的天然的研究對象。正是比較文
學在學科理念上對翻譯文學研究的支持和鋪墊，使得翻譯文學研究成
了中國比較文學研究中的一個新興的繁榮部門，翻譯文學史的研究和
翻譯文學基本理論的研究這兩大研究領域越來越受到重視。又如，在
法國比較文學的「形象學」理論與實踐的啟發之下，二十世紀九〇年

代後有不少研究者對中國文學中的外國形象、外國文學中的中國形象問題展開了富有成效的研究，更有人從「形象學」概念中進一步引申出「涉外文學」的概念，並把它視為比較文學特有的研究對象。「形象學」乃至「涉外文學」的研究，為九○年代後中國比較文學研究的開闢了一片廣闊天地。

　　比較文學觀念和方法的引入，還使得文學研究的方式與途徑得以更新。眾所周知，中國傳統學術在義理、考據、辭章三方面，都形成了一整套成熟的理路與方法，但也有一定的封閉性。二十世紀初，從王國維開始，援用異文化中的觀念和方法，對中國文學加以重新解讀和研究，遂得出了令人耳目一新的觀點與結論。由此開中國比較文學的「闡發研究」之先河。試圖以 A 文化的文學理論闡釋 B 文化的文學作品，或以 B 文化的文學理論闡釋 A 文化的文學作品，這樣的「闡發研究」在中國的文學研究中占有很重要的地位，以至有些臺灣學者提出闡發研究就是「中國學派」的特色。儘管這種方法有著以中國的材料為外來學術思想做注腳的弊病，但它的發生和發展乃至普泛化，都與中國比較文學研究史有著深刻的淵源和關聯。從比較文學學術方法對其他學科的滲透與影響來說，像「闡發研究」這樣的發端於比較文學的學術方法的普泛化，正表明了比較文學對其他相關學科所產生的影響。這種影響和滲透到了八○年代後仍然存在並有明顯表現。再如，八○年代後陸續出版的諸如《中國古代文學接受史》、《中國現代文學接受史》之類的研究成果，雖然都是在中國文學內部談接受問題，並不屬於比較文學，但其基本的方法思路顯然與比較文學所主張的國際文學的傳播與接受、影響與接受等有著密切關係。

　　現在，人類正在經歷一個前所未有、也很難預測其前景的新的時期。在所謂全球「一體化」的陰影下，促進文化的多元發展，加強人與人之間的理解與寬容，開通和拓寬各種溝通的途徑，也許是拯救人類文明的唯一希望。我們有理由相信，奠基於中國文化傳統的中國比

較文學作為世界比較文學第三階段的中國比較文學，必將在消滅帝國文化霸權，改善後現代社會結構所造成的離散、孤立、絕緣狀態等方面起到獨特的重要作用。中國比較文學的基本宗旨就是促進不同民族文化之間的交流和對話，高舉人文精神的旗幟，為實現跨文化溝通，維護多元文化，建設一個多極均衡的世界而共同努力。它既反對「文化霸權主義」，又反對「文化原教旨主義」，而是努力和世界各國文學、各民族文化相互融入，更自覺地接納著外來文學的薰染，消化著外來文學的贈予，並對中國文學走向世界和世界文學走向中國不懈地予以促進。正因為中國比較文學肩負著這樣的文化使命，展望未來，我們對中國比較文學乃至世界比較文學的前景抱有美好的期待。我們確信，中國比較文學必將繼續發展，並將進一步對維護多元文化生態，反對文化霸權主義作出重要貢獻。我們在這一宗旨之下對二十世紀一百年的比較文學學術史的書寫，就是要通過傳統學術遺產的梳理、盤點和評說，進一步激活學術傳統，使新世紀的比較文學從過去一百年的傳統中獲取足夠的營養和啟示，獲得健康的發展。

「跨文化詩學」是中國比較文學的形態特徵[1]

　　近三十年來世界比較文學的重心已經移至中國。中國學者在研究方法上做了一系列新探索與新表述，提出了闡發法、原典實證法、三重證據法等一系列行之有效的方法，將影響研究與傳播研究剝離，將平行研究優化為「平行貫通」研究，並在「譯介學」與「翻譯文學」、「世界文學學」與「宏觀比較文學」、「形態學」與「變異學」等若干分支學科中做了新的建構與開拓。中國比較文學以其開闊的胸襟與宏大的視野，超越了法國學派、美國學派那樣的「學派」侷限，以東西方文化融合，文化視閾與文學研究融合，歷史深度與現實關懷融合，形成了「跨文化詩學」這一新的學術形態與特色，也使世界比較文學進入了第三個發展階段。

　　如果將比較文學學術思潮形容為一個氣象學上的風潮，那麼可以說它發源於西歐，在法國加強為熱帶風暴，擴散到整個歐洲，越過大西洋，一九五○年代後在美國形成颱風，然後越過太平洋，進入亞洲的日本，六○年代進入中國的臺灣與香港地區，八○年代登上中國的大陸，九○年代後在中國大陸再次盤旋不去，歷時三十多年，直至如今。經過了三十年的努力，到二十世紀末，中國的比較文學取得了舉世矚目的成果，當代中國比較文學在規模、聲勢、社會文化與學術效應，都大大地超過了十九世紀至二十世紀上半期的法國的比較文學，

1　本文原載《北京師範大學學報》（北京），2009年第3期。

二十世紀五〇至七〇年代的美國比較文學，也大大超過了同時期世界各國的比較文學。綜觀世界，進入一九八〇年代特別是一九九〇年代後，歐美、日本等國家的比較文學普遍進入平淡狀態。在歐洲，比較文學已有一百多年的歷史，研究資源減少，而以平行對比為主要內容的美國學派比較文學也逐漸純理論化，而與文學理論、美學、文藝學合流。在這種情況下，歐美各國的比較文學雖然作為學科仍然存在，但理論創新點明顯缺乏，學術論爭的交鋒點有所鈍化，學術研究的廣度與深度的開拓受限，有價值的研究成果出版的頻率降低。在這種情況下，甚至比較文學消亡論和危機論再度成為話題，當然，西方比較文學沒有死亡，也不會死亡，因為只要有文學的國際交流，只要文學研究需要世界文學的視野，比較文學在哪裡都不會死亡，然而中國比較文學異軍突起，使西方比較文學顯得有些黯然，則是不爭的事實。很明顯，世界比較文學學術的重心已經移到了中國。

一　關於研究方法的新探索

比較文學作為一門有較長學術傳統的學科，其研究方法也經歷了逐漸形成、確立、重構與革新的歷史過程，經歷了法國學派的實證研究的文學史方法，到美國學派的文藝學方法兩個基本的發展階段。這兩種基本方法作為比較文學的共通的方法，而被中國學者所運用。另一方面，中國學者在自己的獨到的豐富在研究實踐中，也逐漸克服著對外來學術的迷信、崇拜、拘泥的心態，許多中國學者敢於對外來的概念、範疇、命題、體系等提出質疑，對所引進的外來理論方法加以運用、驗證，調試，補充、修改，對中國的比較文學研究實踐加以總結，提出了新的研究方法的概念，從而為比較文學學術方法的進一步優化與完善作出了自己貢獻。

第一，是「闡發研究法」的提出。早在一九五〇年代後，臺灣香

港及一些華人學者就使用西方文學、美學理論的一些概念與範疇，來
研究和闡釋中國文學，久而久之形成一種學術方法。一九七〇年代中
期，臺灣地區的朱立民、古添洪、陳鵬翔先生等，對此加以總結，相
繼提出了「闡發法」。實際上「闡發法」或稱「闡發研究」不只是文
學研究的方法，而是近代以來中國所有學術研究的共同方法，但它由
比較文學學者首先總結提煉出來，表明比較文學研究對方法論特有的
敏感。「闡發法」提出後，大陸學者對此有積極的評論，補充與矯
正，並提出了「雙向闡發」的概念。例如陳惇、劉象愚先生著《比較
文學概論》提出：「闡發研究絕不是單向的，而應該是雙向的，即相
互的」，「絕不僅僅用西方理論來闡發中國的文學，或者僅僅用中國的
模式去解釋西方的文學，而應該是兩種或多種民族文學的相互闡發、
相互發明」。[2] 儘管「雙向闡發」很不容易做到，用中國文學去闡發西
方文學的例子在研究實踐中還很罕見，但從純粹理論方法的角度看，
「雙向闡發」的是辯證的、科學的，是對「闡發法」的修正與完善，
符合比較文學的根本宗旨。這一方法剛提出時，帶有鮮明的中國特
色，但經理論上的完善，完全可以適用於東西方比較文學的實踐。例
如在日本、韓國的近現代的學術研究及比較文學研究，實際上也大量
使用「闡發研究」，因此，「闡發研究」由中國學者提出，同時也具有
國際性。

　　第二，是「原典性實證研究」方法的提出。「實證」的方法作為
科學研究的基本方法運用非常普遍，但在人文科學研究這種主觀性、
人文性很強的「軟性」學科中如何運用實證方法，仍是值得探討的問
題，在中國比較文學界，一些傾向於、習慣於「文學批評」的學者認
為，實證研究無法說明作家作品的相互影響與獨創問題，因此認為實

2　陳惇、劉象愚：《比較文學概論》（北京市：北京師範大學出版社，1987年），頁145-
　146。

證研究作為方法已經陳舊過時，在這樣的背景下，文獻學家嚴紹璗先生發表〈雙邊文化關係研究與「原典性的實證」的方法論問題〉[3]一文，總結並提煉出了「原典性的實證研究」方法及其四個層面：第一，「確證相互關係的材料的原典性」；第二，是「原典材料的確實性」；第三，是「實證的二重性」，即強調王國維提出的地上文獻與地下文物的相互參證；第四，是「雙邊（或多邊）文化氛圍的實證性」，認為研究者需要有異文化氛圍的體驗。嚴紹璗先生的這些觀點雖然主要根據古代中日文學關係的研究實踐總結出來的，但對比較文學與比較文化而言卻具有普遍參考價值。由於法國學派將研究對象侷限在文藝復興後的歐洲文學中，時空的阻隔較為有限，對文獻資料的「原典性」的要求不高，對實證的「原典性」也沒有提出具體可操作的方法，可以說，嚴紹璗先生的「原典性的實證」方法是對法國學派實證研究方法的進一步補充與優化。

第三，「人類學三重證據法」。文學人類學專家葉舒憲先生在自己的上古文化、比較神話、史詩研究中，有著自己的鮮明的方法論意識。他在有關論文中提出了「三重證據法」，就是在王國維提出的「二重證據」──「紙上材料」與「地下材料」──之外，再加上跨文化的人類學材料，也可以說是「人類學的方法」，所強調的就是跨文化的世界眼光，就是貫通中外，就是自覺的比較文化與比較文學的意識。其實質就是引進西學、將西學作為參照系，使西學與國學融會貫通起來。雖然，人類學方法作為一種方法不是中國學者創始的方法，但將這種方法拿來運用到國學研究中，在方法論上是一種創新，並催生出了一系列創新性成果，也從一個側面豐富與充實了比較文學的方法論。

3　嚴紹璗：〈雙邊文化關係研究與「原典性的實證」的方法論問題〉，《中國比較文學》1996年第1期。

　　第四，「傳播研究」方法的提出及其與「影響研究」的區分。王向遠在《比較文學學科新論》一書及相關論文中，認為文學中的「影響」與「傳播」這兩種現象有本質不同，從比較文學研究方法論的角度來看，「影響」研究和「傳播」研究的立足點就有不同。「影響」研究是一種探討作家創造的內在奧秘、揭示作家的創作心理、分析作品的成因的一種研究，它本質上是作家作品的本體研究，是立足於審美判斷，特別是創作心理分析、美學構成分析上的研究。它的基本的研究方法主要不是實證，而是審美判斷和創作心理分析，而「傳播」研究與「影響」研究不同。它是建立在外在事實和歷史事實基礎上的文學關係研究，它關注的是國際文學關係史上的基本事實，特別是一國文學傳播到另一國的途徑、方式、媒介、效果和反應，其基本的研究方法是歷史學的、社會學的、統計學的、實證的方法，它是文學社會學的研究，因此主張將「影響研究」與「傳播研究」區分開來，從而就清楚地界定了兩種不同的研究方法的內涵，並使其在具體研究實踐中具有可操作性。

　　第五，由「平行研究」到「打通」、「平行貫通」。美國學派大都在歐美文化內部進行平行比較，可比性一般都不成問題。一九八〇年代以後的中國比較文學，平行研究一時遍地開花。許多人隨便拿外國的作家作品與中國的某作家作品加以比較，找出異同，說明造成異同的原因，即大功告成，造成比較文學的簡單化、庸俗化與非學術化傾向。有識者很快及時指出它的弊端和問題。同時，一些學者在理論方法上對「平行研究」法予以修正。錢鍾書先生明確提出：他的方法「並非『比較文學』in the usual sense of the term，而是『打通』，以中國文學與外國文學打通，以中國詩文詞曲與小說打通。」[4]「打通」的精髓，就是用一連串來自不同時代、不同民族、不同文化體系

4　〈《管錐編》作者的自白〉，見鄭朝宗：《海濱感舊集》（廈門市：廈門大學出版社，1988年）。

中，一般沒有事實聯繫，串平行類似的材料來反覆說明、強調和凸顯同一主題、同一觀點或同一結論。在材料例證的連綴和排比中，古今中外就被「打通」。蕭兵先生在《中國文化的精英》等著作中，基於中外神話平行比較的大量實踐經驗，提出了平行比較中的「可比性」的三條基本原則和方法。第一條就是「整體對應」或「規律性對應」的原則；第二條，是多重平行原則，指比較的對象在時代背景、種族背景、經濟基礎等方面，如果具有相當多的平行的相似，其可比性就大；第三條是細節密合原則。如果比較的對象連細節都密合無間，那可比性就進一步增強。[5]針對「Ｘ 比 Ｙ」式的生拉硬扯、牽強附會地胡亂比附，一九八七年，翻譯家、翻譯理論與比較文學家方平先生用化學方程式的形式，認為舊有的平行比較模式是 $A：B＝A＋B$，他提出 $A：B→C$，認為這才是平行研究的宗旨，[6] 王向遠進一步將「$A：B→C$」模式中的兩項式比較，進一步修正為多項式平行比較，由此提出了「$X_1：X_2：X_3：X_4：X_5……→Y$」的公式。其中，X_1、X_2、X_3、X_4、X_5……表示不同民族、不同語言、不同文化背景中的多項同類材料。Y 則表示研究者的新的見解。認為這是比較文學平行研究的最高層次。[7]

二　對若干分支學科性質的新開拓

　　中國學者對比較文學學科理論與學科建設的貢獻，還表現在對比較文學的若干分支學科的開拓與建構。其中包括譯介學與翻譯文學、文學人類學、東方比較文學、變異學、世界文學學等方面。

5　蕭兵：《中國文化的精英》（上海市：上海文藝出版社，1989年5月），頁342-243。

6　方平：《三個從家庭出走的婦女──比較文學論文集》（北京市：外國文學出版社，1987年），頁363。

7　王向遠：〈比較文學平行研究功能模式新論〉，《北京師範大學學報》2003第2期。

首先是譯介學與翻譯文學。

在法國學派的比較文學中，翻譯是被作為文學交流的媒介而被納入研究視閾的。因此又稱為媒介學。另外西方還有一門學科叫作「翻譯研究」或「翻譯學」（又簡稱譯學），它雖然與比較文學有密切關係，但並不從屬於比較文學。從佛經翻譯文學的探討開始，中國有著譯學研究的悠久傳統。到了一九二〇年代，梁啟超受到日本學術界的啟發，在《翻譯文學與佛典》中率先嘗試從跨文化的立場將「翻譯文學」作為一個獨立的研究對象。到一九八〇年代後，翻譯文學研究作為中國比較文學的一個重要的分支學科繁榮起來，其中，謝天振先生在《譯介學》一書及一系列文章中，提出了「譯介學」的學科概念，其核心是「文學翻譯」與「翻譯文學」的研究。鑒於近半個多世紀來中國的各種文學史書上不寫翻譯文學，不給翻譯家和翻譯文學以一定的位置，謝天振提出應該承認翻譯文學。他認為翻譯文學不等於外國文學，「翻譯文學應該是中國文學的一個組成部分」。王向遠在謝天振的「翻譯文學是中國文學的組成部分」這一命題的基礎上，加上了「特殊」二字，進一步提出「翻譯文學是中國文學的一個特殊組成部分」。[8] 在《翻譯文學導論》一書中，王向遠為翻譯文學建立了一個完整的理論系統。從比較文學學術史上看，日本的島田謹二的《翻譯文學》可以說是世界第一部關於翻譯文學的理論著作，但該書主要以實例分析構成，相比之下，《翻譯文學導論》的重心在於翻譯文學本體論，使比較文學學術理論得以體系化。

第二是「世界文學學」與「宏觀比較文學」

錢念孫先生在《文學橫向發展論》[9] 一書及相關文章中，提出了建立「世界文學學」的構想。「世界文學」是一國際性的概念，將人

8　王向遠：《翻譯文學導論》（北京市：北京師範大學出版社，2004年），頁15-18。
9　錢念孫：《文學橫向發展論》（上海市：上海文藝出版社，1989年）。

類各民族文學作為一個整體來研究的「世界文學研究」在西方國家也
有較為悠久的傳統。但明確提出「世界文學學」這樣的一個學科概念
並加以論證的，在國外似乎還很少見。錢念孫認為，比較文學的影響
研究、平行研究或中西比較研究，多半都侷限於兩國或幾國文學之
間，而未能將世界文學作為一個整體來研究。他認為，雖然梵・第根
曾在「比較文學」之外提出了「總體文學」的概念，但他的「總體文
學」這個概念太含混。而且「總體文學」主要把自己的研究對象看作
同一文學思潮、藝術風格或藝術種類的流播過程，注重考察這種流播
的「事實聯繫」。所以提出「世界文學學」這個概念不是對「總體文
學」名稱的簡單替換，而是試圖使文學研究躍入一個新的境界，即對
世界文學進行整體把握和系統研究。王向遠在《宏觀比較文學演講
錄》[10] 中所提出的「宏觀比較文學」的概念，將「民族文學」發展到
「國民文學」、再發展到由若干民族與國家形成的「區域文學」，最後
發展到「世界文學」，作為「宏觀比較文學」理論體系的幾個理論支
撐點。通過以「民族文學」、「國民文學」、「區域文學」、「世界文學」
為單位的宏觀比較研究，概括各民族（國民）文學的特性、揭示多民
族文學之間的相互聯繫而構成的文學區域性，探討由世界各國的廣泛
聯繫而產生的全球化、一體化的文學現象及發展趨勢。

　　第三是「形態學方法」與「變異學」

　　中國學者所進行的比較文學研究，以跨越東西方文學體系為主要
特徵，這與歐美各國比較文學主要在西方文化內部從事比較研究的情
況頗有不同。在同一文化體系內從事比較文學研究，首先是尋求共通
性，而跨越東西方文化的比較文學研究，則首先注意的是差異性。中
國學者在研究實踐中，對國際文學交流中的這種差異變化有著深刻的
體會，並上升到方法論總結的高度。例如張弘先生在《中國文學在英

---

10 王向遠：《宏觀比較文學講演錄》（桂林市：廣西師範大學出版社，2008年）。

國》[11]一書中的〈餘論：影響研究的形態學方法〉中，提出了影響研究中的「形態學的方法」，即「文本形態」、「詮釋形態」和「想像形態」這三個層次的形態的變異現象。嚴紹璗先生則在日本文化與日本文學特點的研究中，也發現了「變異」的現象，並進一步對文學的「變異」問題做出解釋。他指出：「文學的『變異』，一般說來，就是以民族文學為母本，以外來文化為父本，它們相互匯合而形成新的文學形態。這種新的文學形態，正是原有的民族文學的某些性質的延續和繼承，並在高一層次上獲得發展。」[12]曹順慶先生進一步將「變異」這個範疇上升為學科概念的高度，提出了「變異學」的學科範疇。他在題為〈比較文學學科理論的「跨越性」與「變異學」的提出〉[13]的文章中，把「文學變異學」分為四個層面，即「語言層面變異學」、「民族國家形象變異學研究」（又稱為形象學）、「文學文本變異學研究」和「文化變異學研究」，他將「變異學」作為一個整合性的概念，來超越「影響研究」、「平行研究」等的表述模式，並將與「變異」現象密切相關的分支學科領域統馭、整合起來。

三　中國比較文學的特色是「跨文化詩學」

綜上所述，中國比較文學學科理論，從各種不同的角度，對各種外來理論做了研究、消化、修改、補充和優化，兼收並蓄、取其精華，並從中國比較文學的豐富的研究實踐中，逐漸呈現出鮮明的學術特色。

在中國比較文學崛起與繁榮的同時，就有學者對中國比較文學的

---

11 張弘：《中國文學在英國》（廣州市：花城出版社，1992年）。
12 嚴紹璗：《中日古代文學關係史稿》（長沙市：湖南文藝出版社，1987年）。
13 曹順慶：〈比較文學學科理論的「跨越性」與「變異學」的提出〉，《中外文化與文論》（成都市：四川大學出版社，2006年）。

學術特色作出探討和概括。臺灣學者古添洪、陳鵬翔將「闡發法」作為「中國〔學〕派」的特色。一九八〇年代中期，在香港任教的美國學者李達三較早提出了建立比較文學「中國學派」的設想，曹順慶先生在一九九五年前後認為中國比較文學已經形成了「中國學派」，並指出「中國學派的特徵」是「跨文化研究」，特別是跨越了「東西方異質文化」。[14] 後來他又將「跨越東西方異質文化」的提法進一步凝練為「跨文明」，他認為：「『跨文明研究』，或者說著眼於中西文明衝突、對話與交流的跨越東西方文明的比較文學研究，將是中國比較文學乃至世界比較文學發展的必由之路。」[15] 樂黛雲先生提出要將孔子提出的「和而不同」作為中國比較文學的學術立場，就是承認文化差別，尋求理解、對話與共同發展。樂黛雲、王向遠不提「學派」，而提「階段」，在兩人合寫的〈中國比較文學百年史整體觀〉一文中認為，「世界比較文學發展的第三階段，或稱第三個歷史時期，已經在中國展開。中國比較文學所代表的是世界比較文學發展中的一個階段，賦予它生命的是一個時代，它不只是一般意義上的如『法國學派』、『美國學派』那樣的『學派』」[16]。以上各種看法雖然不一，並曾在學理層面上展開了爭論，但在確認中國比較文學崛起與學術特色的形成方面，意見是基本一致的，都有助於中國比較文學學術特色的呈現，其本身也構成了中國比較文學學術理論的一個側面。

　　一九八〇年以降三十多年間中國比較文學理論與實踐的過程，是對歐美比較文學學科理論的繼承、闡釋與超越的過程。因此必須把中國比較文學置於世界比較文學學術理論的系譜中，並且前後作用的比較，才能發現、總結中國比較文學的特色。筆者在《比較文學系譜

14　曹順慶：〈比較文學中國學派基本理論特徵及其方法論體系初探〉，《中國比較文學》1995年第1期。

15　曹順慶主編：《比較文學論》（成都市：四川教育出版社，2002年），頁335。

16　樂黛雲、王向遠：〈中國比較文學百年史整體觀〉，《文藝研究》2005年第2期。

學》一書中對世界比較文學學術理論譜系的研究可以表明，比較文學
從近代歐洲起步，在歐美國家漸次形成了三個歷史階段和三種歷史形
態，即：從比較文學批評，到文學史（國際文學關係史），再到文藝
學。具體一點說，就是從近代的主觀評論性的文學批評，到十九世紀
末之後的客觀實證的國際文學關係史研究，再到一九五〇年代後以理
論概括與體系建構為主要宗旨的文藝學。到了一九八〇年代後，中國
的比較文學在歐美比較文學三種形態的基礎上，逐漸形成了第四種形
態，就是「文化詩學」，加上比較文學所固有的跨文化屬性，亦可以
稱之為「跨文化詩學」。

　　「文化詩學」這一概念是美國當代文學研究中的「新歷史主義」
的代表人物格林布拉特（一譯葛林伯雷）於一九八〇年在《文藝復興
時期的自我塑造》中提出來的，後來又在其他文章中加以論述。「新
歷史主義」流派的另一個代表人物海頓‧懷特解釋說：「新歷史主義
實際上提出了一種『文化詩學』的觀點，並進而提出『歷史詩學』的
觀點，以之作為對歷史序列的許多方面進行鑒別的手段。」[17]這就出
現了如何看待和區分「新歷史主義」、「文化詩學」、「歷史詩學」這三
個概念之間的複雜關係的問題，中國已有學者對此做過專門闡釋，讀
者可以參照。[18]而根據筆者的理解，「新歷史主義」指稱的是流派或
學派，「文化詩學」概括的則是新歷史主義學派的研究實踐和學術方
法論，而「歷史詩學」的概念早就由俄羅斯的維謝洛夫斯基提出，懷
特使用這個概念是對「文化詩學」的「歷史性」的側面的強調，而核
心還是「文化詩學」。進入一九九〇年代中期後，中國有學者不拘泥
於這個外來概念的學派與語境的限制，吸收其合理成分，結合中國學

---

17 張京媛主編：《新歷史主義與文學批評》（北京市：北京大學出版社，1993年），頁
　106。

18 張進：《新歷史主義與歷史詩學》（北京市：中國社會科學出版社，2004年），頁316-
　340。

術文化的實踐對「文化詩學」的概念做了闡發，從而把它改造為概括
與總結一九八〇年代後中國詩學、文藝學研究的理論與實踐，並指導
未來方向的、頗具包容性、綜合性但又不空泛的、含義明確的學術概
念。該概念的主要闡釋者童慶炳先生認為：「文化詩學」有以下五種
品格：第一，雙向拓展，一方面向宏觀的文化視角拓展，一方面向微
觀的語言分析的角度拓展；第二，審美評判，即用審美的觀念來評判
作品；第三點，就是將此前美國人韋勒克對文學研究所劃分的文學的
語言、結構等「內部研究」與社會歷史文化等因素的「外部研究」加
以貫通；第四點就是關懷現實；第五點是跨學科的方法。[19] 可以說，
「文化詩學」的本質就是超越、打通、整合、融匯，這與比較文學研
究的宗旨非常吻合。我認為，從比較文學的角度來說，「跨文化詩
學」就是「跨文化詩學」，亦即在中外文化、人類文化、世界文化視
閾中研究文學、文藝學問題，它的基本特徵就是跨越、包容、打通、
整合。具體說，就是跨越民族、國家、語言與文化，包容以往不同的
學術方法與學術流派，打通文化各領域、各要素與詩學之間的壁壘，
整合文學與各知識領域而提升為詩學理論形態。換言之，「跨文化詩
學」的基本宗旨就是兼收並蓄，就是超越以往的學派分歧（例如法國
學派與美國學派的分歧），而走向文化與詩學的融合。

　　將「跨文化詩學」作為中國比較文學的特徵與發展方向，並不排
斥此前其他的相關提法，並且能夠更加有效地整合、包容、凝練、概
括此前一些學者提出的觀點。例如，「跨文化詩學」可以將「跨文化
研究」或「跨文明研究」的提法包容進來。以「跨文化研究」或「跨
越東西方異質文明」的「跨文明研究」，來說明中國比較文學的性
質，固然沒有錯，但「跨文化研究」、「跨文明研究」作為一個概念，
其本身未能表述出「文學研究」的內涵，要清楚地表述出這一內涵，

---

19 童慶炳：《美學與當代文化講演錄》（桂林市：廣西師範大學出版社，2007年），頁
　　234-235。

只能加上「文學研究」或「比較文學研究」字樣，表述為「跨文化的文學研究」或「跨文明的比較文學研究」之類，這從術語、概念的角度看，就不免冗長拖沓。更重要的是，倘若以「跨文化」的眼光來看比較文學，則任何國家的比較文學都是「跨文化」的，而跨越「東西方異質文化」的也不僅僅是中國的比較文學，日本、朝鮮、印度等許多東方國家的比較文學也跨越了「東西方異質文化」，西方的「東方學」研究也是「跨越東西方異質文化」的。但「跨文化詩學」這一概念就不同了，雖然它相當包容，但又具有明確的特指性，它不像「跨文化」那樣可以概括所有國家、所有階段的比較文學，而是最適合概括中國的比較文學。具體地說，英國波斯奈特提出的比較文學，和後來法國學派的比較文學，本質上是一種歷史學的、國際關係史的研究，「文學性」（詩學）的因素相對淡薄。梵・第根更是明確地將審美分析從比較文學中剔除出去，因而法國學派的比較文學本質上缺乏「詩學」研究的性質。後來美國學派雖則極力矯正法國的「非詩學」性，同時強調跨文化，但美國學派的研究在實踐中出現了兩種偏向：一種是受「新批評派」的影響，在理論上過分強調「文學性」，在實踐上過分注重對具體作品的語言形式與文本結構的分析與審美判斷，由於歷史維度與實證研究的缺失，使「比較文學研究」復歸於比較文學學科化之前的「比較文學批評」；另一種偏向就是在理論上強調「跨學科」、「跨文化」，但卻使比較文學喪失了它應有的學科邊界，外延變得模糊不清，使比較文學走向了泛文化的比較，「文學」或「詩學」被「文化」淹沒。可見，世界比較文學系譜中的這兩大學派，在理論與實踐中都存在著「文化」與「詩學」兩者的背離和悖論，因而都難以使用「文化詩學」或「跨文化詩學」這一概念來加以概括。

更為重要的是，「文化詩學」或「跨文化詩學」以其超越、打通、整合、融合的性質，而超越了對「學派」特性的概括。以此來概

括的中國比較文學的特徵，不是作為「學派」的特徵，而是代表了世界比較文學新時代的特徵。與此相反，以「跨文化研究」或「跨文明研究」來概括中國比較文學，是以「學派」的思路來看待中國比較文學的。而「學派」的本質就是宗派、派別，學派往往旗幟鮮明，而又各執一端，中國比較文學顯然已經超越了這樣的「學派」範疇，因而不能將中國比較文學視為一個「學派」。

我們只需通過簡單的比較，就可以看出中國比較文學不是法國學派、美國學派、蘇聯學派那種意義上的「學派」。

首先，在當今中國的比較文學研究中，以「中外文學關係史」為主要形態的實證的國際文學關係史研究，成果很多，成績很大，傳播─影響研究方法的運用也極為普遍，這些都與法國學派相通。但中國學者在實證性的研究中不僅僅運用實證的方法，而是根據需要靈活使用其他方法。而且，當年的法國學派基本上將研究範圍侷限在文藝復興後歐洲各國之間的文學關係，中國學者的中外文學關係史研究的範圍則以中國為出發點，縱貫古今，橫跨東方西方。另一方面，正如後人所批評的那樣，法國學派常常因缺乏「文學性」的研究，而脫出「詩學」的範疇，將國際文學關係史，弄成「文學外貿史」，即一般的文化交流史。中國的「跨文化詩學」研究則不忘「詩學」本位，將史實性的傳播研究與審美的影響分析有機結合起來，從而使比較文學保持「文學研究」的性質。這些都大大地超出了「法國學派」的畛域。

中國比較文學的平行研究，受到美國學派的影響與啟發，但又有別於「美國學派」的「平行研究」。在一九八〇至一九九〇年代的平行研究中，許多學者簡單套用美國的平行比較的理論模式，導致庸俗而又簡陋的比附一度氾濫，後來在反思中與總結中，逐漸找到了自己的理論與方法。「平行貫通」方法的實踐，使得中國學者超越了簡單比附的循環，注意尋求美國學派常常缺乏的那種歷史緯度、避免美國

學派中常見的「外部研究」與「內部研究」分離與分裂，警惕美國式的「跨學科研究」的空泛，在鮮明的問題意識中，將文化視閾與審美視閾統一起來。

　　中國的比較文學與前蘇聯的比較文學，也有相通之處，更有區別。中國的社會主義意識形態與前蘇聯的社會主義意識形態雖然沒有根本的不同，但一九八〇年代以來數次思想解放運動的展開，一九九二年後市場經濟的轉型，使中國社會具有了較多的彈性空間與和諧的訴求。中國文學界通過關於文學「主體性」的討論，從文學從服務於政治的枷鎖中擺脫出來；通過關於文學與人道主義的論爭，將文學從「階級性」的定性中擺脫出來；通過「文學是審美意識形態」的討論，進一步確認了文學的審美本質。因此，中國作為社會主義國家的比較文學，與當年社會主義蘇聯的帶有強烈政治意識形態性質、與東西方冷戰色彩的「蘇聯學派」，有著本質上的不同。

　　以上分析可以表明，一九八〇年代後，中國比較文學繼日本之後，將比較文學由一種西方的學術形態與話語方式，轉換為一種東方西方共有的話語方式與學術形態，真正將文學的文字屬性與歷史文化屬性結合起來，把比較文學提升為一種包容性、世界性、貫通性的學術文化形態。假如從「學派」的狹隘視閾看待和概括中國比較文學，就不免方鑿圓枘，齟齬難從，就無法呈現中國比較文學的開闊的胸襟與宏大的視野。中國比較文學，已經超越了「學派」性質，世界比較文學發展到當代中國，已經進入了一個新的階段，猶如大河匯流，百川歸海，逐步達成整合學派、跨越文化、超越學科、和而不同、求同存異、共存共生的新時代。在這個階段，東方文化與西方文化融合，文化視閾與文本詩學融合，形成了「文化詩學」或「跨文化詩學」的學術形態，使比較文學進入了「文化詩學」或「跨文化詩學」的新時代，並成為今後的發展方向。

我如何寫作《中國比較文學研究二十年》

——兼論學術史研究的原則與方法[1]

　　江西教育出版社二○○二年底出版的《中國比較文學研究二十年》是一本中國比較文學學術史評述性質的書。在此之前，中國已公開出版的這類專書至少有四種了。最早的是劉獻彪先生的《比較文學及其在中國的興起》（廣西教育出版社，1986年），簡要評述了國內外比較文學的歷史和現狀，對中國的重要的比較文學學者做了簡介。第二本是徐志嘯先生的《中國比較文學簡史》（湖北教育出版社，1996年），以二十餘萬字的篇幅，對中國從先秦到一九八五年的比較文學學術史做了大體的勾勒和描述，對一九八五至一九九○年的比較文學動態略有介紹。第三本書是徐揚尚先生的《中國比較文學源流》（中州古籍出版社，1998年），以三十六萬字的篇幅論述了從古代到一九九五年中國比較文學的源流。以上三種書（特別是後兩書）對中國比較文學的淵源、發展歷程做了系統的梳理，其特點是注重比較文學學科史上的外部史實的記述，包括學科的時代背景、學科建設、學術會議、學術組織、學科教學等學術活動的記錄。但對學術史最核心的部分——學術研究成果的評論、評價還只是抽樣性的、表層的。第四本書是楊義、陳聖生合著的《中國比較文學批評史綱》（臺北業強出版社，1998年），研究的是二十世紀中國的「比較文學批評」，即用世界

1　本文原載《山西大學學報》（太原），2003年第1期。

文學的眼光和比較文學的觀念方法所進行的文學批評。該書專章專節論述的比較文學批評家有梁啟超、王國維、魯迅、周作人、梁實秋、茅盾、郭沫若、吳宓、朱自清、梁宗岱、朱光潛、李健吾、李廣田、錢鍾書等。這部書是嚴格意義上的、有深度的「學術史」，即以評述、評價和研究學術成果為核心內容。由於作者的研究重點在八○年代以前，故將研究對象界定為「比較文學批評」——這是一個寬泛的但又是很高明的界定，因為八○年代以前的中國比較文學研究，大都不是嚴格意義上的、自覺的「比較文學」研究，而是「比較文學批評」。該書的最後一章（第十一章）是《中國近期的比較文學批評》，簡要評述了八○至九○年代初的傳播學、主題學、文體學、比較詩學的研究，可惜很簡略、很不全面。此外，關於中國比較文學學科史的重要評述文章還有樂黛雲先生的〈中國比較文學的現狀與前景〉、〈中西跨文化研究五十年〉和樂黛雲、陳惇合寫的〈邁向新世紀——中國比較文學復興二十年〉等。

可見，由於寫作、出版時間、書的體例等方面的原因，以上四種學科史對二十世紀八○至九○年代的中國比較文學研究，均很少涉及，或有所涉及但沒有展開。而這二十年卻是中國比較文學的學科意識真正自覺、研究真正全面展開、成果層出不窮的二十年。據我主編的《中國比較文學論文索引（1980-2000）》一書的統計，二十年間，中國學術期刊上公開發表的嚴格意義上的比較文學論文就有一萬多篇，正式出版的嚴格意義上的比較文學著作就有近三百餘部。單從數量上看，與同時期其他國家相比，中國的比較文學研究成果如果不是最多的，恐怕也屬於最多的之一。這從一個側面表明了中國學術文化的發達與繁榮。在二十世紀剛剛結束、中國比較文學研究處於承前啟後的轉折時期，對這二十年的學術成果做一系統的展示、評述和評價，其必要性和重要性是不言而喻的。特別應該指出：長期以來，社會上乃至文化界一直存在著重文學寫作、輕學術研究，重文學史研

究、輕學術史研究的偏向。就文學領域而言，以小說家、戲劇家、詩人等為研究對象的各種各樣的「文學史」寫得太多、出版得太浮濫，而以文學研究的學者和專家為研究對象的「學術史」類的著作寫得太少，出版得太少。在我看來，文學院、中文系的學科本質就是以語言文學為入口的關於「人」與「文化」的研究，重在以語言文學的研究為切入點，培養學生的科學思維和理論思維能力。要在文學院或中文系實現這一培養目標，就要重視和加強學術史的研究。如果說，通過以作家作品為主的文學史的學習，可以培養學生的形象思維和文學創作及文學鑒賞的能力，那麼，通過對學者的學術成果的學習、品味與研究，就可以培養學生的科學思維、理論思維和科學研究的能力。由此看來，「學術史」的課程與教學，應該與「文學史」同等重要；對學者和學術論著的研究，應該與作家作品的研究同等重要。寫小說、詩歌、劇本的有成就的人，與從事文學學術研究有成就的人，都應稱之為「著作家」、「作家」或「文學家」。真正完整的「文學史」，應當包含文學學術史在內。本書的寫作，直接的目的就是為了適應研究生培養及研究生課程建設的需要，在「比較文學與世界文學」專業加強比較文學學術史的課程建設，並希望能夠對中文系長期以來所形成的重「文學史」、輕「學術史」的傾向產生一點糾偏作用。

　　《中國比較文學研究二十年》（以下簡稱《二十年》）所涉及到的時限範圍是一九八〇至二〇〇〇年這二十年（實際上是21年）。作為中國比較文學而言，這是相對完整的一段歷史時期。為什麼不從改革開放後的一九七八年寫起，而要從一九八〇年寫起呢？一般公認一九七九年錢鍾書先生的《管錐編》是中國比較文學復興的開端，但它在中國比較文學學科史上是承前啟後的，故也可以視為上一時期中國比較文學的總結。再者，對於錢先生的研究已經形成了「錢學」，別人說得很多了。一九七八至一九七九年，中國比較文學基本上是錢先生的研究成果一花獨放。比較文學真正的繁榮實開始於一九八〇年，所

以本書從一九八〇年說起。下限原則上定在二〇〇〇年，但有時為了論題的完整，或因為有些成果較為重要，也延伸至二〇〇一甚至二〇〇二年。

《二十年》的主要任務是對近二十年的比較文學研究成果（中國、臺灣香港地區、不含外籍華人）。主要是指專著與論文的介紹、評論和評價。要言之，就是對學術成果的「述」與「評」。所謂「述」，就是對評述對象的主要內容、主要學術觀點作出概括敘述，鉤玄提要，明其要旨；「述」不能是面面俱到的綜述或摘抄，應該是對原作理解之後的提煉，應當抓住原作的要領和特色。它首先是文獻學上的操作，要符合文獻學的學術要求，那就是全面占有和充分消化原始材料。所謂「評」，就是對研究對象做出我的解讀、鑒賞和學術上的價值判斷，其性質就是「文本學」的闡釋。文獻學要求客觀性，文本學容許主觀性。不能「述而不作」、引而不評。「評」與「述」的統一，就是主觀性與客觀性、個人趣味與學術原則的統一，是評論者的趣味、見解和學術觀念的集中反映，其總體原則是在全面占有和消化材料的基礎上，甄別輕重、去粗取精、科學定性、恰當定位。根據不同著作的不同特點，本書注意到了「評」的不同的角度、不同的切入點、不同的側重點，有時注重對全書的理論構架或理論體系的分析，有時側重於對某一觀點的解剖；有時只談總體印象，有時對全書的大部分內容都做評析；有時主要談一部著作的如何成果，有時則主要分析其缺點和缺憾。

在評述中國比較文學二十年的成果時，我認為應該處理好以下三種關係。

第一，是正確看待學術成果與學術活動、學術性身分之間的關係。學術活動只是手段而不是目的。一切學術活動的根本目的應該是服務於學術研究，是為了多出成果、出好成果。評價一個學者必須堅持「學術成果本位」的原則，以他的學術成果為主要依據。有的學者

在學科建設、學術組織等方面作出了貢獻，雖然這也應該給予充分肯定，但它並不能代替學術成果本身。有的學者學術成績平平，但走出書齋成為「社會人」，或從政做官後，依靠其學術身分、社交活動和媒體宣傳而形成了一定的社會影響，但這種影響並不是學術本身的影響。一些學人受到政界、商界的某些感染，熱衷於學術上的誇張的宣傳包裝；有的學術會議與學術活動與學術本身相游離，帶上了過多的交際風甚至官場氣。總的看來，當今高度媒體化、廣告化、宣傳化的社會環境，與學術研究所應具備的基本心境——甘坐冷板凳埋頭苦幹——之間的反差越來越大了。學術史就必須排除非學術因素對學術本身的遮蔽，不能盲從已有的媒體宣傳，從而對其學術成果作出實事求是的評價。要對勤奮研究、不事張揚的學者給予高度關注，從而倡導一種扎實、沉穩、埋頭苦幹的學術風氣，為科學研究籲請一種良好的輿論環境，這也是學術史寫作的重要目的之一。這樣說來，《二十年》所評述的實際上就是學術成果本身，評述的對象與其說是「人」，不如說是「書」。換言之，看一個比較文學研究者的學術貢獻，主要是以他（她）所寫的書和文章為依據，而不應顧慮所涉及到的人是什麼身分、什麼職稱、什麼地位。

第二，正確認識學術成果的數量與質量的關係。我認為，評價一個人的學術貢獻和地位，既有軟性的標準，也有一個硬性的標準。硬性標準就是他的學術成果的數量。現在有些人對強調學術成果的數量頗不以為然，對不少大學目前採取的「量化」的科研管理辦法十分不滿。認為強調數量就會鼓勵粗製濫造，數量多了必然就質量差。顯然，這種看法是將數量與質量機械地獨立起來了，它與那些把「量化」加以絕對化的做法一樣，都是不科學的。從學術史上看，幾乎所有學術大家，都是著作等身的。例如中國比較文學界公認的朱光潛、季羨林等老一輩大學者，其文集均在二十卷以上。靠幾十篇文章、幾本書而躋身於學術大家行列的，非常少見。因為倘若數量太少，就無

法形成系統的學術思想，無法體現出一個學者學術研究上的體系性、廣度和深度。作為一個人文科學研究者，很高的學術水平往往要從大量的學術成果中體現出來。誠然，數量多未必質量好，如果一個人的學術成果只是一些無原創性的教科書、通俗讀物或拼湊抄襲之作，那麼數量再多也沒有質量可言。但如果不是這樣，他的「量」就值得我們重視。歸根到柢，質量要從數量中體現出來。沒有數量，質量又從何談起！以近二十年的中國比較文學研究而言，大部分研究者還是六十歲以下的中青年。他們的學術研究生涯，或剛嶄露頭角，或已碩果纍纍，但不管怎樣，學術成果多的，往往是學術水平高的。《二十年》充分注意到了這一事實，並把這一點作為綜合評價一個學者的學術貢獻的重要依據。

第三，是處理好學術成果的兩種基本形式——論著與論文的關係。《二十年》面對的是二十年間問世的三百部書，一萬多篇文章對這些成果都做一一的評述，既不可能，也沒有必要。《二十年》的目的就是在近二十年間中國的比較文學研究領域裡、在形形色色的成果中，披沙揀金、採珠集玉，努力把學術精品凸顯出來，把它們的價值昭示出來，把它們在學術上的特色和貢獻講出來。當然，與此同時，也要把存在的缺陷和問題找出來。在專著和論文（文章）這兩種成果形式中，《二十年》總體上以專門論著的評述為主，單篇論文為輔。在一個學者既有許多單篇論文，又有論著的情況下，也主要是評述其論著；在某些研究領域裡缺少論著但有若干論文時，則以論文為評述對象。這裡必須強調專著（含論文集）的重要性。作為人文科學研究的比較文學研究與自然科學不同。自然科學以論文為首要的成果形式，專著則常常被認為是普及性的、教科書式的。而以中國比較文學的實際情況而言，大凡學術水平高的、有一定影響的、或學有所成的人，都有專門著作或論文集出版，比起單篇論文來，這些專著或論文集更能集中地體現他的研究實績與水平。專著或論文集的出版一般可

以表明他的學術積累已經達到了一定程度，其研究已經趨於系統化。
而且，單篇論文中的觀點和材料，常常也會體現在專著中。可見，以
專著和論文集為主要依據來評述其學術成績，是可行的、可靠的。因
此，《二十年》對一個學者的學術成就的定位，很大程度上是以其專
著或論文集為依據的。當然，對於少數有重要學術價值和學術反響的
論文，也不可忽略。但總的看來，中國比較文學研究的遭人詬病的弊
端和問題，如生拉硬扯的庸俗化的比附，缺乏可比性的無聊的瞎比、
濫比，在單篇文章中表現得更為突出。相比而言，比較文學專著的成
功率比單篇論文高得多。甚至可以說，一部不太成功的專著至少還給
讀者提供了某些系統的知識，而寫得不好的單篇文章則常常一無所
取。因此，對於二十年間中國比較文學所有的專著和論文集，除由於
我不可避免的無知而遺漏的外，《二十年》都提到了。但評述的文章
有多有少。有的只是提及，有的稍加評介，有的評述較多，有的在篇
幅允許的範圍內予以細緻評述。在自述上少則三言兩語，多則兩千言
以上。而評述文字的多寡，一方面與被評述對象的學術信息含量的多
寡有關，一方面也表明了我對評述對象的學術評價。這種學術評價的
主要標準就是一個學者在學術上的獨特的貢獻。要發現這種獨特的東
西，就必須上下左右地、橫向縱向地做比較，也就是與歷史上的學術
成果比較，與同時期的研究成果比較。由於篇幅所限，不可能對每一
個研究者——即使是重要的研究者做詳細、全面充分的評述，而只能
是抓他的特色。看他對中國比較文學貢獻了什麼獨特的、新鮮的東
西。其中，選題上的獨創性是本書特別注意的一個重要方面。對學術
研究而言，選題的過程就是發現問題的過程，選題的好壞決定了研究
的難易程度、研究價值的大小和研究質量的高低。正是基於這一認
識，《二十年》對填補空白的、拓荒性的選題一般都給以高度重視和
積極評價。而對那些平庸、重複、或大而無當的選題，不管書寫得多
厚，作者層次多高，都無法有高的估價。

　　由於學術界對比較文學學科內容與範圍的看法與界定並不統一，《二十年》在這方面必須有明確的立場，而不能取模稜兩可的態度。總體上，《二十年》對「比較文學」的學科範圍的認定，是以拙著《比較文學學科新論》一書中的看法為依據的。與時下流行的見解的最大不同，就是我主張對「比較文學」學科範圍的認定採取嚴格的標準和謹慎的態度。例如，我不同意將「美國學派」提倡的所謂「跨學科研究」（有人也稱為「科際整合」或「超學科研究」）看成是比較文學研究；認為「跨學科研究」是當今各門學科中通用的研究方法，也是文學研究中通用的方法，而不是比較文學的專屬的方法。因此，一般的文學與其他學科的「跨學科研究」，是交叉學科的研究，不屬於比較文學的範疇。而只有當「跨學科」的同時也「跨文化」，才屬於比較文學。比較文學學術史上曾有過影響學科健康發展的「危機」。如果說當代中國比較文學也存在「危機」，那麼這個「危機」恐怕首先就是學科的無所不包所造成的學科邊界的失控。如果一個學科膨脹到沒有邊界的地步、沒有特定的研究對象、沒有明確的學術界限，那就不能算是一個獨立的學科。根據這一看法，沒有跨越文化界限的「跨學科研究」不能看作是比較文學研究，如文學與國內政治、經濟，文學與本土宗教，文學與本土哲學，文學與本國歷史、本國藝術之類的研究，均不在《二十年》的論述範圍內。而文學與國際政治、世界經濟、跨國戰爭、與外來宗教、外來哲學、外來思想等方面的研究——為了與「跨學科研究」的概念相區分，我稱之為「超文學研究」——由於它們都屬於「跨文化」的文學研究，所以是比較文學研究，《二十年》理所當然的把這一類研究納入評述的範圍。另外，由於比較文學學科的理論與方法在近二十年中對其他領域的文學研究有所影響和有所滲透，如有的文化研究與文學研究的著作運用了比較文學的某些方法，有的著作的部分章節涉及到中外文學比較的內容，有的著作由於具備了世界文學的眼光而具有一定的比較文學色彩，但

《二十年》在一般情況下都沒有把這些著作看成是嚴格意義上的比較
文學的成果，也沒有納入評述的範圍。我認為，判斷某一成果是否屬
於比較文學，第一是對象論的標準，第二是方法論的標準。從「對象
論」的標準看，就是看它的研究對象是不是比較文學的特有的研究對
象──如涉外文學研究、翻譯文學研究、區域文學與世界文學研究
等；從「方法論的標準」看，就是看它是否主要運用了比較文學的學
科方法。假如其研究對象雖是文學研究的一般對象，但作者在總體上
運用了跨文化的比較的方法，又在具體的操作中運用了傳播研究、影
響研究、平行貫通研究和「超文學」研究的方法，那麼，這部著作就
是比較文學的著作。

　　根據上述對《二十年》的研究時限、研究宗旨與研究方法、研究
對象、範圍的界定與看法，我設計了本書的框架結構。本書共分十八
章。各章相對完整獨立，而又互有內在的邏輯聯繫。第一章是對比較
文學學科理論的評述。比較文學學科理論既是學科研究實踐的反映，
又影響著研究實踐。本書將這一內容列為首章，可以視為籠蓋全書的
「帽子」。在這裡，我分專題評述了近二十年來中國比較文學的學術
爭鳴，肯定了孫景堯、樂黛雲、陳惇等教授在比較文學學科理論上的
貢獻。第二至第十章，分別論述了中國文學與若干國別文學關係的研
究成果，這屬於以文獻實證為主要方法的「傳播研究」與以文本分析
為主要方法的「影響研究」的範疇，解決了中國與世界各國文學之間
的傳播與接受、影響與超影響的互動關係中的一系列基本問題，靠著
這些成果，讀者可以對中外文學關係的主要問題有較為系統、深入的
了解。錢鍾書先生在八〇年代初曾提出：「要發展我們自己的比較文
學，重要任務之一就是清理一下中國文學與外國文學的關係。」二十
年之後的今天，面對這些成果，我們可以自豪地說：這個任務我們雖
沒有全部完成，但我們的學者做得很出色。在這些研究成果中的確體
現了「我們自己的比較文學」的特色和成就。湧現出一批學術精品，

如季羨林、趙國華等的中印文學關係研究，嚴紹璗、王曉平等的中日
文學關係研究，韋旭昇的中朝文學關係研究，李明濱、陳建華、汪介
之、吳澤霖等的中俄文學關係研究，錢林森等的中法文學關係研究，
范存忠、趙衡毅、張弘等的中英、中美文學關係研究，衛茂平等的中
德文學關係研究等，都體現了嚴謹扎實的科學學風，反映了二十年來
中國比較文學的特色、實力與水平。本書的第二一至十五章，是中國
文學與西方文學的專題的、橫向的比較研究。它與上述的中國與某國
之間的比較研究不同，是中國文學與「西方」這樣一個大的區域文學
的比較研究。這類研究的特點就是把「西方文學」作為一個文化與文
學的整體拿來與「中國」對舉。實際上，正如所謂「東方」一樣，
「西方」也是由不同的多元文化構成的，不同民族與國家之間存在較
大的、有時是深刻的差異。但自晚清時期以來，西方文化是作為一個
綜合體輸入中國、影響中國的，中國人習慣上有意無意地忽略西方內
部的差異。這一習慣在近二十年來的「中西文學比較」中更充分地體
現出來。雖然在比較研究中「西方」及「西方文學」這個籠統的概念
會妨礙結論的細密性和準確性，但在總體上是可操作的、可行的。
《二十年》在「中西文學比較」這一部分的評述中，按文學類型與形
態，將這些研究並分民間文學、詩歌、小說、戲劇、文論（詩學）共
五種不同的文學類型與形態，並分五章分別予以評述。在中西比較文
學的這些研究成果中，有的是中國與西方文學的交流關係的傳播與影
響的研究，有的是沒有事實關係的「平行研究」，有的是傳播、影響
與平行相結合的研究。比起國別文學關係史與交流史的研究來，這些
研究更有可能注重宏觀的概括，注重規律的總結和理論的提升，出現
了一系列學術精品。其中，葉舒憲、蕭兵等的比較神話與史詩的研
究、劉守華等的比較研究、饒芃子、藍凡等人的中外傳統戲劇比較、
田本相等人的中外現代戲劇關係的研究、曹順慶、潘知常等人的中西
詩學與文論的比較等，在比較文學的各個領域的研究中都占有重要位

置。第十六章至十八章，所評述的分別是從翻譯文學、文學思潮、中外文學交流史等角度對中外文學和世界文學所做的綜合的、總體的研究。這類研究是在個案研究基礎上的綜合，其特點是在研究中採取全方位的視野，並注意「史」的縱向線索的呈現。由於這類研究具有綜合的、總結的性質，所以置於全書的最後來評述，算是對全書整個體系框架的收攏。在最後這三章中，我對郭延禮、謝天振、許鈞等人的翻譯文學研究，范伯群、朱棟霖、李岫、孟昭毅等人的中外文學總體比較研究，周發祥、王曉平等人的國外漢學研究等，對王寧等人的中西文學思潮研究等，做了重點評述。

　　面對二十年來中國比較文學研究的豐碩成果，我們不能不對學界的同仁們肅然起敬，為他們所創造的學術業績感到自豪。他們的研究從一個側面顯示二十年來中國學術的空前繁榮，顯示了我們中國學者探索的智慧和創造的能力，顯示了中國比較文學的民族氣派。這些學術成果的取得，首先依賴於高素質的學術隊伍。二十年來，已經形成了老、中、青三代構成的學術梯隊，老一輩學者錢鍾書、楊周翰、季羨林、樂黛雲等先生在實踐上和理論上始終對中國比較文學起著重要的有益的指導和示範作用，六十歲以下的中青年學者則是中國比較文學研究的基本力量。中國語言文學系和外國語言文學系兩個一級學科的人員共同參與比較文學研究。而在這其中，中文系、或中文系出身者從事比較文學研究的，人數最多，成果最多。除了中文系的二級學科「比較文學與世界文學」專業外，該系的其他二級學科，如文藝學、中國現當代文學、中國古代文學等，都有不少人涉足比較文學。此外，哲學、藝術學等學科也有加盟者，雖然有「客串」的色彩，但往往可以拿出特色的研究成果。值得注意的是，那些高水平、成果豐碩的比較文學中青年學者，絕大多數都是中國自己培養的「土」博士。他們是中國比較文學研究的中堅力量，他們有著寬闊的世界視野，良好的中外文基礎，牢牢立足於本土文化，堅持了鮮明的民族文

化立場，保持了健康的學術心態、嚴謹扎實的優良學風。比較文學作為涉外的研究，要做到這一點並不容易。眾所周知，在當代中國文學理論與批評界，一些人食洋不化，以形形色色的西方時髦理論，以洋字眼兒和不土不洋的生造詞招搖於學界，以奇奇怪怪的句子粉飾包裝陳詞濫調，以夢囈般的語句愚弄讀者，使學術淪為自我炫耀、自我宣洩的無聊把戲。但是，值得欣慰的是，在比較文學界，這類人、這種文章和書卻並不多見。

　　當然，比較文學在中國作為一個較新的學科，在研究中也暴露了一些問題。從研究人員的學術背景上看，在中西比較文學的研究中，以英語為工作外語的人，占絕大多數，與英語相關的課題的研究備受重視，其他則相對冷清；而從事中西比較文學的研究的人與從事東方比較文學研究的人，又相差懸殊，東方比較文學的研究人員嚴重不足，有許多重要的課題和領域尚無人問津。有些學人很少對中外比較文學中的具體問題進行個案研究的經驗，卻大談比較文學的理論，就不免空泛和隔膜；有些人是在比較文學學科理論裝備嚴重不足的情況下涉獵比較文學的。他們的文章或論著對比較文學做了簡單化的、甚至庸俗化的理解，把「文學比較」等同於「比較文學」，在「平行研究」領域出現了大量缺乏可比性、為比較而比較的、人稱「X 比 Y」式的比較模式，以致達到了氾濫成災的地步。好在喜歡寫這類文章的人在季羨林先生等的嚴厲批評下，近年來已見收斂。一些作者的著作存在著大量抄襲或改頭換面變相抄襲外國人的現象，或存在著自我重複的「炒剩飯」的現象。有的本來學術研究潛力和勢頭良好的中年學者，或許是由於「雙肩挑」或過分熱衷社會活動等原因，使學術成果的量與質每況愈下。一些期刊刊登的比較文學書評文章近於宣傳廣告文字，充斥著溢美和誇大之詞，失去批評標準。特別應該指出的是，區域文學與世界文學研究，應該是比較文學研究的重要對象和重要領域，這類研究在中國的數量不可謂不多，但除極少數外，上百種以

「外國文學」、「世界文學」或「西方文學」、「東方文學」為書名關鍵字的書，大都是國別文學的機械的相加或簡單的合成，缺乏比較文學的觀念和方法。甚至有的以《比較文學史》為名稱的書，也擺脫不了僵化的教科書寫作模式，「比較文學」這個詞在那裡只是流於點綴。凡此種種，都是中國比較文學二十年來發展中的問題。其實這些不只是比較文學界特有的個別問題，也是整個人文社會科學界普遍存在的問題。相信隨著中國比較文學學科理論的日益成熟、研究經驗的進一步積累、學術研究大環境的進一步改善，中國比較文學在今後必定能夠更健康地發展，這是完全可以預期的。

一百年來中國文學翻譯十大論爭及其特點[1]

　　文學翻譯的學術論爭，是中國學術論爭的一個重要組成部分，也是中國翻譯論爭及翻譯理論建設的一個重要方面。整個二十世紀中國文學翻譯史，不僅譯作上成果累累，學術爭鳴也呈現出鐘磬和鳴、百花爭豔的局面。文學翻譯論爭所涉及的問題較為廣泛，探討較為深入，論爭的起因和背景有所差異，呈現出較為複雜的樣態。通過梳理和整合，我們可以把有關文學翻譯的學術論爭分為十個主題，可以總稱為「十大論爭」。

　　第一大論爭，是「信達雅」之爭。由近代著名翻譯家嚴復提出的「信達雅」，是晚清以來中國翻譯及翻譯文學理論中最有影響的理論命題。它既是嚴復翻譯經驗的精煉的總結，也相當程度地揭示和概括了翻譯活動的本質規律。在一百多年來的中國翻譯理論中，沒有哪一種學說像「信達雅」一樣具有如此深遠和廣泛的影響力。由於嚴復的「信達雅」只是有感而發，並未做現代意義上的科學的界定，後來的人們或解釋、或闡發、或引申、或讚賞、或質疑、或貶斥，各抒己見，眾說紛紜，真正出現了百年爭鳴、百家爭鳴的局面。其間的爭鳴出現過三次高潮：第一次是二〇至三〇年代，第二次在五〇年代，第

1　本文原載《蘇州科技學院學報》（蘇州），2011年第6期，《複印報刊資料·外國文學研究》2012年第5期轉載。是在百花洲文藝出版社二〇〇六年版《二十世紀中國文學翻譯之爭》（收入《王向遠著作集》第八卷時改題為《中國文學翻譯九大論爭》）的〈緒論〉的基礎上改寫而成。

三次高潮始於八〇年代，延續至今。通過論爭，「信達雅」的歷史淵源、內在含義，作為翻譯及翻譯文學的原則標準是否適用等一系列問題，在論爭中也逐漸明晰。更重要的是，「信達雅」在論爭中被不斷闡發、不斷完善，從而煥發出了新的生命力。它作為翻譯及文學翻譯的原則標準的持續有效性得到了大多數論爭的充分肯定。

第二大論爭，是直譯與意譯之爭。二十世紀初直至八〇年代，中國翻譯文學界一直都是將直譯意譯作為一種翻譯方法的概念來使用，並圍繞直譯意譯進行了長時間持續不斷的論辯。歸納起來，大致有三種意見：一、把直譯理解為逐字譯，並加以提倡；有的提倡直譯，但不把「直譯」理解為逐字譯，並把直譯理解為惟一正確的方法，不承認另外還有「意譯」的方法；或者把直譯與「曲譯」對立起來，認為直譯就是「正確的翻譯」；二、反對逐字直譯，主張通順易懂的意譯，或者認為所以翻譯就是「譯意」，就是「意譯」；三、將直譯意譯兩者調和折衷，不作硬性劃分；或反對使用「直譯」、「意譯」的提法，而主張用別的更恰當的概念取而代之；或對直譯意譯的內涵做進一步科學的清理和界定，主張兩者的有機結合與統一。通過論爭，大多數意見認為直譯意譯作為不同的基本翻譯方法，在翻譯中應靈活使用，應在尊重譯文的全民語言基本規範的前提下，能直譯的便直譯，不能直譯的便意譯。

第三大論爭，是異化與歸化之爭。翻譯中的所謂「異化」和「歸化」，是以譯者所選擇的文化立場為基本點來加以區分的。前者主要以原語文化為歸宿，強調譯文要有「異」於目的語，後者主要以目的語文化為歸宿，強調譯文要同化於目的語。它們在翻譯中的可行性取決於翻譯的目的、讀者的需要、文化間相互依賴的程度等，具有各自的價值和不可替代性。有人把歸化理解為意譯，把異化理解為直譯，是不全面的。這一對概念都是有相互重疊的一面，如歸化和意譯都指譯文通順，符合譯入語的語法規範，等等。異化和直譯都追求與原作

的「等值」，尊重原語的語法規範。但歸化和異化更加強調文化因素，它所涉及的主要是文化立場問題，直譯、意譯則側重於語言操作問題。在二十世紀的中國翻譯文學理論建構與學術爭鳴中，「歸化」和「異化」這一對範疇表明中國翻譯文學由翻譯方法論而擴展到更高層次的翻譯文化論。在異化歸化的爭論中，更多的理論家強調譯文應保持原文的風格，即「洋味」，反對過分「歸化」，但更多的翻譯家在翻譯中仍傾向於譯文必須是道地的漢語，具有「歸化」傾向的譯文能占大多數。

　　第四大論爭，是轉譯和複譯之爭。轉譯與複譯之爭是針對文學翻譯的不同方式而展開的論爭。由譯本所據原本的不同，形成了直接翻譯和轉譯兩種不同的翻譯方式；由同一原本的不同譯本出現的時間先後的不同，形成了首譯與複譯兩種不同的方式。因已有的譯本不能滿足讀者的期望和需要，複譯是翻譯家常有的選擇；因翻譯家所掌握的語種等因素的限制，轉譯也常常是譯介外國文學的必要途徑和方式。在中國翻譯史上，複譯和轉譯是相當普遍的翻譯方式，其中不乏成功的、受到讀者歡迎和肯定的譯作，也有不少過多背離原文的轉譯本和重複平庸、乃至濫竽充數的複譯本，對於複譯和轉譯的是非功過，翻譯界有著見智見仁的不同看法，並進行了長期的討論和爭鳴。經過爭論，大家認為「轉譯」是不可避免的，但應儘量直接翻譯；複譯也是必要的，但複譯不能為盜譯（抄襲已有譯文）提供條件，複譯必須在舊譯基礎上有所超越、有所提高，才有存在價值。

　　第五大論爭，是「處女」、「媒婆」、「奶娘」之爭。翻譯文學的價值、功用問題，文學翻譯與文學創作的關係、特別是文學翻譯對作家創作所起的作用問題，是中國翻譯文學的理論探討的一個重要論題之一。對翻譯文學在政治文化層面上的價值、地位和作用，人們的認識是大體一致的，關於這個問題並無太大爭議。只是翻譯文學究竟「功用」在何處，不同時代、不同的人的認識還是有差異的，人們對翻譯

的重要性與必要性的認識，也經歷了從現實的、政治的工具論，到文化、文學本體論的發展演化過程。而在文學層面上，特別是在翻譯與創作的關係問題上，人們的看法卻大相逕庭，並產生了激烈的爭論。在論爭中，有人將創作比作「處女」，將翻譯比作「媒婆」，認為文學翻譯只起一個「媒婆」的作用，與「創作」這個「處女」相比是次要的；有人則將翻譯比作「奶娘」，認為翻譯促進了創作，對創作有哺育之功，因而翻譯是創作的「奶娘」。形象一點說，這一論爭就是「處女」、「媒婆」、「奶娘」之爭。經過論爭，「媒婆」論者修正了自己的看法，「奶娘」論得到了普遍的認同。

第六大論爭，是神似、化境與等值等效之爭。「形」與「神」、「神似」與「形似」，原本是中國傳統的文論和畫論範疇。在二十世紀中國翻譯文學理論構建中，有些翻譯家和理論家借鑒這兩個傳統概念，來表達翻譯文學中的藝術追求，後來，錢鍾書等又在「神似」的基礎上提出了「化境」這一概念，作為翻譯文學的一種理想境界和目標。而從外國引進的「等值」、「等效」理論，與「神似」、「化境」論一樣也屬於翻譯文學的理想目標。長期以來，翻譯界對「形似」與「神似」的關係、「神似」與「化境」的關係，「神似」、「化境」與「等值」、「等效」的關係，都做了有益的論爭和辨析。特別是對從外國引進的「等值」、「等效」理論，推崇者有之，質疑者有之，反對者有之，各種不同看法在八〇至九〇年代形成了交鋒。通過論爭，一般認為神似化境論是適合於文學翻譯和翻譯文學的審美理想論，等值等效論則比較適合於非文學翻譯的譯文評價。

第七大論爭，是可譯與不可譯之爭。「可譯」與「不可譯」是翻譯理論中的一個古老悖論，是翻譯理論、特別是翻譯文學理論中的一個矛盾的、二律背反的命題。可以說，人類以往的翻譯活動，都是在「可譯」與「不可譯」的矛盾統一中，在不斷克服「不可譯性」、追求「可譯性」的努力中向前推進的。所謂「可譯」或「不可譯」（或

稱「可譯性」、「不可譯性」）是指在翻譯——主要是文學翻譯，特別是詩歌翻譯——中，對原文加以確切傳達的可能性的程度和限度問題，也就是翻譯的可行性和侷限性的問題。它從根本上觸及到了翻譯及文學翻譯的可靠性和可信性、作用和價值的認識與判斷。「可譯性」與「不可譯性」的論爭，從西方自古羅馬時代，中國自魏晉時代就已觸及並展開，進入二十世紀後，仍是中國翻譯文學論爭中的持續較長的論題之一，在許多方面觸及了翻譯及翻譯文學的某些根本特徵，具有重要的理論價值。通過漫長的論爭和探討，人們意識到「不可譯性」是文學翻譯、特別是詩歌翻譯的基本特性，而這種「不可譯性」恰恰又給文學翻譯家提供了再創造的契機，文學翻譯作為藝術的再創作活動，突出表現為對「不可譯」的不斷克服，也就是變「不可譯」為「可譯」。

　　第八大論爭，是「翻譯文學」國別歸屬之爭。「翻譯文學」是「文學翻譯」的結果，也是文學文本的一種類型。在二十世紀八〇至九〇年代中國翻譯文學的學術爭鳴和理論構建中，關於翻譯文學的歸屬問題的論爭是學界爭論的一個焦點，特別引人注目。由於「翻譯文學」特有的跨文化性質，人們對什麼是「翻譯文學」，它的內在屬性是什麼，翻譯文學應該如何定性和定位、翻譯文學是否等於「外國文學」、是否是一個獨立的文學形態、中國的翻譯文學是否屬於中國文學的一個組成部分，等等，都有著不同的認識，並展開了熱烈的討論。通過論爭，「中國翻譯文學屬於中國文學的特殊的組成部分」的論斷，為翻譯界、文學界和理論界的大多數人所贊同，從而一定程度地扭轉了長期以來翻譯文學被忽略、被無視的不正常局面。近年來，對於翻譯文學的基本理論、對於翻譯文學史的研究已成方興未艾之勢，這在很大程度上得益於翻譯文學歸屬問題的明朗化。

　　第九大論爭，是「科學」論與「藝術」論之爭。對翻譯的特殊性的探討的第一步，是弄清文學翻譯的根本的學科屬性，即翻譯——包

括文學翻譯是科學還是藝術。長期以來，人們對文學翻譯是科學還是
藝術這個問題一直存在爭論。從語言學角度看問題者，傾向於將翻譯
視為一種科學活動，從文藝學角度看問題者，則傾向於將文學視為藝
術活動，從而形成了「語言學派」和「文藝學派」兩大分野。他們在
翻譯家的客體性與主體性、翻譯活動的主觀性和客觀性，翻譯理論的
描述性和規範性等問題上，都表達出了不同的看法。與此同時還出現
了將兩者調和起來的「藝術與科學統一論」。而在「藝術論派」內
部，人們對文學翻譯的特點和性質的認識也頗有分歧。一九八〇年代
以來，圍繞許淵沖先生提出的「美化之藝術」論、譯文對原文的「優
勢競賽」論，翻譯界進行了熱烈的爭論，並一直持續到新世紀。這場
爭論集中反映了文學翻譯中的兩種不同的價值取向，涉及到譯者在翻
譯中的創造性可以容許到多大程度這一重大問題。

　　第十大論爭，是關於能否建立「翻譯學」的論爭。二十世紀八〇
年代後期以降，國內不少學者在外國學術界的啟發下，提出了建立
「翻譯學」的構想，發表了很多文章，出版了若干專著。雖然有些著
作得到了評論者的高度估價，但無庸諱言，它們大都只是初創和探索
的性質。其中一些基本理論問題沒有解決，並存在很大分歧。這些分
歧都在圍繞「翻譯學」的學術論爭中充分表現了出來。爭論的焦點問
題是：第一，翻譯學有沒有建立的必要？能否建立起來？一派認為
「翻譯學」不可能成立，它只是一個「迷夢」、一個「未圓且難圓的
夢」，另一派相反，認為建立翻譯學是必要的必然的現實的，並且在
中國也已初步形成；第二，怎樣建立翻譯學？這主要涉及到在翻譯學
的理論建構中，是建立囊括一切翻譯活動的「翻譯學」，還是首先建
立像「文學翻譯學」那樣的分支翻譯學？在建立翻譯學的過程中，是
以中國已有的譯學理論為依歸，還是以西方理論為依託？如何看待中
國傳統譯論的民族特色？在譯學理論建構中它應發揮何種作用？如何
看待和借鑒西方譯論？其中一派認為中國已經形成了自成系統的翻譯

理論，應該建立有中國特色的翻譯理論體系，另一派認為中國翻譯理論是不成熟的和落後的，翻譯學的建立應走國際化的道路。這場爭論目前仍在進行中。

　　在對上述十大論爭中的清理、總結和評述中，我們深感近百年來，中國文學翻譯論爭的論題是鮮明突出的，論爭的內容、論爭的角度和方式是豐富多彩的，論爭的學術含量和理論含量是較高的，有關文學翻譯的論爭是與中國文學史、中國學術史的發展演進歷程密切相關的。從縱向上看，十大論爭貫穿著整個中國翻譯史和翻譯文學史，同時由於時代背景的不同，論爭高潮相對集中。二〇至三〇年代和八〇至九〇年代是論爭的兩個高峰，十大論爭中的大部分論爭集中在這兩個時期。顯而易見，這兩個高峰期的形成是與中國整個學術文化的繁榮期相一致的。從論爭的主題內容上看，是逐步由淺入深、逐步推進和深化的。例如，在二十世紀上半期，圍繞「信達雅」的論爭，其宗旨是為文學翻譯確定一個基本標準，接著展開的直譯和意譯之爭是翻譯的基本方法問題，轉譯複譯問題則是翻譯的方式問題，這些都基本上屬於翻譯的實踐層面的問題。到了二十世紀下半期，在關注翻譯的實踐層面的問題之外，開始更多地關注文學翻譯的一些基本理論問題。如形似神似化境、等值和等效問題的爭論，已經由「文學翻譯」上升到了「翻譯文學」。這一論爭和「信達雅」論爭的不同，就在於「信達雅」論爭是有關實踐問題的，而圍繞「神似」的論爭則關涉翻譯文學的美學理想、審美境界，是對已經完成的「翻譯文學」文本的審美觀照和審美評價。又如異化歸化之爭，如果說三〇年代的論爭旨在說明什麼樣的譯文更可取，那麼到了八〇至九〇年代的異化歸化之爭，則主要指向探討翻譯文學的文化立場，翻譯家的文化取向問題。同樣，可譯不可譯之爭也發生在三〇年代，但那時所探討的主要是文學翻譯實踐層面的可譯與不可譯，而二十世紀後半期的論爭則深入到了文學的翻譯本質特徵的層面，把可譯不可譯問題作為翻譯中的一個

文化哲學問題、美學問題來看待。還需要強調的是，八〇至九〇年代
參與爭論的不再是清一色的翻譯家，而是湧現出了一些專門的翻譯研
究家和譯學理論家，理論與實踐的相對分工已初露端倪。翻譯論爭及
文學翻譯論爭的議題，也不再侷限於某些個別的實踐問題，而是更多
上升到了學科建構的高層次。例如，關於翻譯文學的國別屬性文學的
爭論，其實質是要為翻譯文學爭取學科地位，爭取存在空間。翻譯的
「科學論」和「藝術論」之爭的宗旨，更是要從學理上辨明翻譯、特
別是文學翻譯的本質屬性和基本特徵，從而為翻譯及文學翻譯的準確
定位打下基礎。而關於「翻譯學」的論爭，則是二十世紀中國翻譯文
學論爭的總結形態，是圍繞學科本體的論爭，突出表明了二十世紀末
期翻譯界對中國翻譯及文學翻譯的學科建設問題的高度關注，這個問
題的爭論也一直延伸到了新世紀，而翻譯學及翻譯文學的學科建設也
在論爭中穩步地向前推進。

　　就論爭的方式來看，中國翻譯文學中的所謂「論爭」，不僅僅是
通常意義上的「爭論」，大部分情況下是「爭」為「論」起，以
「論」為本，「論」中有「爭」。論爭的方式也各有不同，呈現出較為
複雜的情況。但粗略劃分起來，可以說有兩種基本的論爭方式，一種
是直接論爭，論爭雙方在相對集中的時間內，以特定的人物為對手展
開論辯，多是指名道姓。十大論爭中，三〇年代魯迅與梁實秋等就直
譯硬譯問題展開的論爭、九〇年代就勞隴、張經浩兩先生的反對建立
翻譯學而引發的論爭、關於中國譯論與西方譯論的價值判斷的論爭，
等等，都屬於直接論爭。直接論爭的烈度較大，雙方常常唇槍舌戰，
各不相讓，有的已上升為比論爭更激烈的「論戰」。這類論爭的特點
是短兵相接，各執一端，論題集中，立場鮮明。總體看來是學術的，
但有時也免不了中國文壇中的一直時隱時現的宗派主義、黨同伐異的
傾向，有的因帶有個人的情感意氣乃至成見偏見，影響了論爭的學術
性和科學性。譬如有論者在論爭中缺乏與人為善的態度，將學術論爭

與人際關係、長幼尊卑混為一談，經不起別人的學術的批評，在反批評中有失學術立場。這都是直接論爭中難以避免的負面。另一種方式是間接論爭。即論爭雙方的對壘並不明顯，論爭的時間不太集中，有關的文章主要並不是為論爭而寫，而是順便提到，或一帶而過，或旁敲側擊。這類間接論爭時間上不集中，參與的人數較多，且往往歷時很長，曠日持久。如信達雅之爭、直譯意譯之爭、異化歸化之爭等，幾乎都持續了近一百年，其論爭本身就構成了中國翻譯理論史的一條重要線索和一個重要側面。在中國翻譯文學論爭史上，直接論爭和間接論爭兩者互為補充，直接論爭往往容易形成焦點和高潮，間接論爭卻能連綿不絕。

在清理、總結和評述中國翻譯及文學翻譯論爭的過程中，我們還感到，中國文學翻譯的論爭始終是中國翻譯論爭的焦點和核心，在中國的翻譯理論建構中具有主導位置。一方面，中國翻譯文學的論爭是中國翻譯論爭的一個有機組成部分，因而談文學翻譯的論爭，不可能完全侷限在文學翻譯自身的範圍內。另一方面，在二十世紀中國翻譯論爭乃至譯學理論建構中，呈現出較強烈的「泛文學化」的色彩。不論是否直接關涉文學翻譯問題，論爭都具有不同程度的文學性或文學色彩。「文學論」色彩極為濃厚，相形之下「科學論」色彩較弱。許多學術觀點和理論主張實際上是從文學翻譯出發的。參與論爭的大部分翻譯家是文學翻譯家，他們的文學翻譯經驗對他們的翻譯主張、理論立足點都起了決定性的影響。因此可以說，二十世紀中國翻譯論爭的核心和焦點在文學翻譯。九〇年代後，雖然也有了強調科技翻譯、學術翻譯研究的呼聲，但總體而言，文學翻譯仍是翻譯理論論爭的最基本的背景和語境。

翻譯文學的學術爭鳴是二十世紀中國翻譯理論建設的重要形態，論爭涉及到了文學翻譯的方方面面，提出了一些發人深思的基本的問題和課題，也集中表現出了學術論爭在理論建構中的作用和侷限。一

方面，在論爭中提出了一系列基本問題，通過爭論，使這些問題為更
多的人所關注；通過辨析，使問題逐漸明朗化，為進一步解決問題提
供了基礎和條件；另一方面，參與論爭的大部分是有著一定翻譯實踐
經驗的翻譯家，而多是有感而發的隨想式的、「經驗談」的文字，其
中的看法雖不乏切膚之痛和真知灼見，但常常是思想的星星之火，而
不是理論的火焰燎原。這自然不能責怪翻譯家未能將他們的見解理論
化。這只能說明，文學翻譯論爭還不是文學翻譯理論的完成形態，但
它卻是文學翻譯理論乃至整個翻譯理論和譯學建構的珍貴資源。翻譯
文學理論研究的深化，既要靠翻譯家兼理論家的雙料人才，更呼喚專
門的翻譯理論家和專門的翻譯理論研究者的出現。而今後專門的理論
家要對文學翻譯做出理論上的全面深入的概括和提升，如果忽視或者
不能充分利用二十世紀文學翻譯論爭所留下的這些寶貴材料，是不可
想像的。

改革開放以來中國翻譯文學的基本走向及特點[1]

一九七八年，中國進入了改革開放的新的歷史時期，各項事業百廢待興。長期的文化封閉和文學禁錮解除之後，人們對外國文學的譯介充滿了渴望，促使翻譯文學進入了一個空前繁榮的黃金時代。有關出版社的調整和振興，有關刊物的復刊和創刊，都為翻譯文學的出版與發表提供了條件。由此，中國翻譯文學迅速復興並進入了全面繁榮時期。並呈現出以下八個基本特點。

第一，隨著政治因素對翻譯文學的干預逐漸減少，隨著思想文化界和文學界思想的進一步解放，翻譯文學在選題的內容上更加開放。現代主義，包括象徵主義、表現主義、「意識流」、存在主義、荒誕派、「新小說」、「黑色幽默」等現代派作品在中國的禁忌逐漸消除，成為翻譯文學中的新的熱點。特別是袁可嘉等編選、上海文藝出版社在八〇年代初出版的《外國現代派作品選》（四冊），率先系統地翻譯介紹了外國現代派的各類題材類型的作品，開譯介現代派文學的風氣之先。令八〇年代的中國文壇和讀書界耳目一新。此後，卡夫卡、里爾克、葉芝、艾略特、喬伊絲、伍爾芙、福克納、珀索斯、普魯斯特、加繆、貝克特、尤奈斯庫、黑塞、海勒、莫里亞克、皮蘭德婁、克魯亞克、橫光利一、安部公房、村上春樹、大江健三郎等現代派作家作品的紛紛翻譯出版。以前被視為「修正主義文學」的前蘇聯的當

1　原載《東方文學研究集刊》（太原），第2輯（2005年）。

代文學，重新受到中國讀者的歡迎。過去受冷落、壓抑或批判的葉賽寧、帕斯捷爾納克、布林加科夫、左琴科等人的作品，都被譯介過來，並出現多種版本。高爾基的《不合事宜的思想》一書因政治上的「不合事宜」而長期不能譯介，到一九九八年首次被譯成中文。八〇至九〇年代最受中國讀者歡迎的是前蘇聯作家是艾特瑪托夫，他與海明威、卡夫卡和馬爾克斯一起，被認為是對新時期中國文學影響最大的四位外國作家之一。英國勞倫斯的《查泰萊夫人的情人》等作品因涉嫌「色情淫穢」長期不能在大陸地區出版，一九八五年湖南有一家出版社冒險出版後招致嚴厲制裁。一九八七年，六卷本的《勞倫斯選集》由北方文藝出版社推出，同時勞倫斯的《兒子與情人》等作品也不斷出現複譯本。有軍國主義傾向的日本作家三島由紀夫的作品開始解禁，並在一九九五年前後陸續出版了《三島由紀夫文學系列》等三種套書。以前被視為反動作家的英國作家奧威爾的《一九八四》等作品也被翻譯過來。

　　第二，翻譯文學選題的空間範圍更加擴大，呈現出全方位的選題格局。以前，中國的文學翻譯集中與歐洲各國、美國和日本等方面，新時期後，文學翻譯的選題範圍呈全方位的態勢，其中，拉丁美洲文學翻譯熱潮的出現，是八〇至九〇年代中國文學翻譯的一個亮點。拉丁美洲文學在二十世紀五〇至七〇年代出現了高度繁榮的「文學爆炸」現象。但由於眾所周知的原因，直到改革開放後，中國才開始重視拉美文學的翻譯。最重視的是魔幻現實主義文學的翻譯。一九七九年六月《世界文學》選譯了瓜地馬拉作家阿斯圖里亞斯的代表作《玉米人》，這是新時期譯介拉美魔幻現實主義的開始。哥倫比亞作家馬爾克斯作為魔幻現實主義的代表，尤其受到翻譯家和出版社的青睞。一九八二年十月上海譯文出版社出版了趙德明譯的《加西亞‧馬爾克斯中短篇小說集》，《世界文學》一九八二年第六期摘譯了他的獲獎作品《百年孤獨》。這些譯介都是在馬爾克斯獲諾貝爾獎文學獎之前。

隨著他的獲獎，中國文學翻譯界迅速掀起「馬爾克斯譯介熱」。一九八四年，上海譯文出版社和北京十月文藝出版社推出了由黃錦炎和高長榮翻譯《百年孤獨》的兩種不同譯本，一九八四年，資料集《一九八二年諾貝爾文學獎金獲得者加西亞·馬爾克斯研究資料》也在一九八四年出版。拉美魔幻現實主義的其他重要作家作品，包括阿根廷作家博爾赫斯的《短篇小說集》、墨西哥作家魯爾弗的《中短篇小說集》、危地馬拉作家阿斯圖里亞斯的《總統先生》、古巴作家卡彭鐵爾的《人間王國》等都有了譯本。拉美魔幻現實主義成為對中國新時期文學創作影響最大的外國文學流派，當時幾乎所有中國中青年作家都讀過或了解以馬爾克斯為代表的拉美作家作品，並模仿之、借鑒之。此外，拉美其他文學流派和風格的作家作品，如巴西作家亞馬多、秘魯作家巴爾加斯·略薩和詩人聶魯達等人的重要作品，也都得到了翻譯介紹。而雲南人民出版社出版的《拉丁美洲文學叢書》則是中國集大成的拉丁美洲文學作品翻譯的集大成。趙德明等的《拉丁美洲文學史》等數種文學史著作和陳眾議的《拉美當代小說流派》等專著，也為讀者系統了解拉美文學提供了方便。

　　以前由於沒有邦交而難以翻譯介紹的韓國文學、以色列文學也陸續得到了譯介。新中國成立以來，中國與韓國、以色列國等國文化與文學上的沒有交流，一九八三年，在中韓尚沒有建交的情況下，中國文學翻譯界以「內部發行」的出版了枚之等翻譯的《南朝鮮小說集》，收錄了韓國二十世紀二〇至七〇年代的中短篇小說代表作，九〇年代，中韓建交後，韓國文學大量譯成中文，並在文學藝術界形成了一股所謂「韓流」；中國對猶太文學的翻譯開始於二〇年代，但一九四七年以色列國建國後的以色列文學，長期未能譯介，一九九二年中以建交後，以色列文學的翻譯逐漸增多，並出現了安徽文藝出版社的《希伯來語當代小說譯叢》、中國社會科學出版社的《當代以色列名家名作選》和百花洲文藝出版社的《以色列文學叢書》等。以前不

太重視的黑非洲文學作品也得到了譯介，人民文學出版社還出版了一套《非洲文學叢書》。邵殿生等翻譯的尼日利亞作家、諾貝爾獎獲得者渥萊‧索因卡的小說與戲劇的譯本，給讀者留下了深刻的印象。一些小語種的文學作品，以前只能轉譯，八〇年代後大都可以直接翻譯。如根據波蘭文譯出的波蘭的萊蒙特長篇小說的《福地》，根據塞爾維亞文翻譯的前南斯拉夫作家安德里奇的小說，根據印尼文譯出的印尼著名作家普拉姆迪亞的《人世間》四部曲，根據烏爾都語譯出的巴基斯坦小說家肖克特‧西迪基的《真主的大地》和阿‧侯塞因的《悲哀世代》，根據波斯文譯出一系列波斯古典詩歌集及巴基斯坦著名詩人伊克巴爾的用波斯文寫成的《自我的秘密》，根據土耳其文翻譯的雅薩爾‧凱瑪律的《瘦子麥麥德》，根據泰文譯出的泰國作家克立‧巴莫的《四朝代》，根據緬甸文翻譯的吳登佩敏的《旭日冉冉》，根據孟加拉文譯出的般吉姆的代表作《毒樹》，根據僧伽羅文翻譯的斯里蘭卡作家西爾瓦等人的小說，等等。就這樣，文學比較發達的小國家小語種的作品，大都有了直接譯本。

　　第三，出版了一批填補空白的外國古典文學重大翻譯項目。在日本文學方面，重要的如豐子愷先生翻譯的日本古典作家紫式部的《源氏物語》和《落窪物語》，臺灣的林文月教授翻譯的《源氏物語》，周啟明、申非譯《平家物語》，錢稻孫譯近松門左衛門的戲劇作品和井原西鶴的小說，申非譯《日本謠曲狂言選》，楊烈譯《萬葉集》和《古今和歌集》，李樹果譯《八犬傳》等，都是精品之作。在印度文學的譯介方面，季羨林翻譯的印度大史詩《羅摩衍那》全六卷在八〇年代初期出版，填補了中國翻譯文學中的一大空白。金克木、趙國華、黃寶生等翻譯的印度大史詩《摩訶婆羅多》也陸續問世。在阿拉伯文學翻譯方面，有《阿拉伯古代詩選》和《阿拉伯古代詩文選》兩種版本問世，而最大的收穫是一九八二年人民文學出版社出版六卷全譯本《一千零一夜》。這是納訓先生用畢生精力翻譯《一千零一夜》

的結晶。九〇年代，李唯中先生據另一種版本譯出的八卷本全譯本也問世了，現代作家馬哈福茲的《宮間街》三部曲等十幾部長篇小說及短篇集也陸續翻譯出版。在波斯古典文學方面，魯達基、菲爾多西、內扎米、海亞姆、哈菲茲、莫拉維的詩集陸續譯出，特別是十八卷本的《波斯古典文庫》（湖南文藝出版社）的出版，成為中國波斯古代文學翻譯的集大成。在歐美文學方面，荷馬史詩《伊利亞特》和《奧德塞》也有了直接從希臘文翻譯的譯本，羅念生翻譯的古希臘悲劇三大悲劇家的九種戲劇劇本也以《古希臘悲劇經典》為書名由作家出版社結集出版，趙金平翻譯的西班牙古代史詩《熙德之歌》由上海譯文出版社出版。西海翻譯的英國約翰‧班楊的宗教寓意小說《天路歷程》在「文革」前已打好紙型，到一九八三年也由上海文藝出版社正式出版。喬伊絲的長篇小說《尤利西斯》、普魯斯特的《追憶似水年華》、雨果的《悲慘世界》、美國沃克的《戰爭風雲》等因翻譯難度大或篇幅太大而一直沒有翻譯、或沒有全譯本的作品都有了譯本或全譯本。德語文學方面，錢春綺等翻譯的《歌德戲劇集》、綠原翻譯的《里爾克詩選》等也是補苴罅漏之作。

　　第四，是翻譯文學出版的系列化、規模化、叢書化。歐美各國文學、東方各國文學的翻譯，各種思潮、流派、各類風格、各種體裁的作品的翻譯都得到了重視。在各種單行本大量出版的同時，翻譯文學叢書像雨後春筍般湧現出來。此時期出版的各類叢書近二百種。八〇年代初就已陸續翻譯出版的綜合性的翻譯文學叢書《外國文學名著叢書》（人民文學出版社、上海譯文出版社）是由翻譯名家主譯的、最具權威性的翻譯文學叢書，到二〇〇〇年，已出版作品一百多種，其中大多數譯作是書店中的常銷和暢銷書，在讀書界具有極大的影響和極高的威望。上海譯文出版社的《二十世紀外國文學叢書》著眼於二十世紀外國文學，系統地翻譯出版了多種名家名作和新人新作。灘江出版社出版的《外國文學名著》叢書，以小開本裝幀，陸續推出了十

八至二十世紀各國文學名家名作譯本幾十種。譯林出版社的《譯林世界名著》系列叢書，組織翻譯家對多種世界文學名著進行複譯，以其較高的譯文質量受到讀者青睞。譯林出版社的《當代外國流行小說名著叢書》則緊密跟蹤世界文壇，翻譯推出了一系列雅俗共賞的作品。譯林出版社的《世界英雄史詩譯叢》首譯和新譯了十幾種世界各古老民族的英雄史詩，不僅具有文學上的價值，也具有文化學術上的價值。作家出版社出版的《作家參考叢書》衝破禁忌，大膽翻譯推出了一些在政治上具有敏感性的捷克作家米蘭‧昆德拉、內容和寫法上較為新穎的馬格麗特‧杜拉斯等人等人的作品。除這類綜合性的翻譯文學叢書外，還有從不同角度編選翻譯的各類翻譯文學叢書，如從獲獎文學的角度編輯翻譯的《獲諾貝爾獎作家叢書》（灕江出版社）、《世界著名文學獎獲得者文庫》（工人出版社）、《法國龔古爾文學獎作品選集》（十卷，北京師範大學出版社）等。有從文體的角度出版的翻譯文學叢書，如《世界神話珍藏文庫》（北嶽文藝出版社）、《詩苑譯叢》（湖南文藝出版社）、《域外詩叢》（灕江出版社）、《外國名家散文叢書》（百花文藝出版社）、《世界散文隨筆精品文庫》（十卷，中國社會科學出版社），《外國文藝理論叢書》（人民文學出版社）等，還有《外國暢銷小說譯叢》、《海外名家詩叢》、《二十世紀外國大詩人叢書》、《世界民間故事叢書》、《亞洲民間故事系列》、《現代散文詩名著譯叢》、《散文譯叢》、《外國遊記書叢》、《世界兒童文學經典》、《二十世紀著名隨筆譯叢》等，幾乎囊括了各種文學體裁。從地域和國別的角度出版的翻譯文學叢書，如北嶽文藝出版社的《東方文學叢書》、雲南人民出版社的《拉丁美洲文學叢書》，湖南文藝出版社的《波斯經典文庫》，上海譯文出版社和人民文學出版社分別出版的兩套《日本文學叢書》，黑龍江人民出版社等七家出版社聯合出版的《日本文學流派代表作叢書》，灕江出版社的《法國二十世紀文學叢書》，中國社會科學出版社的《當代美國小說叢書》、作家出版社的俄國《白銀

時代叢書》、呂同六主編的《意大利二十世紀文學叢書》等。有從性別角度編譯的譯叢，如外國女作家的中短篇小說叢書《藍襪子叢書》（十卷，河北教育出版社出版）等。還有從主題、題材類型學角度編譯的《當代外國新潮小說分類精選書系》（十四種，北京師範大學出版社）等。

　　第五，世界文學史上著名作家的作品翻譯由此前的單行本譯本，逐漸選集化、全集化。僅人民文學出版社就出版了《賽萬提斯全集》（八卷）、《歌德文集》（十卷）、《巴爾扎克全集》（十一卷）、《普希金全集》（十卷）、《果戈里選集》（三卷）、《陀思妥耶夫斯基選集》（七卷）、《屠格涅夫選集》（十三卷）、《托爾斯泰文集》（十七卷）、《高爾基文集》（二十卷）、《司各特文集》（五卷）、《易卜生全集》（十二卷）、《斯坦貝克選集》（四卷）、《海涅選集》（九卷）、《斯特林堡選集》（三卷）、《薩特文集》（七卷）、《肖洛霍夫文集》（八卷）、《凡爾納科幻探險小說全集》（二十卷）、《梅里美中短篇小說全集》、《納博科夫小說全集》、《海明威文集》、《王爾德作品集》等系列化的作品。河北教育出版社在九〇年代推出了《世界文豪書系》，陸續翻譯出版了十八世紀以來二十多位世界文豪的文集和全集，其中包括《雪萊文集》、《歌德文集》、《海涅文集》、《卡夫卡全集》、《雨果文集》、《波德萊爾全集》、《莫伯桑小說全集》《普希金全集》、《萊蒙托夫全集》、《屠格涅夫全集》、《泰戈爾全集》、《川端康成十卷集》、《紀伯倫全集》、《博爾赫斯全集》等，叢書規模宏大，裝幀精美，填補了中國翻譯文學中的一系列空白。此外，上海譯文出版社的《普希金文集》、《托思妥耶夫斯基選集》、《托爾斯泰文集》、《契訶夫小說全集》、《狄更斯文集》、《奧斯丁文集》、《喬治‧桑文集》、《弗吉尼亞‧伍爾夫文集》、《海明威文集》、《威廉‧福克納文集》、《村上春樹全集》等，中國社會科學出版社出版的《川端康成文集》，作家出版社出版和光明日報出版社的《三島由紀夫作品系列》，珠海出版社的《安部公房文

集》，浙江文藝出版社的《普希金全集》，中國文學出版社出版的《王爾德全集》，中國發展出版社出版的《茨威格小說集》，譯林出版社的《蒙田隨筆全集》、《法捷耶夫文集》，文化藝術出版社的《莫里哀戲劇全集》等，在讀者中也有相當的影響。

第六，是複譯本的大量出現。許多世界文學名著，在此時期出現了有更新換代色彩的新譯本，如汝龍翻譯的托爾斯泰的長篇小說《復活》、劉遼逸翻譯的托爾斯泰的長篇小說《戰爭與和平》，查良錚翻譯的拜倫的《唐璜》、孫用翻譯的芬蘭史詩《卡勒瓦拉》等。更多是同一原作的不同複譯本的出現，如日本古代和歌總集《萬葉集》有錢稻孫和李芒的兩種選譯本、楊烈和趙樂生的兩種全譯本，賽萬提斯的《堂吉訶德》有楊絳譯本、童燕生譯本、劉京勝譯本，司湯達的《紅與黑》則有郝運譯本、聞家駟譯本、郭宏安譯本、許淵沖譯本、羅新璋譯本等十幾種譯本。此外，狄更斯的《大衛‧科波菲爾》、納博科夫的《羅麗塔》、川端康成的《雪國》等，都有四、五種譯本以上。大規模、大範圍的複譯現象，成為八〇至九〇年代中國翻譯文學的一個突出現象之一。其中的是非功過，也引起了讀書界的關注和文學翻譯界的熱烈討論。

第七，著名翻譯家的譯文集、文集在此時期陸續出版問世，顯示了社會上對翻譯家的文學與學術文化地位的重視與肯定。一九八一年，商務印書館從林紓的大量譯作中精選出十部，並另編評論文章及林譯作品總目一集，推出了《林譯小說叢書》。一九九〇年，上海書店出版社出版的《中國近代文學大系》中，有施蟄存主編的《翻譯文學集》三卷。更多的現代和當代翻譯家的譯作以「譯文集」的形式編輯出版，如周作人的《苦雨齋譯叢》，《傅雷譯文集》和《傅雷全集》、《瞿秋白譯文集》、《張聞天譯文集》、《茅盾譯文集》、《郁達夫譯文集》《戴望舒譯詩集》、《巴金譯文集》、《冰心著譯文集》、《汝龍譯文集》、《曹靖華譯著文集》、《戴望舒譯文集》、《呂叔湘譯文集》、《戈

寶權譯文集》、《楊絳譯文集》、《楊必譯文集》、《胡愈之譯文集》、《卞之琳譯文集》、《郭宏安譯文集》、《楊武能譯文集》等。中國工人出版社還出版了一套《中國翻譯名家自選集》，分卷分別收有葉君健、冰心、季羨林、趙蘿蕤、楊憲益、卞之琳、袁可嘉、馮亦代、呂同六等翻譯名家的代表譯作。有些著作家在出版文集或全集時，將譯文集收入其中，如二十四卷《季羨林文集》中，就包含了十卷譯文集，金克木的六卷本的《梵竺廬集》就有三卷譯文。這表明翻譯文學作為一種特殊的獨創性作品，越來越得到讀者和學術界的重視和承認。除了有譯文集出版的翻譯家外，還有一批高水平的翻譯家也應該提到，如英美文學翻譯界的蕭乾、屠岸、李文俊、施咸榮、方平、梅紹武、江楓、陶潔、劉憲之等，法國文學翻譯家王道乾、羅新璋、柳鳴九、施康強、金志平、桂裕芳、鄭克魯、許鈞、管振湖、余中先等，俄語文學翻譯家汪飛白、王智量、力岡、劉遼逸、劉寧、藍英年、劉文飛等，拉美及西班牙語文學翻譯家楊絳、王央樂、劉習良、趙德明、童燕生、屠孟超等，日本文學翻譯家李芒、葉渭渠、文潔若、唐月梅、高慧勤、李德純、申非、陳德文、李正倫、林少華等，印度文學翻譯家劉安武、倪培耕、董友忱等，波斯及伊朗文學翻譯家張鴻年、張暉、邢秉順等，阿拉伯文學翻譯家納訓、李唯中、仲躋昆、關偁、伊宏、朱威烈等，德國文學翻譯家綠原、錢春綺、高年生、張威廉、張玉書、楊武能等，意大利文學翻譯家田德望、呂同六等，古希臘文學翻譯家羅念生、水建馥等。還有多語種文學翻譯家楊絳、查良錚、許淵沖、楊憲益、王以鑄、李俍民、高長榮、錢鴻嘉等。他們中有的八〇年代之前就有了翻譯經驗，大多數人的大部分的文學翻譯成果是八〇年代後取得的。一九八八年，中國對外翻譯出版公司出版了《中國翻譯家辭典》，較全面地記錄了從古到今的翻譯家的業績和貢獻。而且，以翻譯家為選題約稿對象的各種集子也有出版，如一九九七年北京的九洲圖書出版社出版的《譯人視界叢書》，收葉君健、李文俊、

董樂山、高莽、余中先五位「由譯而文、著譯並重」的翻譯家的散
文，表明了社會上對翻譯家的在文化上的地位與貢獻的認同與重視。
經過數年的籌備，到二〇〇二年，湖北教育出版社出版了許鈞和唐瑾
主編的一套裝幀精美的《巴別塔文叢》，收錄了十二位著名翻譯
家──包括方平、葉渭渠、呂同六、劉靖之、李文俊、楊武能、林一
安、金聖華、郭宏安、施康強，屠岸、董樂山──的文學翻譯和外國
文學研究評論為主題的文集，顯示了中國當代文學翻譯家在思想和學
術上的獨特建樹。

　　第八，翻譯及文學翻譯、翻譯文學的理論研究空前繁榮。進入八
〇年代後，陸續出版了《翻譯論集》（商務印書館）、《翻譯研究論文
集》（外研社）等數種論文集，對已有的研究論文進行了篩選和整
理。為此後的研究提供了基本資料。中國翻譯工作者協會主辦的《翻
譯通訊》（前身為《翻譯通報》）一九七九年復刊，並在一九八六年改
刊為《中國翻譯》，學術性大為增強，成為中國翻譯理論研究的核心
期刊。二十年間發表的有關論文的數量上是二十世紀前八十年的總和
的數倍。文學翻譯和翻譯文學研究的專門著作也不斷問世，王佐良、
劉重德、張今、許淵沖、方平、謝天振、許鈞、鄭海淩等先生對出版
了有影響的研究專著。外國的翻譯理論也被介紹過來，其中，美國人
奈達的著作在中國影響很大。許鈞教授主編的《外國翻譯理論研究叢
書》對法國、美國、英國、德國和前蘇聯的翻譯理論做了系統評介。
翻譯界圍繞翻譯及文學翻譯的有關重大理論問題進行了熱烈的探討和
爭論，如「信達雅」之爭，直譯與意譯之爭，異化與歸化之爭，形似
神似、等值等效之爭，可譯與不可譯之爭，轉譯、複譯之爭，翻譯文
學國別屬性之爭，翻譯是藝術還是科學之爭，傳統譯論與外來譯論的
關係之爭，翻譯理論與翻譯實踐的關係之爭，翻譯學是否成立之爭，
等等，通過學術論爭，活躍了翻譯界的學術氣氛，擴大了翻譯在學術
界的影響，推動了翻譯事業的發展。同時，中國翻譯文學及翻譯文學

史的研究也逐步展開，各種類型的中國翻譯文學和翻譯文學史的著作
也在八〇年代末期之後陸續推出，其中，陳玉剛等人的《中國翻譯文
學史稿》，郭延禮的《中國近代翻譯文學概論》、陳福康的《中國譯學
理論史稿》，王宏志的《重釋「信達雅」——二十世紀中國翻譯研
究》，王向遠的《二十世紀中國的日本翻譯文學史》、《東方各國文學
在中國——譯介與研究史述論》等，都從不同角度對中國翻譯文學的
歷史傳統進行了回顧、梳理和研究。

　　二十世紀八〇至九〇年代是中國翻譯文學史的最繁榮的歷史時
期，取得了前所未有的成就。通過二十年的努力，世界文學中的古典
作品和現當代的各種優秀的、有特色的作品在中國都有了譯本。中國
無疑已經成為世界翻譯大國和翻譯文學大國。翻譯選題的全方位化、
系統化，翻譯文學出版的規模化、翻譯文學閱讀與接受的社會化，翻
譯文學的社會價值和社會作用的強化，是二十世紀最後二十多年間中
國翻譯文學的主要特點。翻譯文學成為國家對外開放的一個重要途徑
和手段，成為作家、評論家借鑒外國文學的主要管道，也成為廣大讀
者面向世界、了解外國的重要視窗。當然，在翻譯文學的高度繁榮中
也出現了一些問題。首先，從譯者角度看，譯者的陣容空前的龐大，
新一代年輕譯者成為翻譯的主力，其中不乏優秀者，但更多的是處於
未熟狀態，再加上急功近利，不能潛心打磨，翻譯質量總體上不能與
五〇年代和六〇年代前半期相比。八〇至九〇年代出版的優秀譯本大
都是老翻譯家在原先的譯本，有的一仍其舊，有的加以修訂。而新手
的翻譯被翻譯界讀書界廣泛認可者，比例太少。其次。從出版社角度
看，由於國家對具體的翻譯選題不像五〇至六〇年代那樣嚴格控制，
有的出版社為了迎合部分讀者的低級趣味獲取經濟利益，乘機出版格
調低下、內容不健康、不值得翻譯的末流乃至下流作品。正如葉君健
先生在為《中國翻譯家辭典》（1987）所寫的序言中所批評的：「我們
所出版的所謂『文學作品』中，有好大一部分不是在普及的基礎上提

高，而是相反，使讀者趣味愈趣下降。」有的出版社本來不具備應有
的編輯審稿能力，卻也放膽編輯出版翻譯作品。一九九二年中國加入
世界版權公約和波爾尼版權公約後，由於超出版權保護期的作品無需
購買版權，於是許多出版社一哄而上，紛紛出版古典名著的譯本，導
致一種古典作品翻譯出版過濫，幾年中某些原作甚至出現十幾種譯
本。複譯和重譯的大量出現，令泥沙俱下，玉石混雜，也給某些譯者
的抄譯、抄襲提供了條件，令劣譯、盜譯混跡其間。一些古典作品由
於沒有版權問題，一些人為了追求名利，將現有的譯本稍做改動，即
以新譯本的面孔出版。尤其是各省、市新成立的一些出版社或小出版
社，本來沒有力量編輯出版翻譯作品，卻也為經濟利益驅動，延請一
些翻譯新手、半外行或者乾脆就是外行，來承擔「翻譯」，結果他們
所能做的只能是剽竊已有的譯本，如《一千零一夜》、《紅與黑》、《十
日談》等就有多種這樣的版本。在現當代外國文學的選題與出版上，
各出版社、各刊物之間互不通氣，甚至互相封鎖選題，以至搶譯、趕
譯，這些都一定程度地造成了出版資源的浪費，導致了「偽譯」的橫
行氾濫和翻譯文學市場的無序與混亂，給翻譯文學的健康發展帶來了
消極影響。面對這種情況，季羨林先生曾發表〈翻譯的危機〉一文，
其中說到：「我沒有法子去做詳細的統計，我說不出這些壞譯本究竟
占多大的比例。我估計，壞譯本的數量也許要超過好譯本。」[2] 若如
此，八〇至九〇年代中國各出版社每年都要出版兩三千種，那壞譯本
至少要有上千種。這真是一個令人吃驚的數字。難怪有人讀了劣譯感
到上當後，撰文提醒讀者：「在中國選外國文學的經典，千萬不要只
看書名，還要挑一下譯者和版別。」許鈞教授寫了一篇題為〈不能再
容忍了〉[3] 的文章，呼籲國家執法與管理部門對肆無忌憚的抄譯行為

2　季羨林：〈翻譯的危機〉，載《東方之子·大家叢書·季羨林卷》（北京市：華文出
　　版社，1998年）。

3　許鈞：〈不能再容忍了〉，原載《中華讀書報》，2003年6月11日，第7版。

「採取嚴厲的措施」。儘管文學翻譯中的這些問題較為嚴重，但歸根到柢這還是文學翻譯高度繁榮中的問題。在這個以數量、規模取勝、以複製為時尚的當代社會環境中，文學翻譯也難以免俗。好在，時間和讀者是最好的裁判，那些壞的文學翻譯，終究成不了「翻譯文學」，而只是一時泛起的文學翻譯的泡沫而已。

譯介學及翻譯文學研究界的「震天」者——謝天振[1]

　　比較文學與翻譯研究是國際上公認的精英學科，屬於非常「小眾」的領域，很難普及開來並走向大眾，就中國當代文化的現狀而言，從事這個領域研究的人既不可能、也沒有必要像在電視上講《論語》評《三國》那樣「出名」。然而，近十幾年來，就在比較文學與翻譯研究的這個不大不小的範圍中，說謝天振教授的名聲「震天」響，似也不算誇張。在當代中國研究比較文學的學者、學習比較文學的學生，不知道謝天振是何許人也，肯定是孤陋寡聞、未登堂入室者；而從事譯介學、翻譯文學研究的人，謝天振的文章和書不會不讀，也不能不讀。

　　我敢這樣說，是因為我曾經系統地做過中國比較文學學術史的研究，對比較文學學科形成以來重要的比較文學學者及其成果，我都學習、揣摩、掂量、分析與評論過。我覺得從事比較文學學術史研究也需要運用「比較」的觀念和方法，即對不同時期的學者進行縱向比較，對同一時期的學者進行橫向比較，這樣才能見出一個學者獨特貢獻。對於謝天振先生，我當然更要「掂量」和「分析」，而且差不多可以說是「三番五次」，陸續寫進了《中國比較文學二十年》、《比較文學研究》、《中國比較文學百年史》、《中國文學翻譯之爭》及其修訂版《中國比較文學九大論爭》等著作中。例如在《中國比較文學百年

1　本文原載《渤海大學學報》（錦州），2008年第2期。

史》中，關於謝天振，我曾經寫下了這樣一段話：

> 從比較文學與翻譯文學理論角度看，一九八〇年代以來在譯學
> 理論方面做出突出成績的，首推上海外國語大學的謝天振
> （1944-）。一九八〇年代以來，他在《中國比較文學》等刊物
> 上發表了一系列研究翻譯問題、翻譯文學問題的文章。一九九
> 四年，臺灣業強出版社出版了他的論文集《比較文學與翻譯文
> 學》。此後，他進一步提出了「譯介學」這一概念，對「譯介
> 學」研究的性質、內容及對象提出了系統的見解，並在《中西
> 比較文學》、《比較文學》（均由高等教育出版社出版）等教材
> 中以專章專節表達了這些見解。一九九九年，他的專著《譯介
> 學》由上海外語教育出版社出版。這本書是他近二十年間關於
> 比較文學、翻譯文學、譯介學研究的集大成，標誌著他的譯介
> 學已經形成了一定的理論系統。《譯介學》在學術上的特色和
> 貢獻主要表現為以下幾點。第一，作者評述了西方、俄國和中
> 國翻譯史上的「文藝學派」，並指出從文學角度出發的翻譯研
> 究是二十世紀翻譯研究的一種趨向。一直以來，各國翻譯史上
> 都存在著「科學學派」和「文藝學派」兩種不同的翻譯思潮，
> 比較文學所要研究的並不是全部的翻譯現象，而是翻譯中的文
> 學翻譯，而文學翻譯一般歸屬為「文藝學派」。謝天振沒有以
> 「文藝學派」這個西方翻譯史上的流派稱謂來稱呼中國翻譯
> 史，在談到中國翻譯史上的類似現象的時候，他審慎地表述為
> 「中國翻譯史上的文學傳統」，指出從文學研究的立場出發去
> 研究中國翻譯史，不僅有可能，也有必要，從而為比較文學的
> 譯介學研究的對象範圍找到了歷史依據。第二，他深入地論述
> 了文學翻譯中的「創造性叛逆」的現象，並把翻譯家的「創造
> 性叛逆」看作是文學翻譯的一種規律性特徵，認為文學作品的

有關詞語中包含著特定的「文化意象」，翻譯不應該失落和歪曲這些意象，並認為當初趙景深將「milky way」譯成「牛奶路」而不是譯成「銀河」，曾被魯迅嘲諷，現在看來是無可厚非的。第三，鑒於近半個多世紀來中國的各種文學史書上不寫翻譯文學，不給翻譯家和翻譯文學以一定的位置，謝天振提出應該承認翻譯文學。他認為翻譯文學不等於外國文學，「翻譯文學應該是中國文學的一個組成部分」。這個觀點的提出給中國比較文學界乃至整個中國文學研究界，都造成了一定的衝擊，引起了一定的反響和共鳴。他認為對翻譯文學的承認最終應落實在兩個方面，一是在國別（中國）文學史上讓翻譯文學占有一席之地，一是編寫相對獨立的翻譯文學史，並就如何撰寫「翻譯文學史」提出了自己的看法，認為「文學翻譯史」不等於「翻譯文學史」。前者側重於文學的事件和翻譯家的評述，後者是以文學為主體，也是理想的翻譯文學史的寫法。這些理論和觀點對九〇年代後期的比較文學及翻譯文學研究，特別是對翻譯文學史的研究，都有一定的影響。[2]

　　比較文學學術史、文學翻譯論爭史的寫作應該對歷史負責，對學術負責。上述對謝天振教授在翻譯文學理論建構及翻譯文學史觀上的貢獻的評述，與我對其他學術人物與學術現象的評述一樣，是努力做到客觀公正和嚴謹審慎的。其中，所謂「從比較文學與翻譯文學理論角度看，一九八〇年代以來在譯學理論方面做出突出成績的，首推上海外國語大學的謝天振」這樣的話，是我基於前後左右的「比較」而作出的評價。改革開放近三十年來，從事翻譯學研究及譯學理論研究

2　王向遠：《中國比較文學百年史》，見《王向遠著作集》（銀川市：寧夏人民出版社，2007年），第6卷，頁373-374。

的人相當不少，「翻譯學」作為一門學科在中國幾近「水到渠成」的狀態，許多學者在這個領域中作出了自己的貢獻。但比較而言，從比較文學的角度系統闡述和建構譯介學的人，就應該說「首推謝天振」；換言之，將「譯介學」整理形成一種理論系統，並納入比較文學的學科理論體系的人，主要是謝天振。據我的觀察，從上世紀八〇年代以來，學術界對於文學翻譯與翻譯文學的研究，存在著三種形態。將謝天振的研究放在如下三種形態加以比照，有助於看清他的學術個性。第一種形態是包含在「翻譯學」中的「文學翻譯」研究，在這種形態中「文學翻譯」是「翻譯學」框架中的一個組成部分，這是一種較為傳統的研究；第二種形態是「文學翻譯」的研究，即把「文學翻譯」從「翻譯學」中獨立出來，使其成為一個相對獨立的研究領域，研究的重心是「文學的翻譯」，即主要把文學翻譯作為一種活動過程加以觀照，特別注重具體的譯本批評及譯本的比較分析，其代表人物首推南京大學的許鈞教授；第三種形態是「翻譯文學」的研究，即把「翻譯文學」作為一種文本形式或文學類型加以研究，屬於文學研究和文學文本論。在這一領域中，方平先生、羅新璋先生、謝天振先生等，都各自作出了突出貢獻。其中，方平、羅新璋先生都是文學翻譯家，他們談文學翻譯與翻譯文學的文章，隨筆散文風格的為多，帶有翻譯實踐家所特有的生動性、感悟性特徵。謝天振雖然也做過翻譯實踐，但他的顯然更具有一個學者和理論家的稟賦，他的談譯介學及翻譯文學的文章多屬於學院派的風格，遵循著嚴格的學術規範，注重個人的學術觀點與史料與材料的統一，追求論證的縝密性與觀點的穿透力，既能充分借鑒外國的研究成果，又注重利用中國豐富的文學翻譯傳統，從而提出自己的更系統、更深入的思考與表述。

　　謝天振先生提出的「譯介學」的研究，核心是「文學翻譯」與「翻譯文學」的研究。他在《譯介學》一書中，將這種研究稱之為「比較文學的翻譯研究」，努力把「翻譯研究」納入到「比較文學」

的範疇中，意在擺脫長期以來翻譯研究中主要研究翻譯實踐、翻譯技巧的狹隘視界的束縛，而將翻譯研究文本化、文學化、文化化。在「比較文學的翻譯研究」這一視閾中，翻譯研究也講譯本的藝術效果和藝術評價，但卻不以字句的對錯、移譯的技巧為標準，重點不是對譯文做出語言學上的價值判斷，而是採取一種更高的「文化立場」，即謝天振所說的「超脫」的立場，對譯本中所顯示出的文化衝突與文學交流、誤讀與誤譯的文化心理機制，譯本對譯入語國家的影響與超影響，譯者的創造性叛逆，等等，做出評述與評價。這一切都體現了比較文學的思路，體現了將「翻譯研究」由單純的語言轉換的研究，提升為文學研究、文化研究的意圖。這一意圖和思路與國際的學術大環境也有密切關係。由於學術資源的減少，比較文學在歐美許多國家呈現衰落的趨勢，而隨著全球化的加速，翻譯研究在歐美國家越來越受重視。謝天振很了解歐美學術界的這些動向，他曾寫過多篇論文，評介英美、俄國、東歐國家的比較文學與翻譯研究的現狀，他將「翻譯研究」與「比較文學」兩者結合起來，既切合了中國比較文學復興與振興的要求，也體現了將中國的「翻譯研究」融入時代語境與國際學術潮流的要求。從這些方面來看，在「翻譯研究」與「比較文學」的結合方面，謝天振的工作最自覺、最用力，也最有成效。

　　謝天振在其理論主張的提出與申張的過程中，是伴隨著較為激烈的學術論爭的，在此過程中他表現出了一個理論家可貴的堅持真理的勇氣。一九九〇年代，圍繞著謝天振先生提出的有關論點，中國翻譯界曾展開了一場關於「翻譯文學國別屬性的論爭」，我在《中國文學翻譯之爭》（2005）及修訂版《中國文學翻譯九大論爭》（2007）中，曾將這一論爭作為重大論爭之一加以評述。談到那場論爭時謝天振自己說過：「在很長一段時間裡，我關於翻譯文學的觀點在國內學界仍然備受爭議和質疑……在這場非常熱鬧的論爭中，在相當長的時間裡

我幾乎是一人在『孤軍奮戰』。」[3] 足見一種新穎的理論命題與思想
主張的提出，是往往會引起好多質疑與挑戰的。我在《中國翻譯文學
九大論爭》中，對那場論爭中的謝天振做了這樣評價：

> 視翻譯文學為中國文學的一個重要的組成部分，並極力鼓與
> 呼，傾心用力最大的應該說是謝天振。自二十世紀九○年代以
> 來，他在《中國比較文學》、《上海文化》等學術期刊上陸續發
> 表了〈翻譯文學——爭取承認的文學〉、〈為「棄兒」尋找歸
> 宿——論翻譯在中國現代文學史上的地位〉、〈翻譯文學史：挑
> 戰與前景〉、〈翻譯文學——爭取承認的文學〉、〈翻譯文學當然
> 是中國文學的組成部分〉等系列論文，這些論文經略加調整後
> 都收入他的專著《譯介學》一書中。謝天振先生以鮮明的觀點
> 和精到的分析，論證翻譯文學是中國文學的一個組成部分的核
> 心觀點。在〈翻譯文學——爭取承認的文學〉一文中，他指出
> 了新中國成立後翻譯文學受到嚴重忽視，各種現代文學史的著
> 作均沒有翻譯文學的位置，「究竟有沒有一個相對獨立的翻譯
> 文學的存在？也許，今天是到了對這一問題從學術上作出回答
> 的時候了」。為此，他提出了「文學翻譯是文學創作的一種形
> 式」、「譯作是文學作品的一種存在形式」、「翻譯文學不是外國
> 文學」、「翻譯文學是中國文學的一個組成部分」等一系列重要
> 論斷。[4]

　　經過近二十年執著的努力，經過學術論爭的是非明辨，謝天振先
生關於文學翻譯、翻譯文學的一系列學術觀點和理論主張，已經逐漸

3　謝天振：《王向遠著作集第八卷・解說》（銀川市：寧夏人民出版社，2007年）。

4　王向遠：《中國翻譯文學九大論爭》，見《王向遠著作集》（銀川市：寧夏人民出版
　社，2007年），第8卷，頁410-411。

普遍地為大多數人所理解和接受了。尤其是從比較文學學科理論建設
的角度來看，他將翻譯研究與比較文學相對接所做出的努力，對中國
比較文學的學科理論與學科建設，也產生了顯著的影響。這一點，從
中國的幾部比較文學概論類著作的內容構成的演變中就可以清楚地看
出來。在中國比較文學學科理論的奠基性著作、盧康華、孫景堯的
《比較文學導論》（1984）中，譯介學的地位還相當不顯，只在第二
章「影響研究」中列出了「媒介學」一小節，將「媒介學」作為「影
響研究」中的一個組成部分。接下去是在陳惇教授等著《比較文學概
論》（1987）中，仍將翻譯研究領域稱之為「媒介學」，並作為第四章
「文學範圍內的比較研究」中的一小節。誠然，將譯介學作為比較文
學的一個組成部分，納入比較文學學科理論中，對中國比較文學學科
理論建設而言十分重要，不過，另一方面，以「媒介學」這一概念來
概括翻譯研究或和翻譯文學研究，似乎還是太拘泥於西方學術界的傳
統界定了。「媒介」不僅僅包括翻譯的媒介，還包括人員交往等其他
的媒介。而且「媒介學」中的「媒介」一詞，給人的印象似乎它只是
一個「中介」物和中介概念，而不是本體概念。在這種界定中，翻譯
研究及翻譯文學研究作為一個相對獨立的研究領域、作為一個比較文
學中的相對獨立的分支學科的概念，就難以成立。從一九八九年起，
謝天振教授連續發表了關於譯介學與翻譯文學的文章，情況便開始有
所改觀。在陳惇、孫景堯、謝天振三教授連袂主編的文科《比較文
學》（1989）一書中，謝天振執筆的《譯介學》作為第四章被納入了
全書的框架體系中，在這裡，此前的「媒介學」的概念被「譯介學」
所取代，由此前的「媒介學」在比較文學學科理論的「節」的地位，
上升為「譯介學」的「章」的地位，即由一個二級概念，上升為一個
一級概念。這顯然是一個很大的變化，標誌著由於謝天振教授等人的
努力，「譯介學」在比較文學學科理論中獲得了應有的重要位置。到
了最近，北京大學出版社出版了一套十卷本的《二十一世紀比較文學

系列教材》，謝天振教授的《譯介學導論》被列為其中，這意味著
「譯介學」理論在中國的比較文學學科理論建設特別是教材建設中，
已經成為一個屬於比較文學而又相對獨立的研究領域，其地位被進一
步強化了。

　　謝天振的在「譯介學」上的理論建構，不僅表現在中國的比較文
學原理類著作與教材的演變過程中，也表現在他的理論主張對他人的
有關理論建構產生了相當的影響。請讀者允許我以自己的研究為例來
談這個問題。我在二○○一年出版的《二十世紀中國的日本翻譯文學
史》（2001 年，後改題《日本文學漢譯史》再版）一書，算是中國第
一部翻譯文學國別史，在選題立意上就受到了謝天振理論的啟發，也
可以說是對謝天振所提出的「翻譯文學史」理論的一種探索性的實
踐。我在該書「前言」中指出：最近這些年，翻譯文學的研究開始受
到注意，「不少人大聲呼籲重視翻譯文學及翻譯文學史的研究。其
中，上海的謝天振教授呼聲最高，他寫了多篇這方面的文章，並且提
出了『翻譯文學是中國文學的組成部分』的觀點」。我在謝天振的
「翻譯文學是中國文學的組成部分」這一命題的基礎上，加上了「特
殊」二字，進一步提出「翻譯文學是中國文學的一個特殊組成部
分」，並認為：「說它『特殊』，就是承認它畢竟是翻譯過來的外國作
品，而不是中國作家的作品；說它『特殊』，就是承認翻譯家的特殊
勞動和貢獻，承認譯作在中國文學中特殊的、無可替代的位置，也就
是承認了翻譯文學的特性。」顯然，沒有謝天振的理論，我的這些話
也就無從說起。更重要的是，我在謝天振關於「翻譯文學史」與「文
學翻譯史」區分中受到啟發，想把中國的日本文學翻譯的歷史寫成一
部「翻譯文學史」。為了強調這一點，我甚至使用了一個略顯拖杳拗
口的書名──《二十世紀中國的日本翻譯文學史》，為的是在書名中
出現「翻譯文學史」這個關鍵字。在這本書中，除了踐行謝天振所提
倡的「給那些『披上了中國外衣的外國作家』以翻譯家同等重要的地

位，全面展示某一重要的外國作家在中國的譯介和接受」這一「理想的翻譯文學史」寫作要求之外，我還特別強調並注重「譯本的文本分析與文本批評」，即對譯本的優劣、地位、作用、影響等做出價值判斷，認為作為一部「文學史」，它不同於其他歷史著作的地方，就是要有關於譯本的具體細緻的「文本分析」、「文本批評」乃至語言學上的、文學上的價值判斷。這一點雖然超出了謝天振提出的「理想的翻譯文學史」的範疇，但仍然可以看作是在謝天振關於「翻譯文學史」寫作主張的補充與延伸。該書出版後我曾在第一時間寄給謝先生指正。他後來在為《王向遠著作集第七卷‧翻譯文學研究》所寫的「解說」中寫道：「讀著〔王向遠的〕這些文字，我一方面能明顯地感覺到作者與我在學術上的強烈共鳴，但另一方面，我同時也感到作者是一位富有個人感悟和創見的學者，他對前人的觀點不是簡單地附和，而是有他自己更深刻的思考。」[5] 不必說，沒有「前人的觀點」，所謂「深刻的思考」也就是無本之木。同樣的，我的《比較文學學科新論》（2003）一書的有關章節，也受到了謝天振教授的啟發。在《比較文學學科新論》中，我設立了專門的章節來論述「翻譯文學」。如上所述，起初有關比較文學學科理論著作講過「媒介學」，謝天振則進一步創立了「譯介學」的概念，使一個動態的中介概念逐漸轉換為一個靜態的文學本體概念。我的「翻譯文學」又受到謝天振的「譯介學」的啟發，再進一步將這一領域的研究聚焦在文學本體，使用了「翻譯文學」這一概念，並強調「翻譯文學」是一種文學類型的概念，是一個文藝學的概念，「主要是對作品譯本的研究，並在此基礎上涉及到譯者（翻譯家）的研究」。我的「翻譯文學」概念與謝天振教授的「譯介學」概念之間存在著一種淵源關係。謝天振教授的理論還影響了我的稍後出版的另一部著作——《翻譯文學導論》。我在

5　謝天振：《王向遠著作集第八卷‧翻譯文學研究‧解說》（銀川市：寧夏人民出版社，2007年）。

《翻譯文學導論》中的「前言」中明確指出：「謝天振第一個明確界定了『翻譯文學』這一概念，區分了『翻譯文學』與『文學翻譯』，認為翻譯文學（譯作）是文學作品的一種存在方式，中國的翻譯文學不是『外國文學』，提出『翻譯文學應該是中國文學的一個組成部分』。這些觀點的提出對中國比較文學界乃至整個中國文學研究界，都造成了一定的衝擊，引起了反響和共鳴。我本人近年來對翻譯文學的研究，也頗受益於謝先生理論的啟發。」實際上，不光是我本人，在所有的談論和研究「文學翻譯」和「翻譯文學」的人當中，在所有相關論文和著作的撰寫中，要想繞過或無視謝天振的有關理論主張，幾乎是不可能的。

　　謝天振教授在翻譯文學研究中，還注意將橫向的理論研究、比較研究，與縱向的翻譯文學史的研究結合起來。他和查明建先生共同主編的《中國現代翻譯文學史》（上海外語教育出版社，2004年）和在此基礎上與查明建合寫的《中國二十世紀外國文學翻譯史》（上下卷，湖北教育出版社，2007年），都體現了謝先生和查先生在「翻譯文學史」、「文學翻譯史」撰寫方面的努力。當然，要在史的建構中很好地體現「翻譯文學史」的理念，很難一蹴而就。特別是國別文學翻譯史的積累還很少的情況下，要在多國別、多語種的綜合史的框架內寫好「翻譯文學史」，是一件頗不容易的事情。拿謝天振先生自己的「理想的翻譯文學史」的標準來衡量，上述的《中國現代翻譯文學史》和《中國二十世紀外國文學翻譯史》還帶有更多的「文學翻譯史」的性格，作為「文學翻譯史」來看待的話，還需要更多的原作與譯作的對讀與比照，需要對具體的文學文本、即譯本的審美分析與批評。當然，正如謝天振所說，在現有的情況下，以爬梳文學翻譯史的史實與史料為主的「文學翻譯史」的寫作也同樣是「很有意義、很有

價值的」⁶，而且，「文學翻譯史」的研究寫作可以為更理想的「翻譯文學史」的研究寫作奠定必要的基礎。

謝天振先生曾反覆強調：即使純粹的理論研究對實踐沒有什麼指導作用，理論研究也具有自給自足的價值，認為翻譯的地位的提升，翻譯文學地位的提升，不僅靠翻譯家的實踐，也有賴於翻譯理論的建設。⁷ 所言甚是。今天，文學翻譯越來越被重視，翻譯家及翻譯文學越來越被重視，譯介學導論、翻譯文學導論，以及文學翻譯及翻譯文學史之類的課程已經開始納入中國大學課程教育體系中，納入中國的高等教育這一文化傳承機制中，文學翻譯及翻譯文學的地位由此而大大提高了。這些都與謝天振等一大批翻譯理論家的在理論建構和學科建設方面所做出的努力密不可分。從二○○一年起，春風文藝出版社分年度陸續出版的《二十一世紀中國文學大系》都設立了《翻譯文學卷》，謝天振親任《翻譯文學卷》的主編並撰寫序言。這樣，翻譯文學不僅進入了中國文學史，也和中國本土文學一起，進入了經精選、欲傳世的《二十一世紀中國文學大系》。

總之，在比較文學的框架中研究譯介學、文學翻譯、翻譯文學及文學翻譯史等問題，形成了謝天振學術研究的一大特色。謝先生是學外語出身的人，他的俄語與英語俱佳，以他的文學修養和文字功夫，如專心於文學翻譯，完全可以成為一個有成就的翻譯家，但他在文學翻譯方面僅譯出了《普希金詩選》和長篇小說《南美洲方式》等少量作品，可以說只是小試身手，偶爾為之而已，卻以全副精力從事比較文學與翻譯文學的理論建設，身體力行地強調、凸現理論及理論建設的意義和價值。在中國譯學界，這樣的有建樹的理論家不多。如果單從論文與著作的數量上看，謝先生並不多產，已經出版的四部專書，

6　謝天振：《譯介學》（上海市：上海外語教育出版社，1999年），頁274。

7　謝天振：《翻譯研究新視野・前言》（青島市：青島出版社，2003年）。

包括論文集《比較文學與翻譯研究》（1994）、專著《譯介學》（1999）
和《翻譯研究新視野》（2003）、教材《譯介學導論》（2007），在內容
上有許多交叉重疊。但他在長達二十年的時間中，緊緊抓住「譯介
學」、「翻譯文學」問題不放，通過各種不同的著作形式，通過學術會
議、學術交流等其他途徑與方式，反覆地、不懈地申張著自己的學術
主張與理論觀點，逐漸自成一家，獨具特色，產生了廣泛影響，在當
代中國比較文學與翻譯學的學術史上，書寫了屬於自己的獨特一頁。

一九八○至一九九○年代中國的中印文學比較研究述評[1]

　　中國與印度作為世界上兩個重要的文明古國，有著兩千多年的文化和文學交流的歷史。中印文學關係史也為比較文學的研究。中國最早的一批有分量的比較文學成果，大都出現在中印比較文學的領域。正是中印文學關係的研究，直接導致了中國的比較文學學科的生成。近二十年來，糜文開、丁敏、季羨林、趙國華、閻雲翔、張光璘、郁龍余等大陸和臺灣地區的許多學者在這個領域的研究中取得了成果。

一　以佛典翻譯文學為中心的中印文學關係研究

　　此時期，隨著中印比較文學研究的恢復和繁榮，在佛典翻譯文學及以佛經為中心的中印比較文學研究領域，出現了若干新的、有價值的研究成果。首先要提到臺灣地區的研究成果。其中，印度問題專家糜文開（1909-1983）的長文〈中印文學關係舉例〉，以大量的資料考證，說明印度佛教故事吸收了中國的月中白兔的傳說。他說：

　　　　在西元三世紀以前，印度有關兔故事中，既沒有月中有兔的跡
　　　　象，那麼，當然我國月中有兔的傳說，絕非來自印度。反之，

1　本文原載《南亞研究》（北京），2003年第2期，原題〈近二十年來中印文學比較研究述評〉。

我國自西晉時，月中有兔的傳說流行開來以後，懂梵文西行求
法的僧人，東晉時就有法顯、智猛等結伴而去的幾批人。……
這樣，在西元四世紀到七世紀的三四百年中，華僧的西去，西
僧的返印，都可將我國月中有兔的傳說帶到印度去。因與生經
的兔王升天的故事相近，並與吠陀經「到月球之路」的解釋相
符合，所以被印度人採納到他們自己的故事中去。[2]

　　此前幾乎所有的文章，都是指出印度文學對中國的影響，而糜文
開的這篇文章，卻證明了印度文學所受中國文學的影響，從而為中印
古代文學與文化的雙向交流提供了例證。

　　另一位臺灣學者丁敏（1956-　）女士於一九九六年出版《佛教譬
喻文學研究》（臺北市：東初出版社），這是中國第一部研究佛典翻譯
文學的專門著作。丁敏所研究的是佛經翻譯文學中的譬喻（音譯「阿
波陀那」）文學。涉及的經典主要有《撰集百緣經》、《賢愚經》、《雜
寶藏經》、《大莊嚴論經》、《法句譬喻經》、《出曜經》、《雜譬喻經》、
《舊雜譬喻經》、《百喻經》等。全書以原典研究為基礎，按照歷史演
變線索鋪敘了譬喻文學的流變，即為譬喻文學整理出了縱向的歷史線
索。然後，又對重要的譬喻文學經典做重點分析，既從佛理的角度闡
述其寓意，又從文學的角度對它們的構成形式、內容、主題、修辭技
巧等進行分析，最後，對譬喻文學在中印佛教史上的作用，對譬喻文
學的語言特色做了綜合闡述。作者在佛教修持方面有切身的體驗，避
免了門外談佛的浮光掠影，同時又能超乎其外，從語言文學的角度，
從中印比較文學的角度，從宗教與文學的關係角度，對佛經譬喻文學
進行科學與客觀的研究。因此，《佛教譬喻文學研究》是一部成功的
比較文學著作。在丁敏的這部著作問世後，一九九八年，臺灣的梁麗

2　糜文開：〈中印文學關係舉例〉，原載臺灣《中外文學》10卷1期（1981年）。

玲女士又出版了題為《雜寶積經及其故事研究》（臺北市：法鼓文化公司，1998年1月）的專著，這也是一部長達五百多頁的大作，對漢譯佛典《雜寶積經》中的故事進行了細緻深入的分析和研究。

　　二十年間，中國內地的佛典翻譯文學研究，涉足者很少。對此，孫昌武發表了〈關於佛典翻譯文學的研究〉（《文學評論》，2000年第5期），對中國佛典翻譯文學研究的薄弱現狀表示了遺憾，同時對佛典翻譯文學本身的構成和概況做了概述性的論述。但在「佛經翻譯文學與中國文學」的研究方面，在以佛典文學為中心的中印文學比較研究方面，卻出現了一系列成果。其中，閻雲翔的近三萬字的長文〈論印度那伽故事對中國龍王龍女故事的影響〉，在前輩學者瞿世休、季羨林等人文章的啟發下，將印度的蛇（即「那伽」）故事對中國的影響研究推向深入。此前，臺靜農、瞿世休、季羨林等，都認為中國的「龍」是從印度傳入的。閻雲翔則以大量材料證明：「印度的那伽故事通過口頭流傳和佛經漢譯兩條道路傳入中國，經過長期和廣泛的流傳，作為一種印度來的『龍故事』對中國文學產生了深遠的影響，其直接結果是導致了中國龍王龍女故事的產生」。「我們只能說龍王龍女故事是受那伽故事影響而產生的，不能說龍王龍女故事是外來的洋貨，也不能簡單地說龍王龍女故事是從印度輸入的。影響抑或輸入，一詞之差，具有本質的區別」。他指出：「龍王龍女故事在接受那伽故事影響的漫長歷史過程中，既吸收了某些因素，又摒棄了某些因素；更為重要的是還以中國傳統文化、傳統故事為基礎，對那伽故事進行了某些改造和再創造。因此，龍王龍女故事絕非那伽故事的複製品，更不是舶來貨，而是接受外來影響的中國創作。」這就矯正了瞿世休、臺靜農、季羨林等先生早先提出的「輸入」的提法。此外，蔣述卓的博士學位論文《佛經傳譯與中古文學思潮》（南昌市：江西人民出版社，1990年）對佛經翻譯與中國中古文學思潮的關係，也進行了探討。這本十萬字的小冊子分六章論述了佛經翻譯文學對中國中古文

學思潮，其中包括志怪小說、山水詩的興起、齊梁浮豔文風、北朝質樸悲涼文風等方面的影響。此前這方面的研究成果較多，蔣著對已有的研究成果做了必要的評述、闡發和借鑒。但從總體上看，在研究的深度和廣度上深化不足，展開也不夠。

　　中國的古典小說名著《大唐三藏取經詩話》和《西遊記》等，與佛典翻譯文學、印度史詩等有著密切的關聯，在前輩學者研究的基礎上，這一課題的探討與研究得以繼續推進。在研究中有兩派觀點，一派認為孫悟空與印度有關。胡適、陳寅恪、鄭振鐸、林培志等屬於此派；另一派認為與印度無關，例如魯迅認為：「我認為《西遊記》中的孫悟空正類無支祁。……孫悟空是襲取無支祁的。」（無支祁是晚唐李公佐的志怪小說《古嶽瀆經》中的一個「形若猿猴」的水怪。）吳曉鈴在〈《西遊記》與《羅摩延書》〉（1958年，「羅摩延書」今通譯「羅摩衍那」）一文中贊同魯迅的看法。到了一九八〇年代，還有學者持有類似的觀點，如蕭相愷在〈為有源頭活水來——《西遊記》孫悟空形象探源〉（《貴州文史叢刊》，1983年第2期）認為孫悟空的形象是中國古代許多神話傳說中人、神、魔形象會合的結晶，並不認同它與印度文學有何關係。劉毓忱在〈孫悟空形象的演化——再評「化身論」〉（《文學遺產》，1984年第3期）一文中論證了孫悟空是中國的「特產」，進一步否定了孫悟空是哈奴曼的「化身」的說法。

　　季羨林在《羅摩衍那》與中國的關係、與《西遊記》的關係的研究方面，取得了突出的成績，產生了廣泛影響。作為《羅摩衍那》的漢文本譯者和研究專家，季羨林在這方面的發言具有權威性。在〈《西遊記》裡面的印度成分〉（1978）中，他又從好幾個漢譯佛經中發現了《西遊記》與印度文學因緣關係的線索。在《羅摩衍那初探》（外國文學出版社，1979年）一書中，季羨林專門列了〈與中國的關係〉一節，重申了《羅摩衍那》中的神猴哈奴曼「就是孫悟空的原型」。一九八四年，他發表〈《羅摩衍那》在中國〉一文，較為系統地

敘述了漢譯佛經和中國少數民族文獻——包括傣、藏、蒙和新疆的古和闐文、吐火羅文——中有關《羅摩衍那》的記述和蹤跡,這篇文章,有力地證明過去中國人對《羅摩衍那》「了解很不夠」說法是缺乏根據的,從而為後來者進一步的探討和研究開闢了道路。

　　一九八一年,趙國華(1943-1991)在《社會科學戰線》第四期上發表了〈關於《羅摩衍那》的中國文獻及其價值〉一文,從漢譯佛經中發掘出有關《羅摩衍那》的文獻材料,做了系統的整理,並補充了許多新發現的材料,特別強調指出了《六度集經》和《雜寶藏經》中關於《羅摩衍那》故事情節的相當完整的記述。認為:漢譯佛經中的這些文獻資料可以證明,至遲從西元三世紀起,中國就從漢譯佛經中知道了《羅摩衍那》,了解了《羅摩衍那》的主要故事和重要插畫。上至三國下迄隋唐的數百年時間裡,《羅摩衍那》曾經是中印文學因緣的一條紐帶。而這些文獻資料,對於《西遊記》與《羅摩衍那》關係的研究,也有重要的價值。此後,蕭兵在〈無支祁哈奴曼孫悟空通考〉(《文學評論》,1982年第5期)一文中,通過對古代文獻的辨析和考證,列出了孫悟空形象的傳承關係,認為在孫悟空這個形象身上,既有移植的、外來的因素,也有創造的、本土的成分。一九八六年,趙國華在《南亞研究》雜誌上又發表了三萬多字的長文——〈論孫悟空形象的來歷〉。這篇文章是近二十年來中國學術界對《西遊記》與印度文學關係研究的集大成的、經得起推敲的、總結性的成果。在這篇論文中,趙國華首先肯定了胡適關於《大唐三藏取經詩話》「是《西遊記》的老祖宗」的看法,但又指出:「《大唐三藏取經詩話》中的神猴形象只是《西遊記》中孫悟空的雛形,並不等於是孫悟空」,「孫悟空的神猴形象是猴行者神猴形象的繼承和發展。因此,追尋《西遊記》中孫悟空神猴形象的來歷,實際上應是追尋《大唐三藏取經詩話》中猴行者的來歷;探討孫悟空與印度神猴的淵源關係,實際上應是探討猴行者與印度神猴的淵源關係。這是第一個層次的問

題，也是關鍵之所在。至於吳承恩繼承了猴行者的神猴形象之後，在豐富、發展、提高這一形象，將它塑造成孫悟空的過程中，是否接受了印度文學的影響，這是第二個層次的問題」。接著，作者用了主要的篇幅，以中國大量的古代文獻與漢譯佛經等文獻為材料進行比較研究，考察了猴行者問世之前中印文學的因緣，從而解決了第一個層次的問題；又考察了《西遊記》完成之前長時期的中印文化交流，從而解決了第二個層次的問題。並得出了自己的結論：

> 我的全部結論是：《西遊記》中的孫悟空的神猴形象，直接繼承於《大唐三藏取經詩話》中的猴行者；猴行者的神猴形象，不是來源於中國古代神話和中國古代的猿猴故事；猴行者的神猴形象出於佛典。它一方面吸收了日本學者磯部彰指出的密宗中的因素，更多地綜合了《六度集經》中幾個印度神猴形象的基本因素，以《國王本生》中小獼猴為其主要借鑒而創造出來的。《國王本生》雖然是一篇羅摩傳說，其中的小獼猴也確是《羅摩衍那》史詩中哈奴曼的前身，但小獼猴和哈奴曼的具體形象不同，所以，《西遊記》中孫悟空的神猴形象和《國王本生》的小獼猴存在淵源關係，卻不能據此認為孫悟空的神猴形象和《羅摩衍那》史詩中的哈奴曼也有淵源關係。關於《羅摩衍那》的其他中國文獻，包括少數民族語言的古文獻，也不能證明猴行者或孫悟空與哈奴曼存在著神猴形象上的淵源關係，至於《羅摩衍那》史詩，它既然沒有原樣傳入中國，無論將哈奴曼和猴行者、還是和孫悟空直接類比，都是不恰當的，只能發生失誤。[3]

3　趙國華：〈論孫悟空神猴形象的來歷〉，原載《南亞研究》1986年第1-2期。

　　趙國華的這篇文章，在許多方面受到季羨林等前輩專家的啟發和
影響，但他在研究思路上與季羨林明顯不同，就是沒有將孫悟空與
《羅摩衍那》中的哈奴曼直接掛鉤，直接類比，而是尋找出了中間環
節和不同層次，得出了更為科學的可信的結論。文章將嚴謹的實證研
究、科學的文獻學方法、嚴密的邏輯推理、獨到的學術見解有機結合
起來，既有效地借鑒了已有成果，又大膽懷疑已有成果，是比較文學
中影響研究的成功範例。此篇文章一出，關於《西遊記》與印度文學
關係的這個在學術界長期爭論的問題，基本上得到了解決。此後未見
一篇反論文章。

　　在《羅摩衍那》與中國關係的研究方面，還有若干值得注意的論
文。如索代的〈《羅摩衍那》與《格薩爾王傳》〉（《南亞研究》，1991
年第3期），星金成的〈從《五卷書》看印藏民間故事的交流和影響〉
（《青海民族學院學報》，1987年第2期），瓦其爾的〈印度史詩《羅
摩衍那》與蒙古族民間文學〉（《民間文學》，1985年第3期），史習成
的〈印度文學作品在蒙古地區的流傳〉（載《印度文學研究集刊》第4
期，上海譯文出版社，1997年），傅光宇〈《羅摩衍那》在泰北和雲
南〉（《民族文學研究》，1997年第2期），李沅的〈從印度的《羅摩衍
那》到泰國的《拉瑪堅》和傣族的《拉嘎西賀》〉（《比較文學論文
集》，北京大學出版社，1984年），欒文華的〈《羅摩衍那》和《拉瑪
堅》〉（載《印度文學研究集刊》第三輯，上海譯文出版社，1997
年），分別描述了印度的《羅摩衍那》對中國的藏族、蒙族、傣族文
學影響的軌跡。

　　在中印古典文學與古典詩學的比較研究領域，也出現了許多平行
研究的論文。如金克木的〈《梨俱吠陀》的祭祖詩和《詩經》的
「雅」、「頌」〉（《北京大學學報》，1982年第2期），是中國中印比較
文學最早的平行比較的論文，對《梨俱吠陀》中的祭祖詩和《詩經》
的「雅」、「頌」做了一些對照，但論文寫得較散漫，論題、論點也沒

有充分展開。這表明平行研究要做好是很困難的。九〇年代，出現了一批中印文學平行比較的文章，在作家作品方面的平行比較的選題，都集中於印度劇作家迦梨陀娑的劇本《沙恭達羅》與中國的古典戲曲《長生殿》、《琵琶記》、《牡丹亭》等作品的比較，也有文章將迦梨陀娑與英國的莎士比亞做比較，將《沙恭達羅》與古希臘悲劇《美狄亞》做比較。這些文章也不是全無價值，但由於對平行研究的方法理解過於簡單，有些作品流於簡單的異與同的對比，甚至只能是為比較而比較的「比附」。在中印文學的平行研究方面做得成功的文章也有一些。如黃寶生的〈禪與韻──中印詩學比較之一〉(《文藝研究》，1993年第5期)、〈書寫材料與中印文學傳統〉(《外國文學評論》，1999年第3期)、石海峻的〈「中和」與「合一」──中印文學的陰柔氣質〉(《文藝研究》，1993年第5期)等。這幾篇平行研究的文章，從中印文學的總體的特徵或基本的詩學術語出發，通過比較得出了有益的結論。

中印古典文學比較研究的論文佳作不少，但缺乏系統的篩選和整理。為此，一九八七年，湖南文藝出版社出版了郁龍余(1946-)編選的《中印文學關係源流》，收一九八〇年代中期之前的中印文學比較研究的論文二十五篇(其中二十三篇是關於中印古典文學方面的)，在資料性和學術性上均很有參考價值。郁龍余在中印文學比較研究方面，也發表了一些文章，二〇〇一年，中國社會科學出版社出版了他的《中國印度文學比較研究》一書，是他在這方面的研究成績的集中體現。該書分上下兩編。上編是「中印文學發展背景」，為一般性的文化背景的陳述，下編「中國印度文學比較」是全書的核心，對中印文學中的許多重要問題與現象做了對比。例如，他認為中國文學家的身分大都是「士人」，印度作家的身分大都是「仙人」；印度文學中的女性文學是「女神文學」，中國文學中的女性文學是「女勝文學」(即以女性為優勝性別)；中國文學尚簡，印度文學尚繁等。在這

種對比中，中印文學各自的特點可以得到凸顯。但總體看來，本書對中印文學比較研究的課題的發現與發掘還是初步的，還不夠全面。有些比較還流於表面、不夠深入。不過此前在中印文學比較研究領域一直沒有出現一部較系統的專門著作，郁龍余的這本書填補了一個空白，其價值和意義是應該肯定的。

二　中印現代文學關係的研究

中印現代文學的比較研究，也是中印比較文學研究中的重要組成部分。由於中印現代文學的交流，主要是以印度大詩人泰戈爾為紐帶的，因此，中國的中印現代文學比較研究有一個明顯的特點，就是大部分文章集中於泰戈爾與中國現代文學的關係研究上。事實上，中國現代文學與印度現代文學的關係，主要體現為泰戈爾對中國文學的影響。因此，這方面的文章很多，是自然的和必然的。從一九二〇年代初到四〇年代，中國的報刊上就陸續發表介紹和評論泰戈爾的文章，但泰戈爾與中國文學的比較研究，則是改革開放以後才興起的。一九七九年，《社會科學戰線》雜誌發表了季羨林的題為〈泰戈爾與中國〉的長文，開泰戈爾與中國文學比較研究的先聲。文章分為四個部分：一、泰戈爾論中國文化與中印關係；二、泰戈爾訪問中國；三、泰戈爾對中國抗日戰爭的關懷；四、泰戈爾對東方文明和中印友誼前途的瞻望。這四個問題涉及泰戈爾與中國關係的主要方面，在材料和觀點等諸方面，對後來的相關論文都有一定的啟發和影響。可以說，一九八〇至九〇年代出現的一系列有關的論文，大都是在季羨林這篇文章的基礎上生發和展開的。

這些文章大致可以分為如下三個方面：

一、總體論述泰戈爾對中國現代文學影響的文章。重要的有張光璘、倪培耕及徐坤的文章。其中，張光璘的〈中國現代文學史上的一

次「泰戈爾熱」〉（載《中國名家論泰戈爾》，中國華僑出版社，1994年）分析了五四時期中國「泰戈爾熱」形成的內因和外因，指出：「從『五四』文壇的具體情況來看，泰戈爾那些『表現自我』追求『精神自由』，洋溢著泛神論思想的詩歌，正適合詩人馳騁自己豐富的想像力，使當時『創造社』的一些浪漫主義作家找到了反封建的『噴火口』。他的冷峻如利劍，醇美如甘泉，情真意切，結構不凡的現實主義短篇小說，對『文學研究會』中那些『為人生而藝術』的作家們有著強烈的魅力。他那些充滿『母愛』、『童心』、宣揚『愛的福音』的作品自然也為一些小資產階級作家所鍾愛。以上種種因素構成了二十年代初『泰戈爾熱』在我國形成的內因條件。」倪培耕的〈泰戈爾對中國作家的影響〉（《南亞研究》，1986 年第 1 期）一文長達兩萬餘字，對一九八六年以前中國有關的泰戈爾譯介、評論和研究的資料做了系統的收集和梳理。指出錢智修一九一三年發表的〈臺峨爾氏人生觀〉是中國最早介紹泰戈爾思想的文章，陳獨秀一九一五年翻譯的《讚歌》是中國最早翻譯泰戈爾的詩篇，並提供了兩個重要的統計數字：一九八六年以前的六十五年中翻譯出版的作品共三百多種，在報紙雜誌上發表的有關泰戈爾專論文章二百多篇。倪培耕對這些文章在內容上做了分類和細緻的評述。他認為，泰戈爾在如此長的歷史時期中得到如此多的譯介研究和評論，這在中外文學交流中是不多見的現象。「這既不是由於個人的偏愛，也不是由於某個派別隨心所欲的安排，它是具有深刻的歷史、文學淵源和政治社會背景的」。文章歸納了泰戈爾對中國作家四個方面的影響：一、他啟迪了中國一些作家走上文學創作道路，影響了他們的創作風格的形成；二、對中國當時新詩的發展和小詩的創作起了推波助瀾的作用；三、影響了中國一些作家小資產階級文藝思想的形成；四、他的積極進取的人生觀激勵了處在彷徨不定的人走向生活。文章最後指出：在以前我們對泰戈爾的某些批評中，對於泰戈爾和企圖利用泰戈爾的人，沒有嚴格地加以區

別，特別是對泰戈爾來華訪問的目的，硬安上了一個反動的政治背景，對泰戈爾的思想不加具體分析，予以簡單否定。這種「左」的傾向是應該摒棄的。徐坤的〈泰戈爾對中國現代文學的消極影響〉（《印度文學研究集刊》第 4 輯，上海譯文出版社，1999 年）一文集中評述了泰戈爾對中國現代文學的「消極影響」，認為泰戈爾將東西方文明對立起來，勸誡中國青年不要仿效西方，這些言論與當時中國的國情是不相符合的，並造成了消極影響。徐坤提出的「消極影響」的問題，早在泰戈爾來華前後，早就有人指出來並做了尖銳批評。現在看來，「消極」、「積極」之類只是一種價值判斷，在不同的立場、不同的歷史條件下，人們的判斷恐怕都會有所不同。

二、分析泰戈爾對中國作家、對中國文學的某一體裁的具體影響的文章也不少。如分析泰戈爾對冰心、郭沫若的影響方面，有方錫德的〈冰心與泰戈爾〉（《文藝論叢》18 期，上海文藝出版社，1983 年）、何乃英的〈泰戈爾與郭沫若、冰心〉（《暨南學報》，1998 年第 2 期）；車永強的〈試論郭沫若與泰戈爾詩的泛神論思想〉（《華南師範大學學報》，1999 年第 2 期）等；研究泰戈爾與許地山、王統照、徐志摩的文學交往的文章，有周俟松、王盛的〈許地山與泰戈爾〉（《新文學史料》，1987 年第 2 期）、姚素英的〈王統照與泰戈爾〉（《松遼學刊》，1994 年第 2 期）、劉根勤的〈徐志摩與泰戈爾的忘年交〉（《民國春秋》，1999 年第 4 期）等。其中，方錫德的文章是中國較早、較全面深入地探討泰戈爾和冰心的影響和接受關係的論文，也是這一方面研究的代表作。他分析了冰心接受泰戈爾影響的思想基礎和時代背景，認為冰心是在泰戈爾的影響下，完成了她的「愛」的思想體系。「在這個體系中，母愛是一切愛力的原點和發動機。自然愛和童年愛在本質上不過是母愛的生發。它們從母愛出發，又以母愛為歸宿。這就是冰心愛的哲學體系的內部構造。」他還分析了冰心的哲理小詩與泰戈爾的《飛鳥集》的關係。柳鴻的〈泰戈爾和中國新詩〉

（《當代外國文學》，1984年第4期）也以冰心和郭沫若為對象談了泰戈爾詩歌的影響。

　　三、研究泰戈爾的思想對中國的影響。這方面的文章有劉炎生的〈泰戈爾提倡復活「東方文化」及其反響〉（《江西社會科學》，1992年第2期）、盧秉利的〈略論泰戈爾訪華前後的東西方文化論戰〉（《武陵學刊》，1995年第5期）、秦林芳的〈泰戈爾的哲學思想與中國現代作家〉（《山東師範大學學報》，2000年第2期）等。

　　除了單篇論文之外，中國還出版了兩種有關泰戈爾與中國文學問題的專題文集。一種是張光璘編、中國華僑出版社一九九四年出版的《中國名家論泰戈爾》，該書收集了五四以後至八〇年代的「中國名家」，如胡愈之、張聞天、瞿世英、鄭振鐸、王統照、郭沫若、沈雁冰、魯迅、梅蘭芳、冰心、季羨林等評論泰戈爾的文章二十篇，並附〈泰戈爾著作中譯書目〉，具有一定的資料價值。但該文集似乎偏重收錄正面的評論文章，對泰戈爾持否定態度或保留態度的陳獨秀、聞一多、郭沫若等人的有關文章，卻沒有收錄。二〇〇一年，浙江文藝出版社出版了沈益洪的《泰戈爾談中國》，該資料集除了收錄泰戈爾的〈在中國談話〉外，也以主要篇幅收錄了中國各家的泰戈爾評論文章，共三十六篇。除上述的《中國名家論泰戈爾》已收錄的之外，還有陳獨秀、周作人、聞一多、郭沫若等人的文章，是一個比較全面的專題文集。同年，河北人民出版社出版了孫宜學編著的《泰戈爾與中國》，該書分為三部分。第一部分是孫宜學編寫的〈泰戈爾在華經歷〉，約十萬字，是迄今介紹泰戈爾在華活動經歷的文字中最為詳細的。第二部分是〈泰戈爾在華演講精選〉，選文十九篇。第三部分是〈泰戈爾來華爭論文選〉，選文二十二篇。書後附〈國內報刊評介泰戈爾文章索引〉。

　　通過這些研究，泰戈爾與中國現代文學的關係已基本釐清，但研究仍待深入。現有的文章大都止於影響關係的廓清，而如何以影響研

究為基礎，超越影響層面而探討某些深層的理論問題，仍有許多題目可做。如泰戈爾的短篇小說與中國現代短篇小說的比較研究、泰戈爾的文藝理論與中國現代文論的比較研究等重要問題，還缺乏有分量的研究成果。

除泰戈爾之外的印度近現代作家，因為與中國的事實聯繫極少，這方面的比較研究文章還很貧乏。其中黎躍進的〈普列姆昌德在中國：譯介、影響與研究〉（載《印度文學文化論》，北京大學出版社，2000 年）值得一讀。還有普列姆昌德與魯迅、瑪尼克與魯迅等少數幾篇平行研究的文章，但寫得大都不算成功。總體上看，中印現代文學的比較研究已取得了不少的成績，但與這個領域的廣闊性和重要性相比，研究還很不夠。迄今為止，我們還沒有一部研究中印文學（包括中印現代文學）方面的專著。中印現代文學的研究，如何在影響關係的基礎上，在文學思潮、流派、比較詩學、文體形式等重要的問題上將研究推向深入，是今後努力的方向。

近二十年來中國的中日古代文學比較研究述評[1]

　　從八○年代初開始，北京大學的嚴紹璗教授（1940-）就較早地開始了中日古代文學的比較研究，陸續發表了〈日本古代小說的產生與中國文學的關聯〉（《國外文學》，1982 年第 2 期）、〈日本古代短歌詩型中的漢文學形態〉（《北京大學學報》，1982 年第 5 期）、〈日本「記紀神話」變異體模式和形態及其與中國文學的關聯〉（《中國比較文學》，1985 年第 1 期）等文章。到了一九八七年，湖南文藝出版社出版了嚴紹璗的專著《中日古代文學關係史稿》。這是作者在中日古代文學關係研究中的集大成，也是他的代表作。

　　《中日古代文學關係史稿》雖謙稱「史稿」，但卻有十分明確的學術思想、強烈的學術個性貫穿全書，而不單是史料的爬梳和整理。從書中所涉及的內容來看，作者並不試圖描繪中日古代文學關係的全部圖景，而只是選取若干重要的領域和課題，進行以點代面式的個案研究。全書共有八章，依次研究中日神話的關聯、日本古代短歌中的漢文學形態、上古時代中國人的日本知識與日本文學的西漸、日本古代小說的產生與中國文學的關係、白居易文學在日本中古韻文史上的地位與意義、中世時代日本女性文學的繁榮與中國文學的影響、中世近世日本文學在中國文壇上的地位、明清俗語文學的東漸和日本江戶時代小說的繁榮，共八個問題。這些問題都是中日文學關係中的重大

1　本文原載《日語學習與研究》（北京），2003年第2期；另有一篇〈近二十年來我國的中日古典文學比較研究述評〉，原載《東疆學刊》2003年第2期。

基本問題。在這些問題的研究中，嚴紹璗提出了對日本古代文學的基本性質和民族特徵的看法，認為日本古代文學是「複合形態的變異體文學」。此前，嚴紹璗在有關中日文化比較研究的文章中，就提出了日本文化的本質是「變異體文化」的觀點。「變異體文學」顯然是「變異體文化」的一部分，也是嚴紹璗在文學研究中對「變異體文化」的進一步闡述和論證。在日本文化研究及中日比較文化的研究中，許多學者都強調了日本文化善於吸收消化和改造外來文化這一事實。如日本學者加藤周一認為日本文化為「雜種文化」，其特點是日本文化與傳統文化、日本文化與西方文化的融合達到了難分難解的程度。嚴紹璗的「變異體」的提法，是在中日比較文學領域中將日本文化吸收外來文化的這一特徵更進一步具體化、明晰化和深刻化了。他在該書的「前言」中指出：

> 文學的「變異」，指的是一種文學所具備的吸收外來文化，並使之溶解而形成新的文學形態的能力。文學的「變異」性所表現出來的這種對外來文化的「吸收」和「溶解」，不是一般意義上的理解。如果從生物學的觀點來說，「變異」就使新生命、新形態產生。文學的「變異」，一般說來，就是以民族文學為母本，以外來文化為父本，它們相互匯合而形成新的文學形態。這種新的文學形態，正是原有的民族文學的某些性質的延續和繼承，並在高一層次上獲得發展。
> ……這種共同融合而產生的文學形態，不是一種「舶來文化」，而是日本民族的文學，是表現日本民族心態的民族文學。[2]

2　嚴紹璗：《中日古代文學關係史稿》（長沙市：湖南文藝出版社，1987年），頁3。

　　這種理論概括，來源於作者的中日文學比較研究的實踐，同時，又反過來成為作者研究分析具體問題的理論總綱。如作者在該書第一章中論述日本的「記紀神話」時指出：「記紀神話」中的「高天原」（天上界）、「葦原中國」（地上界）和「黃泉國」這三層宇宙模式，以及內含的諸種觀念，是在通古斯人的薩滿教、中國漢族的古典哲學，和經由中國、朝鮮傳入的印度佛教等多種觀念的混合影響下形成的。又如，日本和歌的基本形式特徵是「五七調」，這是和歌的民族形式的根本特徵。嚴紹璗在該書第二章〈日本古代短歌詩型中的漢文學形態〉，通過大量的具體作品的分析，認為原始形態的和歌（「記紀」神話中的歌謠）是不具備「五七音音律數」的，而是從三個音到九個音，參差不齊，詩行也是奇數與偶數並存。而漢詩在日本的流傳，日本人大量的寫作漢詩，對和歌韻律的定型起了重要作用，並推斷「和歌形態發展中的韻律化和短歌的定型，在很大程度上是模擬了中國歌騷體及樂府體詩歌中內含的節奏韻律」。在第四章〈日本古代小說的產生與中國文學的關聯〉中，作者認為，在日本古代神話到「物語」小說的形成期這一過程中，還經歷了一個以古漢文小說的創作為主要內容的過渡階段。這一過渡階段，以《浦島子傳》為代表，在小說的題材、構思與創作手法諸方面，都從中國文學，特別是從六朝小說與唐代傳奇中吸取了諸多的營養；這種早於「物語」小說而產生的以中國文學為模擬對象的漢文的翻案作品，為此後的「物語」的產生，奠定了基礎，準備了條件。作者還詳細分析了日本「物語」文學的鼻祖《竹取物語》所受中國文化與文學的影響，並總結了三個要點。第一，《竹取物語》全面接受了中國漢民族自秦漢以來關於「仙人」的觀念，將原來的「月神」改為「月宮」，作為仙人們的生活之所，這一觀念成為全篇小說構思的基礎；第二，《竹取物語》接受了中國漢代方士們所編造的「嫦娥」的形象，並把她改造為美貌無瑕的日本式女子，作為全書的主人公；第三，《竹取物語》採用了中國嫦

娥神話中的「不死之藥」的情節，並把它與作為日本國象徵的富士山
連接起來，構成故事的結尾。……嚴紹璗在這些研究中充分吸收和消
化了日本學者的研究成果，並在使用豐富的文獻材料支持學術結論方
面，在立論點的明確性和深入性方面，超出了此前的研究。

　　嚴紹璗在古代中日文學關係的研究中，有著自覺的方法論意識。
他在後來提出的「原典性的實證研究」方法（〈雙邊文化關係研究與
「原典性的實證」的方法論問題〉，見《中國比較文學》，1996 年第 1
期），可視為他的研究實踐的概括和總結。「實證」的方法作為科學研
究的基本方法，運用非常普遍，歷史也很久遠。但在人文科學研究這
種主觀性、人文性很強的「軟性」學科中如何運用「實證」方法，仍
是值得探討的問題。嚴紹璗認為，「原典性實證研究」是一個可以操
作的系統，它由四個層面構成：第一，確證相互關係的材料的原典
性；第二，原典材料的確實性；第三，實證的二重性；第四，雙邊
（或多邊）文化氛圍的實證性。這裡強調的是以原始典籍為證的追根
究柢、正本溯源的研究。而這一點，恐怕是來自作者文學研究中的深
切體驗。嚴紹璗是中國比較文學界並不多見的具有深厚文獻學功底的
學者。一九八〇年他出版了《日本的中國學家》，在此基礎上一九九
二年他出版了《日本中國學史》，近年又推出《漢籍在日本的流布研
究》、《日藏漢籍善本目錄》等文獻學或以文獻學見長的成果。文獻學
的功力體現在他的中日古代文學研究中，表現為材料的儘量的豐富和
完備，一切都從文獻資料和作品文本的分析出發，不發大而無當的空
論和宏論。同時，讀者閱讀他的著作的時候，也沒有被淹沒在材料中
的那種沉悶感，因為作者以自己明確的學術思想將材料有機地統一起
來了。這種學術思想，還不僅是方法論層面上的，而且時常體現為高
遠的文化哲學的視點。他在〈文化的傳遞和不正確理解的形態〉（《中
國比較文學》，1998 年第 4 期）一文中，引用並強調了黑格爾在《歷
史哲學講演錄》中提出的「歷史是事實的描述，亦是事實的本身」和

馬克思提出的在文化傳遞中「不正確理解的形式正好是普遍的形式，並且在社會的一定的階段上，是適合於普遍使用的形式」的論斷，指出：「比較文學與比較文化研究者面臨著一個更艱巨的工作，那就是在『不正確的理解』中，通過文化傳遞的軌跡，從各種『變異形態』的文化中，來復原『事實的文化』。」

　　一九九〇年，嚴紹璗與王曉平合著了《中國文學在日本》一書，作為花城出版社「中國文學在國外」叢書之一出版。著者在〈前言〉中稱：「《中國文學在日本》的寫作，其目的是力圖描述中國文學在日本流傳的軌跡和方式，闡明日本接受中國文學的過程中，本民族文學在內在層次上所產生的諸種變異；探討日本人的中國文學觀的形成、發展和變革，對日本學者翻譯、評論和研究中國文學過程中形成的學術流派、研究特點、成就、發展趨向做概括的評介。」可以說，本書達到了著者預期的這些目的。關於「中國文學在日本」的研究，日本人已有大量的研究成果，這本書融會了這方面的研究成果，並在許多地方體現了作者自己的學術見解，將中國文學在日本的從古到今的流傳與影響的軌跡大體勾勒出來，是很有益的。當然，這是一個大題目，本書以三十來萬字的篇幅，只能是以點代面式的，還有許多問題未能涉及，或未能展開。一九九六年，嚴紹璗和日本學者中西進連袂主編的《中日文化交流史大系・文學卷》由浙江人民出版社出版，收錄了中日兩國學者的有關研究成果。該書的序論和第一章、第三章由嚴紹璗執筆，涉及到中日神話和物語同中國小說的交流，基本上是在《中日古代文學關係史稿》的基礎上改寫的，但在內容材料上有所豐富、補充和深化。這部《中日文化交流史大系・文學卷》實質上是一部結構較鬆散的論文集，書中不少章節的選題顯得有些隨意，缺乏系統性，因而未能反映出中日文學交流的完整或基本的面貌。雖號稱「大系」中之一卷，實際上既不算「大」（只有三十萬字），也不成「系」。但這恐怕是「大系」的體例問題，非嚴先生之責。總體看

來，嚴紹璗在中日古代文學比較研究中的貢獻是顯著的、富有開創性
的。尤其是他的《中日古代文學關係史稿》，堪稱他本人的代表作，
也是二十年來中國比較文學研究中的精品之作，其中所體現出的學術
研究的方法論和扎實嚴謹的學風，尤為可貴和值得稱道。

王曉平教授是改革開放後最早從事中日比較文學研究的學者之
一，在中日古代文學、近代文學的比較研究中取得了卓越的成果。早
在八〇年代初期，他就發表了〈《萬葉集》對《詩經》的借鑒〉（《外
國文學研究》，1981 年第 4 期），一九八四年又發表〈論《今昔物語
集》中的中國物語〉（《中國比較文學》創刊號）等有影響的文章。一
九八七年，湖南文藝出版社出版了王曉平的《近代中日文學交流史
稿》，這部書和上述嚴紹璗的《中日古代文學關係史稿》都屬於《比
較文學叢書》，也可以說是珠聯璧合的姊妹篇。《近代中日文學交流史
稿》內容極為豐富，學術信息量很大，填補了一個重要的學術研究和
知識領域中的空白。可以說，二十年來中國讀者關於中日近代文學關
係的知識，很大程度上來源於這本書。關於中日近代文學的研究，日
本學者開始得早，成果也很多。王曉平的著作充分吸收和借鑒了日本
學者的研究成果，將有關的成果進行甄別、提煉和提升，並在學術水
平上有了明顯的超越。

《中日近代文學交流史稿》所涉及的「近代」大體上是十九世紀
中期到二十世紀初年的半個多世紀，在日本是指從維新之前的江戶時
代後期到整個明治年間，在中國則是指從鴉片戰爭前夕到清末民初。
這一時期是中日文學交流較為活躍頻繁而又頗為錯綜複雜的時期。這
是日本文人作家的漢文學教養空前普及和提高、中國文學的影響空前
多樣化、曲折化的時期，同時也是日本文學轉向西洋世界，中國文學
的影響逐漸式微的時期。另一方面，長期充當日本文學之「先生」角
色的中國文學，在這一時期裡卻逐漸轉變了角色，開始以「學生」的
姿態學習和借鑒日本文學。王曉平的《近代中日文學交流史稿》準確

地展現了近代中日文學關係的這一歷史趨勢和歷史面貌。全書共有二
十章，每章均以一個專題的方式，集中論述中日近代文學關係中的某
一重要課題。在第一、二章中，作者論述了江戶時代日本學者山本北
七、廣瀨淡窗的詩話著作對中國明代袁宏道和袁枚等人詩話的借鑒。
第三章〈明清小說和日本前近代小說〉研究了明清小說對日本以軍
事、戰爭為題材的說唱文學「軍談」、特別是根據中國的史籍和歷史
演義小說改編的所謂「中國軍談」的影響。這一章還指出，日本學者
為幫助日本人閱讀中國明清小說而編寫的《小說字彙》之類的中國小
說詞典，對於豐富日本近代語言，為日後吸收西洋文學做了必要的心
理準備和語言準備；而中國的才子佳人小說在日本的傳播，也為後來
的日本以才子佳人小說在日本的傳播，也為後來的日本以才子佳人小
說體式宣揚政治思想的「政治小說」打下了基礎。第四章〈明清小說
批評和前期讀本作者〉論述了明清小說批評及小說作品對江戶晚期文
學家都賀庭鐘、上田秋成的影響。並指出：「正如和歌和漢詩各異其
趣一樣，日本小說也有自己獨特的藝術發展道路和審美傳統。因而，
在小說理論領域內，傳來的明清小說批評，和日本傳統小說理論，出
現了既有匯通，又有對抗，既有吸引，又有碰撞的有趣現象。」如
「勸善懲惡」的學說與日本國學家本居宣長提出的「物哀」說，中國
小說敘事的明晰性與日本傳統文學的曖昧朦朧，都很不相同。第五章
〈明清小說批判與曲亭馬琴〉指出，曲亭馬琴曾認真地研究明清小說
作家的藝術見解和寫作經驗，在其序跋和評論中，明顯地可以看到馮
夢龍、金聖歎、毛宗崗、李漁等人的影響；在小說的表現手法上，他
的《八犬傳》等對《三國志演義》、《水滸傳》多有借鑒。第六章〈日
本維新志士和中國文學〉、第七章〈明治漢詩與中國文學〉。分別論述
了寺門靜軒、藤田東湖、齋藤拙堂、吉田松蔭等人與中國文學的關
係，明治漢詩與中國文學的關係。第八章〈明治翻譯文學和晚清文學
翻譯〉論述了明治初年日本的西洋翻譯文學中的「漢文調」、即中國

文學對日本翻譯文學在語言、體式等方面的浸潤和影響,同時也談到
了中國晚清時期通過日文轉譯的外國文學作品的情況。第九章〈日本
政治小說和中國文學〉、第十一章〈梁啟超「小說界革命」和日本政
治小說〉,研究了日本政治小說對近代中國小說,特別是梁啟超的影
響。第十二章介紹了日本坪內逍遙的《小說神髓》中的理論主張,並
指出了它在中國的評論與傳播情況。第十三章〈日本新名詞和中國近
代文體〉,從語言學、詞彙學的角度,論述了日本近代的新名詞、「言
文一致」的新文體以及對近代中國的文字改革的影響。第十四章〈日
本新派劇和晚清早期話劇活動〉指出了中日近代戲劇文學及戲劇活動
的因緣。第十五章至十八章,則分別研究了日本明治和大正年間的文
學家,包括森鷗外、幸田露伴、泉鏡花、土井晚翠、芥川龍之介、谷
崎潤一郎、長與善郎等人的有關中國題材的作品。第十九章和二十
章,分別介紹了日本近代的中國戲曲研究和中國近代的日本文學研
究。總之,這是一部內容豐富、視野開闊、角度全面的中日近代文學
關係史著作,它以傳播與影響研究為基本方法,體現出扎實嚴謹的文
獻學功底,對中日文學雙向交流的線索、途徑和方式,做了清晰的描
繪。由於作者能夠得心應手地駕馭和運用材料,在影響的描述和考辨
中,時有畫龍點睛的理論分析,表現出作者的識見。因此,這不是死
板的、堆砌材料的傳播與影響研究,而是將文獻資料與理論分析有機
結合在一起的充滿生機和活力的傳播與影響研究,為比較文學的傳播
與影響研究提供了成功的範例。當然,這部著作也有不足的地方。由
於涉及的問題點較多,有些問題在有限的篇幅內難以充分地展開和深
化;另外,作為一部嚴謹的學術著作,它沒有在書後列出「參考文
獻」。日本學術界研究中日文學關係的著作有很多,在本書中有哪些
內容是借鑒日本人的研究成果,哪些是作者自己的超越和獨創,光有
腳注還不夠,還應該通過參考文獻加以清理和說明。

　　一九九〇年,王曉平的《佛典‧志怪‧物語》由江西人民出版社

出版。這部書以印度的佛典、中國的志怪、日本的物語為切入點，將
亞洲三國的古典文學作為一個整體，納入比較研究的範圍。這是一個
十分誘人的研究領域。歷史上，中國的志怪小說受到印度佛經的影
響，而漢譯佛經、中國志怪又對日本物語文學產生了影響，可以說，
佛典、志怪、物語是印度、中國和日本文學交流的三個基本點，並且
三點連成一線。王曉平在這三點一線上展開研究，表現出相當大的選
題智慧。全書分為〈導論篇〉、〈浸潤篇〉、〈溯游篇〉、〈淵海篇〉共四
個部分。在〈引言〉中，王曉平寫道：

> 佛典、志怪、物語三者的比較研究，既要找出和證明其間影響
> 的存在，更要深入到中古時代藝術理解和評價諸問題中去。志
> 怪和物語在接受佛教故事的構思時，絕不是原封不動地挪用移
> 植其中的全部因素，即便是抄襲式的「照搬」或直譯式地轉
> 述，思想內容也有某種擴展或重新限定。接受者的聯想指向也
> 在發生位移。中國人並沒有全盤接受印度人無拘無束、漫無邊
> 際的幻想方式，日本人也是儘量脫去中國小說中文士想像的莊
> 重拘謹氣氛，來發展自己的想像體系的。通過對一系列問題
> （接受者保存了哪些，揚棄了哪些，原始材料為何與如何被吸
> 收和同化，接受之後發生了哪些變化，等等）的探討，將會增
> 加我們的文學史知識，增進我們對早期小說創作過程的了解和
> 對作品的藝術理解；對那些並沒有誰影響過誰這種關係的異國
> 作品進行主題的分類與剖析，將其放在國際文化交流的氛圍中
> 作整體觀察，則更會有助於對三國文學的傾向性、文學傳統的
> 探討。[3]

3　王曉平：《佛典‧志怪‧物語》（南昌市：江西人民出版社，1990年7月），頁7-8。

　　《佛典・志怪・物語》就是這樣，靈活運用比較文學的傳播研究、影響研究和平行研究的方法，對印度、中國、日本三國文學的複雜關係，進行了不同角度和不同層面上的研究。在〈浸潤篇〉中，作者通過對《日本靈異記》、《今昔物語集》、《江談抄》等幾部重要作品的分析，考察了中國志怪小說在當時日本的傳播情況；〈溯游篇〉則以平行研究的主題學的方法，從幾個共同的主題、母題和題材──如棄老、蛇婚、亂宮的母題、復仇主題、龜報故事──出發，進行了比較研究；〈淵海篇〉則從影響研究的角度，梳理了中國經史敘事文學對日本物語文學的浸潤與影響，乃至對日本近代作家創作的啟發。總之，《佛典・志怪・物語》是中國比較文學研究中迄今為止的惟一一部將亞洲三國文學打通、進行多角度比較研究的著作。無論在選題方法還是研究方法上，都將對後學有一定的啟示作用。

　　一九九五年，北京中華書局出版了王曉平教授和日本的中西進教授合著的《智水仁山──中日詩歌自然意象對談錄》。王曉平在該書〈引論〉中說：「理解詩歌的意象，對於理解異族詩歌尤為重要，而直接交談則是促進理解的最好形式」。《對談錄》以日本的《萬葉集》和中國的《詩經》為談論的中心，圍繞「自然意象」問題，從月亮、星辰、花草、樹木、鳥兒等自然意象為切入點，進行了多方面微觀的分析和比較。作為《萬葉集》研究權威的中西進，和作為《詩經》研究專家的王曉平，憑藉對作品的熟知和比較文學的廣闊視野，在「對談」中知微見著，相互闡發，取得了珠聯璧合的效果。「對談」這種方式在中國的學術界還不太流行，但在日本和西方，則是常見的一種著作形式。而對於比較文學研究來說，不同國家學者的「對談」本身，就富有強烈的跨文化對話的意味，因而也最能體現「比較文學」的目的和宗旨。

　　在中日傳統小說的比較研究方面，南開大學教授李樹果（1923-）的《日本讀本小說與明清小說──中日文化交流史的透

視》一書是獨占鰲頭的大作。李樹果多年從事日本和歌、俳句、戲曲、小說的研究，在日本古典文學方面有很深的造詣。他在《日語學習與研究》等期刊中，發表了一系列研究論文。他還傾數年之功，將日本讀本小說的代表作《南總理見八犬傳》（簡稱《八犬傳》）翻譯成中文出版，因而對日本讀本小說有著切身的體會。《日本讀本小說與明清小說》是李樹果的第一部學術著作。所謂「讀本」，是日本江戶時代流行的，與其他各種以圖畫為主的讀物相區別的通俗小說。讀本中的很多作品，在故事情節、框架結構、人物設置等方面，模仿和改編中國小說，對這種模仿與改編，日本人稱為「翻案」，李樹果稱為「翻改」。對此，日本學者已經出版了大量的成果，研究讀本小說與中國小說的關係，特別是指出讀本小說的「出典」，即它是哪部中國小說的「翻案」。李樹果的這部書，吸收和借鑒了日本學者的研究成果，同時將那些成果加以概括和簡化，以中國學者所擅長的精練，將讀本小說與中國文學的關聯，清晰明瞭地揭示出來。他指出：儘管日本讀本小說與中國文學的關係千頭萬緒——

> 但歸根溯源，我認為可以概括為三部書。一是《剪燈新話》（包括《餘話》）的影響，從而使日本產生了翻改小說，為讀本的創作提供了一種別具特色的方法。二是「三言」，通過翻改「三言」便產生了日本前期讀本。三是《水滸傳》，通過翻改《水滸傳》便產生了日本後期讀本。[4]

　　李樹果的這部書就是以上述三部中國小說為中心，探討它們對日本讀本小說的影響，並涉及其他中國小說對日本讀本小說的影響。全書分為五章。第一章是〈剪燈新話與日本的翻改小說〉，其中論述了

4　李樹果：《日本讀本小說與明清小說中日文化交流史的透視》（天津市：天津人民出版社，1998年），頁4。

《剪燈新話》在日本的傳播情況，重點是淺井了意的《伽婢子》對
《剪燈新話》的翻改；第二章〈「三言」與初期讀本〉；論述了《英草
子》、《繁野話》、《莠句集》、《垣根草》、《雨夜物語》等前期讀本與
《三言二拍》的關係；第三章〈後期讀本與《水滸傳》〉，論述了《本
朝水滸傳》、《忠臣水滸傳》、《八犬傳》等對《水滸傳》的翻改；第四
至第五章論述了其他讀本小說與中國小說的關聯；第六章是〈讀本小
說的走向〉。每章後都附有重要的日本讀本小說的片段譯文，增強了
本書的文獻資料價值。

　　此外，還有不少學者在中日古代文學的交流史和古代文學比較研
究方面，做出了成績。如遼寧大學的馬興國（1946-）從一九八七年
至一九九三年間，在《日本問題》等雜誌上陸續發表研究文章，內容
涉及中國古代小說《遊仙窟》、《三國演義》、《搜神記》、《西遊記》、
《世說新語》、《三言兩拍》、《金瓶梅》、《紅樓夢》、《水滸傳》等作品
在日本的流傳及對日本文學的影響。翻譯家申非在《日語學習與研
究》等期刊中，發表〈《平家物語》與中國文學〉、〈《雨月物語》與
《剪燈新話》〉（均 1985 年）等文章，吉林大學趙樂甡教授（1924-）
在中日比較詩學方面發表了若干有分量的論文，如〈日本中世和歌理
論與我國儒、道、佛〉（《吉林大學學報》，1987 年第 6 期）、〈和歌理
論的形成和我國詩學〉（《日本文學》，1987 年第 3 期）等。後來，這
些論文被編入了趙樂甡主編的論文集〈中日文學比較研究〉（吉林大
學出版社，1990 年）中。北京外國語大學的王福祥（1934-）編著的
《日本漢詩與中國歷史人物典故》，以中國歷史人物為切入點，選出
含有中國歷史人物典故的漢詩四百七十六首，並對詩人生平略作簡
介，既是一部獨特的日本漢詩選集，也是一部有特色的中日比較文學
的專著，在一九八〇年代以後出版的五、六種日本漢詩選集中，獨具
特色。武漢大學歷史系的覃啟勳（1950-）專著《《史記》與日本文
化》（武漢大學出版社，1989 年），以十六萬字的篇幅，全面梳理了

《史記》在日的傳播與影響的歷史，包括《史記》何時傳入日本，何時盛傳於日本，《史記》傳入日本的種種原因，《史記》對日本政治、日本教育、日本史學、日本文學的影響，以及日本學術界對《史記》研究的成就及特點等，都做了細緻的分析論述。雖然該書印製粗陋，但學術價值不低，填補了中日文化交流史研究的一處空白。北京師範大學張哲俊博士在中日古代戲劇的研究方面，發表了多篇有創意的論文，如《母題與嬗變──從《枕中記》到日本謠曲《邯鄲》》(《外國文學評論》，1994 年第 4 期)、《母題與嬗變──從明妃故事到日本謠曲《王昭君》》(《外國文學評論》，2000 年第 3 期)、〈日本能樂的形式與宋元戲曲〉(《文藝研究》，2000 年漫筆〉(吉林大學出版社，1994年)中，收集了作者二十多篇有關的文章和隨筆，這些文章分為〈中西文化篇〉、〈中日文化篇〉和〈中日文學篇〉三組，其中〈中日文學篇〉中的〈幾組中日民間故事的比較〉較有新意。後來，作者將這個課題做了深入研究，寫成了《中日民間故事比較研究》(吉林大學出版社，1996 年)一書。該書分神話和民間故事兩編。在第一編中，作者分析了中國的盤古神話、伏羲兄妹的神話、女媧造人的神話對日本神話的影響，同時，也分析了為什麼愚公移山、精衛填海、夸父追日的神話沒有對日本神話造成影響。他認為這反映出中日兩國民族性格的差異，與日本人性情急躁、缺乏韌性、講求功利、順從自然的民族性格有關。在第二編中，作者按通常的故事類型劃分法將中日民間故事分為天外賜子型、貪心型、羽衣仙女型、蛇郎型、灰姑娘型、動物報恩型、棄老型、解釋存在型、難題求婚型等類型，進行比較分析。有些結論是有啟發性的，如認為日本民間故事，在對立的矛盾中，不是以武力消滅對方，而是感化對方，所表現的並不是對立的階級性，而是人類的共性。關於中日民間故事的比較研究在此前雖有不少單篇文章，但作為系統的論著，該書還是第一部，是值得注意的。杭州大學的路堅與日本學者關森勝夫合作撰寫的《日本俳句與中

國詩歌——關於松尾芭蕉文學比較研究》（杭州大學出版社，
1996 年，該書副標題文法上稍有不通），對松尾芭蕉的一百餘首俳句
做了漢譯、賞析，並指出所受中國文化與中國文學影響，雖缺乏理論
性，但在微觀賞析上有其特色。山東大學的高文漢長達四十六萬字的
專著《中日古代文學比較研究》（山東教育出版社，1999 年），是一
部涉及中日整個古代文學史上各個時代的帶有通史性質的著作，全書
以論述日本漢文學的發展及重要作家作品為主，評述了日本的漢詩、
漢文及其與中國文學的關聯，同時也涉及日本物語文學《竹取物
語》、《源氏物語》對中國文學的吸收與借鑒。雖然大量的文學史實、
作家作品的背景資料占了書中的很多篇幅，一定程度沖淡了論題的集
中和比較文學應有的理論個性，但對於一般讀者還是有益的。

　　由上可見，二十年來，中國中日古代文學研究取得了可觀的成
績，特別是嚴紹璗、王曉平等創作的高水平的學術精品，為中國比較
文學的深化做出了貢獻。但是，也有不足的地方。那就是大多數的文
章和著作，還是以傳播關係、影響關係為主的研究，而在傳播和影響
的基礎上對中日文學各自的民族特徵的平行比較研究，還有待於深
化。這恐怕也是中日古代文學比較研究今後應該努力的方向。

一九八〇至一九九〇年代中國的中日現代文學比較研究述評[1]

　　中國現代文學與日本文學有著特殊緊密的關係，所以無論在中國還是在日本，中日現代文學比較研究都是學者較為重視的一個研究領域。早在一九二〇年代，就有一些作家、學者，如周作人、魯迅、郁達夫、郭沫若、田漢、謝六逸等在有關文章中，或談到日本文學對中國現代文學的影響，或以日本文學為參照評論中國文學，或站在中國作家的立場上對日本作家作品發表評論。這既是中日現代文學比較論的濫觴，也是今人對中日現代文學進行比較研究的重要依據。但是，在中國，真正意義上的中日現代文學比較研究只是一九八〇年代以後的事情。在二十多年的時間裡，中國各學術期刊及有關論文集中公開發表的論文有近三百多篇，正式出版的專門的論文集、研究專著有十幾種。這些成果集中反映了中國在該領域的研究水平和現狀，其中不乏精彩的篇什和出色的見解。

　　中日現代文學比較研究中，最早被重視、成績最突出的，是魯迅與日本文學的關係研究。一九七〇年代末八〇年代初，中國有關刊物上發表的這方面的文章，每年都有幾篇乃至十幾篇。當時中國政治生活領域中「左」傾的甚至是極左思想的影響，在現代文學研究中有突出表現。許多問題、許多作家作品的研究都是禁區。但是魯迅及其創作無論是在極左的「文化大革命」時期還是在改革開放後的新時期，

1　本文原載《中國現代文學研究叢刊》2003年第2期。原題〈近二十年來我國的中日現代文學比較研究述評〉。

都一直得到極高的評價。這是當時魯迅研究相當熱門的外部原因。就中日現代文學關係而言，魯迅與日本文學的關係也非常深，自然而然地成為中日現代文學比較研究的重要課題。林煥平、戈寶權、呂元明、孫席珍、劉伯青、溫儒敏、程麻等，都發表了有關魯迅與日本文學的比較研究的文章。到了一九八五年以後，這方面的研究專著也出現了。那就是劉伯青的《魯迅與日本文學》（吉林大學出版社，1985年）、程麻的《魯迅留學日本史》（陝西人民出版社，1985年）和《溝通與更新——魯迅與日本文學》（中國社會科學出版社，1990年）等。

其中，劉伯青的《魯迅與日本文學》作為中國這方面研究的第一部著作具有開創性。全書由十一篇論文構成，共十七萬多字，涉及了魯迅與日本文學關係研究的許多重要問題，包括〈魯迅早期思想與日本〉、〈早期魯迅與日本浪漫主義文學〉、〈魯迅與夏目漱石〉、〈魯迅與白樺派作家〉、〈魯迅與廚川白村〉、〈魯迅與日本新思潮派作家〉、〈魯迅與日本無產階級文學〉、〈二三十年代日本的魯迅研究〉、〈魯迅・摩勒伊愛斯・正宗白鳥〉、〈野口米次郎的〈與魯迅談話〉〉、〈戰後的魯迅研究〉等，雖然都是曾經單篇發表過的文章，但作者基本上按歷史線索編排，前半部分講的是魯迅與日本文學的關係，後四篇文章講的是魯迅在日本的反響或影響，因此全書仍能見出系統性。對於該書的貢獻和特色，蔣錫金在「序」中說：「開拓性的工作是不容易做得圓滿的，但我以為柏青同志對開拓魯迅研究的境域這一點上是做出了寶貴貢獻的。它不僅有助於我們對『魯迅與日本文學的關係』問題的理解，也有助於我們對魯迅的整體理解。」現在仍然可以把這幾句話看作是對本書的恰當的評價。

程麻的《魯迅留學日本史》以翔實的文獻資料，梳理了魯迅在日本留學時期的生活與創作、特別是與日本人交往的史實，可以說是一部特定角度的魯迅傳記性的著作。程麻的《溝通與更新——魯迅與日

本文學發微》是對魯迅與日本文學關係做細緻研究的著作。該書在
「內容提要」中介紹說：「從比較文學、比較文化的角度研究分析魯
迅與日本文學的深層關係，是本書的特色，作者既分析魯迅與日本文
學的直接聯繫，又考察日本溝通魯迅與西方文化的中介橋樑作用，在
辨析文學交流的複雜關係中間，對文學的現代價值觀、人的本體性
質、倫理功能優勢，創作心理動力等問題，進行了深入探討，並就比
較文學研究的觀點與方法，引申出發人深思的理論見解。」可以說，
這本書基本上達到了這個目標。該書的特色在於它的微觀的研究，也
就是作者所說的「發微」。在行文中，不是直奔主題，而是在主題周
邊迂迴曲折，將背景知識、相關的一般理論問題、相關材料和話題也
充分展開，這樣做的好處是讀者──特別是一般讀者──讀起來，不
會感到理解上的困難，但也會給人拖泥帶水、過分繁冗、枝蔓過多的
感覺，從而或多或少地削弱了理論著作應有的洗練。

　　一九九四年，春風文藝出版社出版了遼寧大學教授彭定安主編的
《魯迅：在中日文化交流的座標上》，這是魯迅與日本文化、日本文
學關係研究的集大成的學術著作，全書規模宏大，凡九十多萬字，執
筆者均為遼寧大學、東北師範大學等東北高校的專家教授等研究人
員，包括彭定安、武斌、王俊儒、王建中、馬興國、劉立善、李春
林、呂元明等，集中了東北地區的日本文學研究、魯迅研究、中國現
代文學研究的優勢力量，體現了東北地區學者在這方面的研究實力和
豐厚積累。全書除緒論和結束語部分外，共十五章，其中涉及魯迅與
日本之關係的時代與文化背景（第一、二章）、魯迅在日本的留學史
（第三、四、五章）、五四時期和三〇年代的魯迅對日本文學的接受
及他與日本友人的交往（第六、七、八章）、魯迅的日文翻譯（第九
章）、魯迅的日文作品（第十章）、魯迅對日本人、日本社會與文化的
觀照（第十一章）、日本對魯迅的解讀、詮釋、研究與接受（第十
二、十三章）、中國學術界對日本的魯迅研究成果的介紹、評論與借

鑒（第十四、十五章）等。可以說，這是一部以魯迅為紐帶的中日文學、學術和文化的交流史。這種交流是雙向的——先有日本對魯迅的影響，再有魯迅對日本的影響；這種交流又是互動的——日本人對魯迅的研究、中國人對日本魯迅研究的研究。本書在這種雙向、互動、回返的交叉關係中，建立起了以魯迅為基軸的中日文化交流的「座標」。全書資料弘富，視野開闊，充分吸收消化了中日兩國魯迅研究的成果，並將有關成果納入全書的宏大結構中。有些章節，如第十一章對魯迅的日本文化觀的梳理與評析、第十二至十三章對日本魯迅接受、評論與研究史的總結與評述，都相當具有學術價值，此前中國對有關問題的論述是零星的、不系統的，本書的這些章節以其系統性、全面性，填補了這方面的空白。書後的幾個附錄〈魯迅與日本大事繫年〉、〈日本魯迅研究論著系年目錄〉等，對於讀者也有重要的文獻資料價值。

　　中日近現代文學思潮的比較研究，也是學者們關注的重要領域。在這方面的著作有孟慶樞主編的《日本近代文學思潮與中國現代文學》（時代文藝出版社，1992 年）、何德功的《中日啟蒙文學論》和秦弓的《覺醒與掙扎——二十世紀初中日「人的文學」比較》（均東方出版社，1995 年）。其中，《日本近代文學思潮與中國現代文學》是孟慶樞主持的國家「七五」社科研究課題，執筆者除孟慶樞外，還有張福貴、陳泓等。該書二十一萬字，由十篇系列文章構成，其中有孟慶樞執筆的〈繼承、借鑒與創新——日本近代文學思潮與中國現代文學關係的思考〉、〈日本啟蒙主義文學思潮與中國近代文學〉、〈日本自然主義文學思潮與中國現代文學〉、〈中日新感覺派之異同〉、〈在東西方文學交融中的魯迅與夏目漱石〉，張福貴執筆的〈日本私小說與創造社小說〉、〈日本白樺派與周作人〉、〈青野季吉的「目的意識」論與李初梨的「革命文學觀」〉等。內容包含中日近現代文學思潮比較研究中的若干重要問題，其中有的文章頗有新意與創見，如張福貴的

〈日本白樺派與周作人〉等。但不同文章的質量頗有參差,如〈日本新劇運動與田漢〉一文,思路不清,結構混亂;有的文章在材料和觀點上頗可商榷,如〈日本唯美主義在中國:從引進到流失──以谷崎潤一郎為中心〉一文,由於對中日唯美主義文學的材料掌握和消化不夠,便匆忙得出了結論說:「中國文學方面始終沒有『平行地』存在過,即使是最低意義上的唯美主義流派或作家」,日本唯美主義文學也沒有能夠影響中國文學,日本唯美主義介紹到中國,接著又「流失」了。現在看來,這種結論是難以成立的。儘管有這類的問題,該書作為中國第一部同類著作,在選題上的開創性是顯而易見的。特別是書後作為附錄的〈中國譯介日本文學年表〉,表明著者對有關資料的收集下了工夫,對讀者也很有用處。

　　何德功的《中日啟蒙文學論》和秦弓的《覺醒與掙扎──二十世紀初中日「人的文學」比較》,都是博士學位論文,分別有二十萬字和十八萬字,是迄今中國出版的為數寥寥的有關中日比較文學方面的博士論文中的兩篇。《中日啟蒙文學論》選取「啟蒙文學」這樣特定的文學思潮作為比較研究的對象,其中論述了日本政治小說與晚清小說界革命,詩界、文界革命與日本明治文壇,周氏兄弟在五四前夕的文學主張與日本文學的影響,「人的文學」與日本白樺派,魯迅、郁達夫與私小說等問題。就中國文學來說,著者的研究範圍是晚清以梁啟超為代表的啟蒙運動和五四時期以魯迅、周作人為中心的文學革命運動;就日本文學來說,涉及日本明治初期的啟蒙文學,並延伸到大正時代的白樺派人道主義文學,可以說是在一種寬泛的含義上使用「啟蒙文學」這一概念的。在有關問題上,作者展示了自己的看法。但在資料的收集和利用上,尚有一些未盡之處,限制了作者將論題進一步展開和深化。秦弓(張中良)先生的《覺醒與掙扎──二十世紀中日「人」的文學比較》,其核心概念似乎是「人的文學」。林非在為該書寫的序中說:「說起『人的文學』來,不能不想到周作人的〈人

的文學〉，秦弓無疑是受到了這篇論文的啟發和影響⋯⋯然而他所說的『人的文學』這個命題，肯定又不限於此。他通過自己所標舉的這個命題，主要是闡述了人道主義和個性主義思想在現代文學理論建設中的重要作用。」很大程度上說，「人道主義和個性主義思想」是中日近現代文學的主導思想，涉及面向當廣泛。秦弓的意圖在於對中日兩國的「人的文學」做「宏觀性的比較研究」。全書分為「思潮研究」和「主題研究」兩部分，對中日兩國「人的文學」發展演進的歷史軌跡、中國的「人的文學」對日本近代「人的文學」的擇取、「人的文學」的理論建構及框架、「人的文學」的主題在創作中的表現等，做了全方位的比較研究，這對於理解中日兩國人道主義文學對應發展的軌跡、規律和特色都有助益。

在中日文學思潮流派的比較研究上，劉立善的專著《日本白樺派與中國作家》（遼寧大學出版社，1995 年），只選取了日本的一個文學流派——白樺派，並以此為中心，對中日現代文學進行比較研究。這方面的研究無論在中國還是在日本，此前都有不少的成果問世。劉立善的著作以五十多萬字的宏大篇幅，充分吸收了現有的研究成果，盡可能多地收集材料，從而成為這個課題的集大成之作。它不僅提供了豐富的有關白樺派文學的背景材料，並對白樺派作家與魯迅、周作人、郭沫若、郁達夫、梁山丁等作家的關係，做了細緻的梳理。對長與善郎與中國的關係，也做了評述。雖然有些章節中直接從日文著作引進的材料顯得過多，過於瑣細，但它作為迄今為止我們所見到的白樺派與中國文學關係研究的最翔實的著作，具有重要的學術價值。

對於中國現代作家與日本社會文化之關係的研究著作有靳明全的《中國現代作家與日本》（山東文藝出版社，1993 年）。該書試圖全方位地描述「日本」對中國現代留日或旅日作家的影響。全書共分十八章，實際上每章都是一篇相對獨立的文章，這些文章中的大部分在該書出版前後曾在學術期刊中刊出。從內容上看，可分為四部分。

一、中國作家對日本社會、日本人、日本文化的評論認識，主要以郭
沫若和魯迅為中心；二、中國現代作家與日本作家、日本文學之比
較，如郁達夫與佐藤春夫，豐子愷與夏目漱石，魯迅與有島武郎，張
資平與日本自然主義，歐陽予倩與日本歌舞伎，中日新感覺派等；
三、日本普羅文藝運動對中國現代文學的影響，胡風、李初梨、蔣光
慈等與日本無產階級文學理論的關聯；四、對茅盾、巴金、冰心等中
國作家旅居日本時的創作活動的分析。這些問題，有的是此前已經有
人研究過的問題，有的是作者首次提出的問題，無論是哪種情況，作
者都力圖從事實材料出發，提出有益的見解。但大多數情況下，作者
只是指出影響關係，而對中國作家與日本文化、日本文學的複雜的糾
葛缺乏深入分析。

　　王向遠的《中日現代文學比較論》（湖南教育出版社「博士論
叢」叢書之一，1998 年）是一部論述中國現代文學與日本文學綜合
性比較研究的著作，其研究的對象與範圍是二十世紀上半期的中國文
學與日本文學。全書共三十五萬字，分四章，每章七節，每節都是一
篇相對獨立的論文，並在該書出版前夕公開發表過，所以本書實際上
是一部論文集。但由於將二十八篇論文納入了一個嚴整的體系之中，
使全書保持了理論體系的統一性。該書在「緒論」中寫道：「作為中
日現代文學比較研究的專論，本博士論文在寫作上有以下幾個考慮。
第一，它不是一部中日現代比較文學史著作，因此並不準備面面俱到
地談及中日現代比較文學的所有問題，但又不放過其中的重大基本問
題。全書分為〈思潮比較論〉、〈流派作家比較論〉、〈文體比較論〉、
〈創作比較論〉四章，大體涵蓋了中日現代文學比較研究的基本課題
和主要方面。第二，它不以史的線索謀篇布局，而是著意追求內在的
理論體系。全書四章二十八節，由外及內，從宏觀到微觀，縱橫交
織，相互關聯，分別在不同的角度、不同的層次上展開論述。第三，
它不是綜述或歸納現有的研究成果，而是發表作者自己的見解和心

得。在前人研究的較多、較充分的一些領域，力求獨闢蹊徑，務實而又求新；對前人有所論及，但未能深入的課題，要在材料和觀點上有所發掘、有所深化；在前人較少研究，或完全沒有研究的領域，要盡力開拓。總之，要立足於中國現代文學，在世界文學的大視野上，全方位、多角度、多層次地清理中日現代文學的表層與潛在的聯繫。以重原典材料和科學實證的「影響—接受」研究（關係研究）為基礎，把影響—接受研究與平行研究（比較闡發）結合起來，努力在比較中揭示出非比較研究所不能發現的文學特質和文學發展規律，從而為中日現代文學的比較研究和深化中國現代文學的研究做出一點貢獻。[2]」

　　張福貴和靳叢林合著的《中日近現代文學關係比較研究》（吉林大學出版社，1999 年），雖云「比較研究」，實際上是一部中日文學交流史、關係史性質的著作。本書按歷史線索將中日現代文學交流史分為四個階段。第一個階段為一八四○至一九一八年，作者認為這一階段主要是中國向日本學習，經過黃遵憲、梁啟超和魯迅三個階梯，基本完成了由傳統文學交流向近代文學交流的過渡；第二個階段為一九一九至一九二七年，作者認為五四文學革命雖然在日本沒有引起太大的反響，但卻使中國近代文學的水平提高到了一個更有利於交流的層面；第三個階段為一九二八至一九三六年，是中日無產階級文學交流甚密的時期，是兩國文學交流最活躍的時期，同時也是最後的共振期；第四個階段為一九三七至一九四九年，戰爭阻斷了中日文學的交流，但尚有涓涓細流使兩國文學關係不致完全中斷。全書根據這樣的四個時期的劃分，分為四編。每編分若干章節，較為系統地評述了中日兩國近現代文學的交流歷史。由於篇幅有限（27 萬字），本書對這種關係的梳理大多是粗略的，還有不少問題點沒有涉及。例如在第四編中對戰爭期間的中日文學關係，敘述太過簡略。總之，作為第一部

2　王向遠：《中日現代文學比較論》（長沙市：湖南教育出版社，1998年），頁17-18。

試圖系統地評述中日近現代文學關係史的著作，在理論與材料、觀點
與方法上，都提供了有益的經驗。

　　在中日現代文學某一專題的比較研究方面，也取得了值得注意的
成果。這裡特別值得提出的是日本侵華戰爭──中國抗日戰爭期間兩
國文學的關係研究。眾所周知，從十九世紀末到二十世紀上半期，日
本先後對中國臺灣、東北和整個中國內地實施入侵與占領，不僅給中
日兩國的政治、經濟、歷史、文化等諸方面帶來了深刻影響，也在兩
國文學史上留下了深刻的印記。在各自的文學史上，產生了許多相關
的文學現象。對這些現象進行清理、總結和比較研究，其意義超出了
文學研究和比較文學研究本身。在這方面的研究中，有兩部書必須提
到。一部是東北師範大學呂元明的《被遺忘的在華日本反戰文學》
（吉林教育出版社，1993 年）。一部是王向遠的《「筆部隊」和侵華
戰爭──對日本侵華文學的研究與批判》（北京師範大學出版社，
1999 年）。所謂「在華日本反戰文學」，指的是日本侵華期間流亡到
中國的日本作家，如鹿地亘及其夫人池田幸子，長谷川照子等。另一
種是在中國當了俘虜的日本士兵，他們在中國方面的感化教育下逐漸
醒悟，寫下了以反戰為主題的有一定文學價值的作品。呂元明先生獨
具慧眼，收集和挖掘了那些幾乎「被遺忘」的日本在華反戰文學的材
料，並對這些材料和有關作品，進行了認真的研讀和分析，指出他們
在思想與藝術上的價值。這是一種獨特的比較文學的研究課題，不僅
揭示了特殊歷史時期中日文學關係的特殊現象，而且使文學研究跨越
了歷史學、戰爭學等學科領域，也豐富了日本文學史本身的研究。此
前，呂元明教授還與日本學者山田敬三主編了多位中日學者撰寫的專
題論文集《中日戰爭與文學──中日現代文學的比較研究》一書，並
以中文和日文兩種版本在中日兩國發行。（中文版由東北師範大學出
版社 1992 年出版）。他的論文集《日本文學論釋──兼及中日比較文

學》（東北師範大學出版社，1992年）中的多篇文章，也涉及中日比較文學中的許多問題。

　　王向遠的《「筆部隊」和侵華戰爭——對日本侵華文學的研究與批判》則從另外一個角度切入，集中研究日本的「侵華文學」。從學科領域上說，本書既是戰爭與文學的關係，也是日本文學與中國的關係研究。該書把侵華戰爭時期被日本軍國主義當局派往中國前線採訪、為侵華戰爭鼓吹吶喊的作家——即日本宣傳媒體當年所謂的「筆部隊」——作為主要的研究對象，對他們炮製的所謂「戰爭文學」——即侵華文學，站在歷史的高度，進行了科學、客觀的分析和必要的揭露批判，在選題上獨闢蹊徑，為中日比較文學研究開闢了一個嶄新的課題。對於這個課題的研究，不僅具有重要的學術價值，而且具有重要的歷史意義。由於眾所周知的原因，戰後的日本一直缺乏全面客觀地研究日本戰爭文學——侵華文學的社會文化環境，對此，日本學者千葉宣一一九九○年在中國的一次演講中做了生動而扼要的說明。他指出：

　　　　……從一九三五年到戰爭結束之前，日本文學家創造的都是這種戰爭文學。這些人在戰後為了擺脫對戰爭責任的追究和告發，都拚命地銷毀自己的作品，到舊書店裡將所有自己的書儘量都買來燒掉，同時也燒毀自己所保存的作品。在戰爭中對形成日本國民輿論起過重要作用的《朝日新聞》等大報紙自不待言，就連那些《改造》、《中央公論》等綜合雜誌的編輯，為了免於被譴責配合了侵略戰爭，也儘量銷毀有關文獻，結果導致了非常遺憾的事，即認為非常有必要進行戰爭文學研究的學者找不到作為憑據的資料。如石川達三的《未死的兵》、火野葦平的《麥和軍隊》、《土和軍隊》、《花和軍隊》，這被稱為三部曲，其實是四部曲，還包括一部《香煙與軍隊》。這些作家，還

有丹羽文雄、尾崎寺郎、石川淳、阿部知二、伊藤整、高見順
等，日本知識份子想讀到這些人作品的原文是很不容易的。[3]

在這種情況下，日本學者對這個問題的研究雖做出了一定的成
績，但也有其侷限性。《「筆部隊」和侵華戰爭》盡可能收集和利用了
國家圖書館等中國各大圖書館所藏的戰爭時期的日文資料，儘管從文
獻學角度看仍嫌不夠全面和不夠充分，但畢竟達到了能夠用材料說明
問題的程度。全書對日本侵華文學的來龍去脈和本來面目做了較完整
的揭示，並做了分析和批判。內容涉及：日本文壇與日本軍國主義侵
華「國策」形成之間的關係，「七七」事變前日本的對華侵略與日本
文學，日本在中國東北地區的移民侵略與所謂「大陸開拓文學」，日
本殖民作家的所謂「滿洲文學」，侵華戰爭全面爆發後「筆部隊」的
組成和活動，有關侵華文學的典型作家作品、典型文學樣式的剖析，
對四○年代初日本召集的三次為侵華戰爭服務的所謂「大東亞文學者
大會」的歷史資料的展示與分析，對日本在侵華時期到底有沒有「反
戰文學」進行了澄清和辨析，對日本戰後文壇對待侵華戰爭的態度問
題的分析，等等。這部書將中國人特有的立場與學術研究所要求的科
學精神統一起來，將文學研究與侵華戰爭史研究結合起來，為讀者提
供了鮮為人知的史實，填補了學術研究中的一個空白。

在中日現代戲劇文學的比較研究中，袁國興和黃愛華值得注意。

袁國興的博士論文《中國話劇的孕育和生成》先後分別於一九九
三年和二○○○年由臺灣文津出版社和北京中國戲劇出版社出版繁體
字和簡體字版本。該博士論文共分七章，約十七萬字，對早期話劇的
逐步孕育到脫胎而出，對它與西方戲劇、日本戲劇的複雜關係，都做
了縝密翔實的論述和研究，既有歷史的、縱向的描述，也有斷面的橫

3　千葉宣一：〈中日戰爭與昭和文學〉，原載《中日關係史研究》1998年第2期。

向的剖析。論文分析了西方戲劇信息對中國近代劇壇的初步衝擊，論述了日本劇壇在中西戲劇中的重要的橋樑和紐帶作用，分析了根據日本作家德富蘆花的小說改編的戲劇《不如歸》作為「家庭戲」何以在中國引起巨大反響，指出了在日本和西方戲劇的啟發下，中國早期話劇在編劇、表演藝術、舞臺藝術諸方面發生的觀念變化和藝術轉型。在袁國興之前，關於中國早期話劇的系統研究還是一個空白，袁國興的研究篳路藍縷，具有拓荒的性質。迄今為止，人們關於早期話劇及其與日本戲劇關聯的全面系統的知識，主要是由袁國興博士提供的。繼袁國興之後，在南京大學中文系專攻現代戲劇的黃愛華女士的博士論文，將這個課題的研究進一步推進了、深化了。她的博士論文《中國早期話劇與日本》於一九九三年通過答辯。在此之前，她曾將博士論文的有關章節，作為單篇論文予以發表。到二〇〇一年，博士論文全文由長沙嶽麓書社出版。全書二十八萬字。作者自述全書的宗旨是「從中國早期話劇與日本，特別是與日本新派劇、新劇的關係入手，追尋中國早期話劇接受日本、特別是新派劇、新劇影響的歷史足跡，明確它們之間的『事實聯繫』，努力解答中國早期話劇人在日本國土上做了什麼，接受過哪些影響，怎樣接受，以及接受的效果如何等等，也對中國戲劇現代化初期借鑒西方戲劇的曲折歷程做了明晰的剖析探討，並從中總結歷史的經驗和教訓，為當代戲劇發展提供借鑒作用」。全書以中國早期話劇的四個重要的社團——春柳社、春陽社、進化團、光黃新劇社為重心，對它們與日本新派劇、新劇的關係做了梳理，特別是對春柳社、開明社與光黃新劇社以「中華木鐸新劇」的名義在日本的幾次公演活動及其當時中日兩國的相關報導，做了細緻的信息梳理、考證辨析和索引鉤沉。並進一步確證了這樣一個結論：中國早期話劇最初不是由西方輸入，而是與日本新派劇之間有著深刻的淵源關係；中國的「文明新戲」來源於日本的新派劇，同時也接受了日本新劇的影響，日本新派劇和新劇同時綜合性地影響了中國早期

話劇。作者還指出，一方面日本近代戲劇在中西戲劇之間的中介作用，但另一方面，無論是日本新派劇還是日本新劇，都不等於西方式的話劇，從而在中國早期話劇的日本影響中，留下了鮮明的日本戲劇文化的烙印。全書體現出了作者扎實、細密的研究風格。可以說，黃愛華博士的這本著作和上述的袁國興的著作的問世，使得中國早期話劇及其與外來戲劇的關係這個學術研究的「撂荒地」不再荒蕪，而成為播種與收穫的沃土。

此外，老一輩學者賈植芳關於中國留日學生的論述和研究，夏曉虹對梁啟超與日本文學關係的研究，黃侯興關於郭沫若與日本文化的研究，錢理群關於周作人與日本文化的研究，王中忱關於中日現代文學某些個案問題的比較研究，陳生保對森鷗外的漢詩的研究等，都是值得注意的。其中，夏曉虹在《覺世與醒世──梁啟超的文學道路》（上海人民出版社，1991年）一書中關於梁啟超的文學活動與日本之關聯的研究，在觀點與材料上一直擁有權威性。王中忱在九○年代後發表的多篇文章，在選題視角的新穎、研究課題的更新上，都做了可貴的努力。如，他從「後殖民主義」理論的角度，對日本近代作家二葉亭四迷對中國的殖民主義衝動的分析，對殖民空間與日本現代主義詩歌的分析，對中國的日本文學翻譯及其作用與影響的分析，都是有啟發性的。二○○一年，中國社會科學出版社出版了王中忱的《越界與想像──二十世紀中國、日本文學比較研究論集》，收文章十四篇，集中反映了作者的研究實績。

總之，中日文學比較研究，較之中俄、中法、中英、中德、中美文學比較研究，是研究實力最強、成果最多的領域。這與上千年來中日兩國在文化與文學上密切關聯的歷史有關，也與改革開放以來日本學研究在中國的繁榮興盛的大環境有關。經過二十年的研究，中日文學關係的歷史面目越來越清晰了，對一些重大基本問題的認識也越來越深入了。當然，這種研究遠沒有終結，仍然有許多研究領域有待於

開掘，有許多問題有待於再研究與再認識，在研究者面前還有廣闊的
探索空間。

一九八○至一九九○年代中國的中朝文學比較研究概評[1]

一　韋旭昇教授的研究

在中朝文學比較研究中成果最顯著的，首推北京大學的韋旭昇（1928-）教授。韋旭昇在朝鮮—韓國學研究及中朝文學比較研究方面的成果，都收在了中央編譯出版社二○○○年出版的六卷精裝本的《韋旭昇文集》中。該文集共二百五十萬字，收入了作者一九八○至九○年代的專著、論文、古籍整理等方面的成果。《韋旭昇文集》作為中國出版的第一種個人著述的朝鮮—韓國學及中韓文學比較研究的文集，在近二十年來的學術史上是引人注目的。

《韋旭昇文集》中的《中國文學在朝鮮》，一九九○年由廣州的花城出版社出版初版本。這是中國第一部、也是世界上第一部系統全面地研究中國古典文學在朝鮮的傳播與影響的學術專著。出版後引起了學術界的關注和反響，先後被譯成韓文、日文，分別在韓國（1994）和日本（1999）出版。該書不是按歷史的時間線索，平鋪直敘地描述中朝文學關係，而是以中國文學在朝鮮傳播與影響的若干基本問題來謀篇布局。全書共分四章，論述了四個基本問題。在第一章〈中國文學得以傳播並作用於朝鮮文學的基礎〉中，作者從地理條件、政治關係、文化關係三方面入手，論述了中國文學傳播和影響於

1　本文原載《延邊大學學報》（延吉）2002年第4期，原題〈近二十年來我國的中朝文學比較研究述評〉。

朝鮮文學的歷史背景、文化氛圍。第二章〈朝鮮文學對中國文學的吸收和利用〉是全書的核心部分，作者分為十個問題來談。一、作品的輸入與傳播。其中重點談到了唐代的張文成小說《遊仙窟》、《昭明文選》，蘇東坡、黃庭堅的作品，還有《太平廣記》、《剪燈新話》等作品的輸入和傳播情況。二、眾多文學作者從比較文體學的角度出發，研究了漢詩的各種體式、詞、散曲、傳記文學、傳奇小說、章回體小說等文體對朝鮮漢語文學和朝鮮國語文學的影響。三、論述了朝鮮作家將輸入的中國作品加以改動、變形，使之以朝鮮國語文學的面貌和形式出現。四、以比較文學的主題學研究的方法，對朝鮮文學與中國文學中的基本主題與題材做了比較。他把有關的基本主題題材概括為忠君、有神論、戰爭、愛情、田園生活、送別與懷人、邊塞、民本主義、抗擊異民族、人生如夢這十項，並論述了朝鮮文學中的這些主題與題材所受中國文學的影響。五、韋旭昇指出了中朝文學作品中人物的「客串」情況。即中國文學作品中的人物進入了朝鮮文學作品，和作品中其他虛構的人物一起「演出」，起「客串」的作用。六、韋旭昇分析了朝鮮文學對中國文學中的藝術手法的引進和運用。七、研究了中國的思想、風氣與流派對朝鮮文學的浸透。八、從文學語言學的層面上論述了朝鮮文學對中國文學中的詞語、詞藻典故的吸收和利用。九、談到了朝鮮作家筆下的中國形象，以及以中國為背景的傳奇與小說。十、論述了中國文學批評對朝鮮文學批評的影響。

在第三章〈中國文學作用於朝鮮文學的途徑和結果〉中，韋旭昇運用比較文學傳播研究的方法，描述了中國文學是通過什麼管道傳播到朝鮮和關於中國文學作用於朝鮮國語文學的「路線」，韋旭昇概括為一個公式「中國文學→朝鮮漢文文學→朝鮮國語文學」。關於中國文學作用於朝鮮文學的總體結果，韋旭昇概括為「四大一深」，即：「大量的漢文文學作品、大量的以中國為背景或描寫對象的作品、大量的針對中國文學作品的評論、大面積的投影，深層次的影響」。

　　在第四章〈中國文學在朝鮮的餘波和功過〉中，韋旭昇總結了中國文學對朝鮮文學的發生和發展所起的重大作用，所做出的重要貢獻。在中國文學影響朝鮮文學的「功」的方面，韋旭昇概括為：「提供文學的工具、手段（對漢文學），提供借鑒（對朝鮮國語文學），縮短了朝鮮文學從無到有、從小到大的成長過程。」關於「過」的方面。韋旭昇寫道：

　　　　它也曾使得一些文人士大夫產生了對中國文學的依賴性，阻撓過朝鮮國語文學的及時產生和迅速成長，在某種程度上壓抑了國語文學的生機。

　　　　　　由於有了漢文作為書寫工具，加上可以不費力地從大量成熟的中國古典文學作品中吸取體裁、技巧、經驗，再加上統治者在政治、教育上的提倡，朝鮮文人長期已習慣於以漢文文學為正宗的古老傳統，對於還處於幼稚和粗淺狀態的國語文學採取了輕視態度，不願花大力氣來推進國語文學的建設。[2]

　　作者以文學的民族風格與民族文學的獨創為根本的文學價值觀，站在純學術的立場上，對中國文學輸入並影響朝鮮的「功過」做了科學、客觀的分析與總結，既看到了中國文學的正面影響，也看到了它的負面作用。對於一個中國學者特別是比較文學研究者，這種開闊寬廣的文化胸襟是可貴的。

　　韋旭昇在中朝文學比較研究中的另一部力作是《抗倭演義《壬辰錄》研究》，初版本一九八九年由太原的北嶽文藝出版社出版。《抗倭演義《壬辰錄》》是以十六世紀最後幾年中國明朝和朝鮮官民聯合抗擊日本人侵略朝鮮的真實歷史為題材的歷史小說，也是朝鮮古典文學

2　韋旭昇：〈中國文學在朝鮮〉，載《韋旭昇文集》（北京市：中央編譯出版社，2000年），第3卷，頁350-352。

名著。因那場戰爭開始於一五九二年，即壬辰年，故稱為《壬辰錄》，又名《抗倭演義》。韋旭昇的《抗倭演義《壬辰錄》研究》共分十章，運用文學與歷史學、文學與戰爭的跨學科研究方法，以中、日、朝三國的關係史研究為出發點，對《抗倭演義《壬辰錄》》的歷史背景、壬辰戰爭的特徵與性質、《壬辰錄》產生之前朝鮮文學中的以壬辰衛國戰爭為題材的作品，做了背景性的梳理。對《抗倭演義《壬辰錄》》中抗擊倭寇的英雄人物形象和侵略者、賣國賊的形象，進行了細緻的分析。對《抗倭演義《壬辰錄》》所反映的中朝友誼的主題、所描寫的史實、所體現出的藝術性以及它的各種漢文版本、它的意義和影響等，都做了深入的論述和研究。這種以一個文本為中心的多角度、多層面、跨越多國、跨越學科的研究，在比較文學研究中，是有著相當大的學術價值和方法論意義的。而且，這種研究的意義甚至超出了學術價值本身。一般讀者對四百年前那場持續六、七年的中朝聯合的抗日戰爭，已知道的不多了。《抗倭演義《壬辰錄》研究》可以提醒人們：日本軍國主義以朝鮮為跳板入侵中國大陸，是四百年前的豐臣秀吉時代就已暴露出來的狂妄野心。聯繫當今日本軍國主義蠢蠢欲動的現實，我們不能喪失應有的警惕。

二　金柄珉、金寬雄教授等人的研究

進入一九九〇年代後，中國的中朝—中韓文學比較研究事業，取得了更多的成果。一九九〇年，中國延邊大學自己培養的第一位朝鮮文學專業的博士金柄珉的博士論文《朝鮮中世紀北學派文學研究——兼論與清代文學之關係》由延邊大學出版社出版。所謂「北學派」，是「實學派」中的一個流派，是以提倡「北學」（即當時先進於朝鮮的中國清代的文化科學技術）為特徵的思想與文學流派，其代表人物有朴趾源、洪大容、李德懋、柳得恭、朴齊家等。金柄珉的論著在吸

收和消化韓國的有關研究成果的基礎上，首次將北學派作為一個獨立
的文學流派，並對該派的文學活動、文學觀念、創作意識、審美表
現、與中國清代文學的關聯、在文學史上的性質與地位等問題，進行
了深入細緻的梳理和研究。一九九四年，金柄珉、金寬雄博士合著的
《朝鮮文學的發展與中國文學》一書，由延邊大學出版社出版。這部
著作按縱向的歷史線索，系統地描述了中國文學在朝鮮文學發展進程
中的影響與作用。全書共分五章：第一章，上古至新羅時期（九世紀
之前），第二章，高麗時期（十至十四世紀），第三、四章，李朝時期
（十五至十九世紀），第五章，近代和現代（十九世紀至1945年）。該
書對中朝文學關係的這種縱向的歷史考察，正好可以和韋旭昇的《中
國文學在朝鮮》的橫斷面的論述方式相互補充。

　　一九九四年，北京大學出版社又出版了兩部關於朝鮮文學的研究
著作。一部是李岩博士的《朝鮮李朝實學派文學觀念研究》，一部是
朴忠祿教授的《朝鮮文學論稿》。李岩的《朝鮮李朝實學派文學觀念
研究》也是一篇博士論文，論文的研究對象──「實學派」是十七至
十九世紀中葉朝鮮封建社會末期出現的思想流派兼文學流派，在研究
範圍上與上述的金柄珉的論著是有所重合的。鄭判龍教授在該書序言
中說：這部書「既尊重前人成果，也發揚實事求是、力求探新的學術
精神，對朝鮮實力派文學觀念進行了系統、全面、深入的研究」。全
書共二十二萬餘字，對實學派文學觀念形成的思想文化基礎、發展與
演變的軌跡、代表性的文學家朴趾源與丁若鏞的文學思想以及實學派
的文學觀念在朝鮮文學史上的地位與影響等，做了詳細、全面的論述
和分析。《朝鮮文學論稿》是一部論文集，共收二十二篇文章，內容
分為三部分。第一部分，是關於朝鮮李朝時期的幾位作家、詩人，包
括金時習、林悌、尹善道、丁若鏞、金笠、黃鉉、李建昌、金澤榮的
評介文章；第二部分，是關於朝鮮近現代的「新小說」以及幾位作
家、詩人，包括申采浩、羅稻香、玄鎮健、金素月、韓雲龍、趙明

熙、金中建、尹東柱等人的評介文章；第三部分，是關於朝鮮文學與佛教文化的關係以及李白、杜甫對朝鮮文學的影響的比較文學研究的論文。這些文章最初似乎是用朝鮮文撰寫或發表的，漢文譯文是由紫荊、楊偉群、何鎮華等翻譯。書中所涉及的許多作家詩人和許多問題，作為漢文材料是第一次問世，可以說豐富了讀者對朝鮮文學的認識，加深了讀者對中朝文學關係的理解。

金寬雄的《韓國古小說史稿‧上卷》（延邊大學出版社，1998年）是中國第一部系統地梳理韓國古小說及其與中國文學關係的專門著作。《韓國古小說史稿‧上卷》共分三編。第一編〈通論〉，第二編〈漢文小說史〉，此兩編為上卷。第三編為〈韓文小說史〉，尚未出版。其中，第一編的〈通論〉部分，以二百多頁的篇幅，細緻地論述了韓國古小說中的一系列基本的理論問題，在論述這些問題的時候，又是以中韓文學的比較為基礎的，充分體現了作者的理論概括力。例如，在談到韓國古小說興起早，但與日本相比發展緩慢的問題時，金寬雄指出：「長期以來，韓國文人在沒有自己的民族文字或在自己的民族文字不夠完善的條件下，只能把自己束縛在早已凝固化了的文言形式中，從而大大減損了文學語言的創造力和生命力」，這也是造成漢文小說篇幅普遍較短的原因。而晚近（李朝後期）出現的漢文小說，由於沒有漢語文言的制約，有的作品（如《玩月會盟宴》）甚至達到了一百八十卷、六百萬字的巨大規模，在篇幅上為中國、日本的小說遠不能及。〈通論〉部分還專門有一節論述了韓國古小說與中國文學的關聯，以及韓國古小說通過中國文學所受到的印度佛經文學的影響。其中，論及中國的史傳文學對韓國古小說的影響時，頗有新意。金寬雄指出：「司馬遷所創立的紀傳體史書的敘事模式為韓國古小說提供了不可企及的範本，為此韓國古小說的作者們都有意或無意地仿效它。」他還指出，史傳小說之外的雜體傳記文學，即「雜傳」，特別是雜傳中的「假傳」，在韓國古小說中數量多，影響大，占

重要地位，而「這種帶有寓言形式的假傳形式始於韓愈（768-824）
的〈毛穎傳〉、〈河間傳〉之類的近乎傳奇的作品……在中國文學史
上，〈毛穎傳〉之類的假傳是一個不起眼的種類，對後世文學的影響
也不大。然而，這些假傳東漸韓國後反響很大，高麗時期的文人競相
效法，使得高麗時期漢文學中假傳迭出，出現了假傳文學繁榮的局
面，並對後世小說的發展產生了深遠的影響」。韓國的這些用漢文寫
的假傳，「基本上沿襲了史傳的筆法和體制，以寓言為主，敘述簡
樸」。在第二編《漢文小說史》中，作者先介紹了漢文小說的概況，
然後將韓國漢文小說劃分為「孕育期」、「誕生期」、「發展期」、「成熟
期」共四個時期分章論述。金寬雄的中韓比較文學方面的著作除《韓
國古小說史稿・上卷》外，還有《朝鮮古典小說敘述模式研究》（延
邊大學出版社，1995 年）等，但印數都太少（幾百冊），搜求不易，
限制了在讀者中的流傳。

　　在中韓文學關係的研究著作中，值得提到的還有延邊大學的崔雄
權博士的《朝鮮朝中期山水田園文學研究》（吉林人民出版社，2000
年）。這是作者的博士論文，對朝鮮朝中期兩百多年的山水田園文學
做了系統的闡述和研究，其中有一專章分析了陶淵明對朝鮮山水田園
文學的影響及朝鮮作家接受這種影響的歷史文化的原因。就這個問題
論述的深度而言，在其他有關研究著作中是少見的。湖南的陳蒲清的
《古代中韓文學關係史略》（湖南人民出版社，1999 年）是一本十二
萬字的小冊子。作者原本不是韓國文學研究者。他主要根據中文文
獻，對中韓文學關係做了清理。作者在「後記」謙稱：這只是一本普
及性的書，「而難以達到研究的高度」。但在有些方面，還是補充了現
有研究中的不足，而具備了自己的特色。全書共九章，第一章概述了
兩國文學關係的歷史，第二章至第九章分神話傳說、漢文詩、朝鮮民
族詩歌、朝鮮散文、史傳文學、寓言、小說等不同文體，介紹了兩國
文學的關聯。特別是在朝鮮神話傳說與中國文學的關係研究上，材料
較為豐富，論述也較為透澈。

三　中韓文學關係研究的單篇論文

　　一九八〇年代以來，有關中朝（韓）研究的論文也陸續見諸報刊。一九八二年，《文學研究動態》第六期刊載了楊昭全的〈中國古代文學對朝鮮文學的影響與交流〉一文；同年五月，《天津日報》刊登了朱澤等人合寫的題為〈堂堂筆陣，滾滾談鋒——異國相知的中朝詩人〉的文章，可以說是一九八〇年代中朝（韓）比較文學研究的發端。一九八〇至一九九〇年代，在中朝（韓）比較文學方面發表論文較多的有韋旭昇（有關論文已收入《韋旭昇文集》第 3 卷）、金柄珉、金寬雄、楊昭全等。刊發有關論文最多的期刊是《延邊大學學報》和《東疆學刊》。事實上，這兩家刊物已經成為中國中朝（韓）文學比較文學的最重要和影響最大的核心期刊。

　　中朝（韓）比較文學的論文涉及到多方面的研究內容。有的是關於中朝（韓）文學關係史的研究，特別是中國文學對朝鮮文學影響的研究，如楊昭全的〈明清時期中朝文學的交流〉（《國外文學》，1984 年第 2 期），尹虎彬的〈清代的中朝文學交流〉（《中央民族學院學報》，1986 年第 3 期），吳紹釩和吳士英的〈清代中朝文學交流的特點〉（《山東大學學報》，2000 年第 6 期），金柄珉的〈北學派文學與清代詩人王士稹〉（《文學評論》，2002 年第 4 期）等；也有研究韓國文學在中國的流傳與影響情況的，如金柄珉的〈《韓客巾衍集》與清代文人李調元，潘庭筠的文學批評〉，（《外國文學》，2001 年第 6 期），崔雄權、金一的《韓國小說在中國的傳播與研究》（《東疆學刊》，1999 年第 4 期），楊玉的〈朝鮮才女許蘭雪軒及其詩作在中國的流傳〉（《煙臺大學學報》，1999 年第 2 期）等；有的是關於佛教、道教與朝鮮文學的關係研究，如任曉麗的〈略論佛教與朝鮮鮮歌文學〉（《解放軍外語學院學報》，1998 年第 6 期），金英今的〈試論佛教對古代朝鮮文學的影響〉（《解放軍外國語學院學報》，1998 年第 6

期），許輝勛的〈生命意識的輻射：道教文化對朝鮮古典文學的影響〉
（載論文集《朝鮮―韓國文化與中國文化》，中國社會科學出版社，
1995 年出版）等；有的是關於中朝神話與民間文學的比較研究，如
苑利的〈「白馬」、「白雞」獻瑞與「金馬碧雞」之謎──朝韓半島新
羅神話與中國白族神話獻瑞母題的比較研究〉（《民族文學研究》，
1996 年第 4 期），金文學的〈中國日本韓國天鵝處女傳說譜系比較研
究〉（《社會科學輯刊》，1994 年第 6 期），色音的〈韓夢民間故事的
比較研究〉（《西北民族學院學報》，1996 年第 1 期），朱靖華的〈中
韓兩國的寓言傳統〉（《當代韓國》，1996 年第 3 期），金寬雄的《略
論「棄老型」故事在中韓兩國的流傳》（《東疆學刊》，2000 年
第 2 期）等；有的是中朝（韓）古代詩詞的比較研究，如陳蒲清的
〈論古朝鮮漢文詩與中國古典詩歌的相似性〉（《湖南教育學院學
報》，1998 年第 1期），李炬的〈朝鮮古代漢文詩《箜篌引》與漢文
化〉（《青海師專學報》，1999 年第 3 期），金柄珉的〈影響、接受與
互補──十九世紀中朝詩人的文學交往〉（《延邊大學學報》，1994 年
第 2 期），徐東日的〈朝鮮李朝時期中朝詩歌之關聯〉〉（《東疆學
刊》，1998 年第 2 期），吳紹釚，寧海的〈李白對高麗時期漢詩發展
的影響〉（《延邊大學學報》，1994 年第 2 期），劉楠的〈杜甫詩風對
朝鮮詩人的影響〉（《文史雜誌》，1998 年第 1 期），王雪的〈杜甫對
朝鮮詩人丁若鏞創作的影響〉（《延邊大學學報》，1995 年第 3 期），
柳基榮的〈蘇軾與韓國詞文學的關係〉（《復旦大學學報》，1997 年
第 6 期）等；有的是關於小說的比較研究，如金秉洙的〈明清小說傳
入朝鮮的歷史過程考察〉（《延邊大學學報》，1984 年第 1 期），許輝
勛的〈試談明清小說對朝鮮小說的影響〉（延邊大學學報），1987 年
第 1 期），顏宗祥的〈《春香傳》與中國話本小說〉（《國外文學》，
1990 年第 2 期），李野的〈朝鮮傳奇文學接受中國傳奇文學影響的客
觀效果〉（《延邊大學學報》，1991 年第 4 期），陳翔華的〈中國古代

小說東傳韓國及其影響〉（《文獻》，1998 年第 3-4 期），李時人的〈中
國古代小說在韓國的傳播和影響〉（《復旦大學學報》，1998 年
第 6 期），徐東日的〈《金鰲新話》與《剪燈新話》之比較——論金時
習文學的主體性〉（《延邊大學學報》，1992 年第 4 期），侯忠義的
〈關於朝鮮詩人改寫的《包閻羅演義》〉（《明清小說研究》，1997 年
第 4 期）等。在中朝（韓）古代小說關係研究中，有的問題還出現了
熱烈的學術爭鳴。例如，在「一九九三中國古代小說國際研討會」
上，圍繞古代小說《九雲記》的「國籍」問題，在中國學者之間、中
韓學者之間都有不同的看法，並引起了論爭。一種意見認為《九雲
記》是中國小說，另一種意見認為它「不可能是中國小說」，這種爭
論一直持續到二十世紀九〇年代末也未平息。劉世德在〈「國籍」問
題之爭：《九雲記》是中國小說，還是朝鮮小說〉（《延邊大學學報》，
1995 年第 3 期）中，根據詩集《碧蘆集》中的一條小注中提供的信
息作了分析，認為《九雲記》是中國小說，而不是朝鮮小說，但卻是
署名「無名子」的中國人根據朝鮮人所作的《九雲夢》改編的。這種
看法與韓國學者丁奎福的看法基本相同。張潔宇在一九九八年八月十
二日的《中華讀書報》上發表了述評〈《九雲記》是中國小說還是朝
鮮小說？——兩派都說「鐵證如山」〉，對這場爭論作了評述。

　　關於中朝（韓）傳統文論特別是詩論的比較研究，也為許多學者
所重視。主要論文有蔡鎮楚的〈中國詩話與朝鮮詩話〉（《文學評
論》，1993 年第 5 期），徐東日的〈朝鮮詩人李德懋的詩學觀：情感
論〉（《延邊大學學報》，1995 年第 3 期），漆瑗和陳大康的〈中國古
代小說理論在異國的再現——朝鮮李朝小說理論管窺〉（《文藝理論研
究》，1997 年第 1 期），漆瑗的〈中韓古今小說理論之比較〉（《延邊
大學學報》，1998 年第 3 期），李鐘虎的〈陽明學與許筠的文學思想〉
（《東嶽論叢》，1997 年第 2 期），溫兆海的〈「味」審美範疇在高麗
詩學中的深化——《補閑集》審美理論初探〉（《延邊大學學報》，

1997 年第 2 期），牛林傑的〈韓國古代的杜甫研究〉（《山東師大學報》，2000 年第 6 期），等。中朝（韓）古代文論的比較研究，在中朝（韓）比較文學研究中具有重要的地位，由於朝鮮文論特別是詩話大都用漢文文言文寫成，我們學者研究起來比較方便，將中朝兩國詩話作比較研究，條件應是得天獨厚。在現有的研究中，已顯示出相當的實力與潛力，如著名詩話研究專家蔡鎮楚教授的《中國詩話與朝鮮詩話》，就是一篇頗有見地的文章。作者將韓國詩話的特徵概括為三點：一是「儒化」，即「重儒家『詩教』，強調詩歌的『美刺』功能，注重詩品人品，追求詩歌的人格之美」；二是「歐陽修化」。認為中國詩話以其論詩體制可分為「歐陽修派」和「鍾嶸派」，並比較說：「日本詩論具有『鍾嶸化』的傾向……而朝鮮詩話大多屬於『歐陽修派』詩話之列，論詩體制具有『歐陽修化』的傾向，以歐陽修的《六一詩話》為宗，以『閒談』、『記事』為創作旨歸，風格輕鬆、活潑，體制自由、鬆散，語言平易、淺近」；三是「稗說體化」，即「雜」、「瑣」、「閑」、「漫」，在這一點上與中國詩話、日本詩話都不同。這些分析都是頗有啟發性的。

　　關於中朝（韓）近現代文學的比較研究，研究還很薄弱，迄今尚未有專著出版。這方面的論文數量不多，但很珍貴。主要如金柄珉的〈梁啟超與朝鮮近代小說〉（《延邊大學學報》，1992 年第 4 期），李京美的〈梁啟超與韓國近代政治小說的因緣〉（《當代韓國》，1998 年第 6 期），楊昭全的〈現代中朝文學友誼與交流〉（《社會科學戰線》，1988 年第 2 期）、〈魯迅與朝鮮作家〉（《外國文學研究》，1984 年第 6 期）、〈真摯的友誼：郭沫若與朝鮮人民〉（《延邊大學學報》，1993 年第 1 期），崔雄權的〈接受與批評：魯迅與朝鮮現代文學〉（《延邊大學學報》，1993 年第 1 期），張玄平的〈韓國的通俗小說及河瑾燦改寫的《金瓶梅》〉（《當代韓國》，1997 年第 6 期）等。這些論文的研究雖然還是初步的，但卻有著篳路藍縷的開拓作用。特別是楊昭全的

〈現代中朝文學友誼與交流〉一文，在有限的篇幅中，提供了豐富的資料信息，文中談到了魯迅與五位朝鮮友人的交往以及魯迅的《阿Q正傳》等作品在朝鮮的反響，分析了郭沫若的《牧羊哀話》、蔣光慈的《鴨綠江上》、李輝英的《萬寶山》、巴金的《髮的故事》、舒群的《沒有祖國的孩子》等以朝鮮為題材的小說；還談到了現代朝鮮作家、文人金澤榮、申圭植、申采浩、姜敬愛等以中國為題材的創作，談到了「九‧一八」事變後中朝兩國作家在文學上的相互鼓舞和聲援。這些材料和課題的提出，都為今後的進一步研究打下了基礎。

一九八○至一九九○年代中國的中俄文學比較研究述評[1]

　　二十世紀中國和俄羅斯—蘇聯文學的關係，是世界文學中最密切的雙邊文學關係之一。一百年間，俄羅斯文學在中國的翻譯數量在全部外國文學中占第一位，中國報刊上發表的有關俄羅斯文學的研究與評介文章，在中國全部的有關外國文學的文章中也占第一位。俄羅斯文學對二十世紀中國文學思潮、運動、文學觀念和作家的創作、評論家的批評等各方面，都產生了巨大的影響。這一切，都為中俄文學的比較研究提供了廣闊的領域和大量有價值的課題。特別是近二十年來，中俄文學的比較研究成果纍纍，在中外文學比較研究中引人注目。

一　對中俄作家作品的比較研究

　　對中國與俄蘇作家作品的比較研究，在中國有著較長的歷史傳統。五四時期以後，魯迅、周作人、趙景深、曹靖華、耿濟之等，都寫過這方面的文章。二十世紀八○年代後，中俄作家作品的研究進一步深化，不僅每年都有不少的論文發表，而且還出現了專門的學術著作。研究的對象都是中俄文學史上的經典作家和經典作品。論題主要集中在兩個方面，一是中國作家所受俄蘇文學影響的研究，二是俄蘇作家所受中國文學、中國文化影響的研究。

1　本文原載《俄羅斯文藝》（北京），2002年第4期、2003年第1期。原題〈近二十年來中俄文學比較研究述評〉。

　　魯迅與俄蘇作家的比較研究，在中國作家所受俄蘇文學的影響研究中占有突出地位。一九八○至九○年代的二十年間，中國學術期刊上共發表相關文章四百多篇。涉及最多的是魯迅的《狂人日記》與果戈理的《狂人日記》的比較研究，魯迅小說與陀思妥耶夫斯基的比較研究等。其中，最引人注目的是八○年代初以後的幾年間王富仁在《文學評論》、《魯迅研究》上發表的有關魯迅與俄羅斯經典作家比較研究的幾篇論文。一九八三年十月，這些論文作為一份完整的成果結集為《魯迅前期小說與俄羅斯文學》一書，由陝西人民出版社作為《魯迅研究叢書》之一出版。該書共有六章，第一章是總論，第二章至第五章分別論述了魯迅前期小說與果戈理、契訶夫、安特萊夫、阿爾志跋綏夫創作之間的關係，第六章尾論：俄羅斯文學的影響與魯迅前期小說的民族性與獨創性。這部書所涉及的問題，此前或多或少都有人涉及過。但王富仁的研究在研究的角度、深度上，顯示了前所未有的新穎與深刻。作為作者的第一部學術著作，該書標誌著王富仁在魯迅研究領域邁出了堅實的一步，也初步奠定了王富仁在魯迅研究和比較文學研究中的學術地位。魯迅與外國文學，特別是與俄羅斯文學的關係，是一個非常複雜的課題。一方面，大量史實表明魯迅接受了俄羅斯文學的很大影響；另一方面，魯迅的創作又具有鮮明的民族特色和創作個性。因此，魯迅與包括俄羅斯文學在內的外國文學的關係研究，就不是簡單的文學傳播與文學接受的問題，而是關涉到影響與超影響、影響與獨創的複雜的藝術創作奧秘。在王富仁的這部書出版之前乃至此後，有些文章簡單地尋找和羅列魯迅作品中與俄羅斯某作家作品的相似點，因而流於皮相。王富仁的這部書在比較文學研究方法方面，表現出了相當程度的成熟與老練。他在「總論」一章末尾談到本書的研究方法時指出：「我們所使用的『影響』一詞，不僅指直接的、外部的、形式的借用與採取，更重要的是魯迅在自己的創作中有機融化了俄國作家的創作經驗。」又說：「我們的目的是在彼此大

致相近的藝術特色中，來體會和揣摩俄羅斯文學影響的存在，而不是
指出哪些或哪部分作品單純地反映了俄國作家的影響。所以，我們只
是在『不確定性』中去把握『確定性』的因素，在『相對』性中去尋
找『絕對』，這樣才能不使我們的工作僅僅侷限在史料的鉤沉和枝節
的攀比上。」在研究中，作者既沒有忽視，也沒有停留在魯迅與俄羅
斯文學的外部的、顯而易見的相似與聯繫，而是更重視他們之間本質
的、內在的、深刻的聯繫：在「總論」中，作者概括了魯迅前期小說
與俄羅斯文學在三個方面的共同特徵和內在聯繫：第一，「清醒的現
實主義精神、廣闊的社會內容、社會暴露的主題」；第二，「強烈愛國
主義激情的貫注、與社會解放運動的緊密聯繫、執著而痛苦的追求精
神」；第三，「博大的人道主義感情、深厚誠摯的愛人民、農民和其他
『小人物』的藝術題材」。這些概括不但是作者比較研究的基礎，也
是全書的理論總綱。在魯迅與具體的俄國作家作品的比較研究中，作
者由現象到本質，由相似到相異，逐層分析，層層推進，指出了兩者
之間的同中之異或異中之同，揭示出魯迅如何將俄羅斯文學的營養吸
收到自己的創作中。例如，在〈魯迅前期小說與安特萊夫〉一節中，
作者在對有關具體作家作了深入的比較分析後指出：「魯迅把安特萊
夫作品中象徵主義表現手法做了現實主義的創造性改造，有機地融會
到了自己的現實主義作品中。它既沒有破壞魯迅小說的現實主義格
調，又大大擴展了作品的主題意義，增強了現實主義的概括力量。」
王富仁在魯迅與俄羅斯文學的比較研究中表現出的成熟的、行之有效
的比較文學研究方法，在中國的比較文學學科理論尚處在醞釀和胎動
時期的八○年代初，是十分難能可貴的，直到今天仍不減其方法論的
意義。這再次說明，比較文學的學科理論，特別是方法論，必須從已
有的具體的研究實踐中加以提煉和總結，而不能生吞活剝西洋棗。

　　一九八○年代以來，已有數篇文章探討魯迅的創作與陀思妥耶夫
斯基的關係。其中，李春林在這個問題上的研究最為集中。從一九八

四年起，他在《天津社會科學》等期刊上，陸續發表了幾篇魯迅與陀思妥耶夫斯基比較研究的文章。一九八六年，安徽文藝出版社出版了他的《魯迅與陀思妥耶夫斯基》一書，集中體現了李春林在這個課題上所付出的努力。魯迅與陀思妥耶夫斯基，兩者之間的事實聯繫並不多。兩人在創作上和藝術趣味上存在根本的差異。把這兩個根本上不同的作家拿來進行比較研究，是一個困難的、棘手的、不易做好的課題。該書第一章〈陀思妥耶夫斯基是魯迅曾借鑒過的著名俄國作家之一〉，交代了魯迅與陀思妥耶夫斯基創作上的聯繫。認為魯迅的《狂人日記》受到了陀思妥耶夫斯基的《一個荒唐的人的夢》的影響，《傷逝》受到了《淑女》的影響。可惜論證過程失於簡略。以下幾章，從兩個作家在各自文學史上的貢獻與地位，對下層人們苦難的描寫、對人的靈魂的審問、對人的解放道路的探索三個方面展開比較。這實際上屬於魯迅與陀思妥耶夫斯基的平行研究。作者探討了魯迅與陀思妥耶夫斯基在這些方面的同與異，這對於進一步認識兩位作家的創作特色不無助益。但是，即使對兩個作家進行孤立的評論與研究——不做比較研究——似乎也可以得出那樣的結論。這種情況表明，「可比性」問題是這種比較研究是否成立的關鍵問題。另外，作者在對魯迅與陀思妥耶夫斯基的比較中，似乎預設了一個既定的目的——弘揚魯迅，因此在行文中處處注意說明：魯迅雖然在不少方面受到陀思妥耶夫斯基的啟發和影響，但他幾乎在一切方面都高於陀思妥耶夫斯基。這種結論及其包含著的思維定勢是八○年代初中國的政治、時代的大氣候的必然反映，也是魯迅比較研究中長期通行的不證自明的理論前提。比較文學不是高低優劣的比較，而應是相互作用規律性的揭示和各自創作特色的凸顯。價值判斷的標準既應是歷史的，也應是美學的。《魯迅與陀思妥耶夫斯基》一書在對魯迅與陀思妥耶夫斯基進行價值判斷的時候，主要的標準是政治的標準，主要的尺度是共產主義的和馬克思主義的。因此，就導致了作者在比較中簡單化

地否定了陀思妥耶夫斯基作品中的宗教傾向，而忽視了宗教情緒對陀思妥耶夫斯基創作的深度化、深刻化中的巨大作用。實際上，恰恰是宗教情結，使陀思妥耶夫斯基、托爾斯泰等為代表的俄羅斯文學具備了深厚的人道主義胸懷、濃重的道德反省和自我懺悔意識，並由此形成了俄羅斯文學最根本的民族風格。

　　魯迅的文藝思想與俄蘇文學理論之間的關係，歷來是魯迅比較研究中較為受人重視的領域。張直心的《比較視野中的魯迅文藝思想》（雲南大學出版社，1997 年）較有代表性。這本專著是在碩士論文《魯迅文藝思想與蘇聯早期文藝思想》的基礎上改寫擴充而成的，研究的對象主要還是魯迅與俄蘇文藝思想——主要包括普烈漢諾夫、盧那察爾斯基、托洛斯基等人及「拉普」的文藝思想之間的關係，魯迅如何借鑒、消化俄蘇文藝思想從而建立自己的文藝觀念。作者指出：「蘇俄文藝思想是一種特別重視文學與社會的聯繫的思想類型」，這非常切合魯迅的接受取向。作者指出，魯迅的現實主義創作思想中的對主觀性因素的重視受到了盧那察爾斯基的啟發，而與普烈漢諾夫主張的「像物理學那麼客觀」的現實主義有所不同；魯迅受託洛斯基關於無產階級在革命過程中不可能產生無產階級文學的觀點的啟發，對「突變式」的無產階級文學與文學家表示懷疑和否定。魯迅在接受和借鑒蘇俄文藝理論時有所選擇和改造，而不同於同時期瞿秋白、太陽社、後期創造社對前蘇聯理論模式的簡單移入。作者還認為，雖然魯迅在《二心集》裡的文章中認同了蘇俄文論的嚴密邏輯和非此即彼的明快的價值判斷，但魯迅晚年的批評文章卻顯示了注重個人體驗的「詩性含混」的文體；認為魯迅的文藝思想雖然沒有形成前蘇聯理論那樣的體系性，而以雜感、斷想的形式加以表達，卻顯示了一種俄蘇文學理論中所缺乏的開放性。《比較視野中的魯迅文藝思想》在論題的充分展開和深化上雖然還有不少餘地，但在分析魯迅與俄蘇文藝思想的關聯方面的系統性上，還是值得肯定的。在俄羅斯作家中，對中

國文學譯介最多、影響也最大的是屠格涅夫。屠格涅夫在中國的傳播
與影響，是中俄文學關係史上的最重要的現象之一。對此進行系統全
面的清理，無疑具有重要的學術價值。近二十年來，中國的學術期刊
上發表的有關屠格涅夫與中國文學的比較研究的文章有近二十篇，除
上述戈寶權的〈屠格涅夫與中國文學〉外，重要的還有花建的〈巴金
與屠格涅夫〉（《社會科學》，1981 年第6 期）、陳元愷的〈屠格涅夫與
中國作家〉（《外國文學研究》，1983 年第 4 期）、沈紹鏞的〈郁達夫
與屠格涅夫〉（《杭州大學學報》，1986 年第 1 期）、王澤龍的〈屠格
涅夫與魯迅散文詩的悲劇美〉（《外國文學研究》，1988 年第 2 期）、
傅正乾的〈郭沫若與屠格涅夫散文詩比較論〉（《陝西師大學報》，
1992 年第 4 期）、陳遐的〈心靈的契合──屠格涅夫對創造社前期主
要作家的影響〉（《北方論叢》，1997年第6期）、徐拯民的〈巴金與屠
格涅夫筆下的女性形象〉（《俄羅斯文藝》，2000 年第 1 期）等。其
中，孫乃修先生的研究成果最為引人注目。一九八八年由上海學林出
版社出版的孫乃修的專著《屠格涅夫與中國》，堪稱屠格涅夫與中國
文學關係研究的集大成的成果。在這部長達三十四萬字的著作中，作
者以大量的、詳實而又可靠的文獻資料，清晰而又深入的理論分析，
展現了屠格涅夫在中國傳播與影響的軌跡，評價了屠格涅夫的作品在
中國現代文學發展進程中所起的作用。全書內容除〈導論〉外，共分
六章。在〈導論〉中，作者總結了「俄羅斯文學的優良傳統與屠格涅
夫的創作個性」，指出：「對社會和人生富於哲理性的思考，敏銳地捕
捉和再現具有時代意義的社會問題、社會心理的現實主義方法，以及
濃郁、含蓄、富有內在激情的抒情筆調，構成了屠格涅夫別具一格、
極富美感魅力的創作個性」，因此，在中國，「注重社會問題的文學家
推崇他，注重藝術技巧的文學家推崇他，注重道德性的文學家也推崇
他。由於他的作品在意向和情調上的那種兩重性──鬥爭與超越，堅
強與柔弱，明快與沉鬱，熱情與悲哀──使中國作家各有偏重地受到

不同程度的情緒感染並產生審美共鳴，或得其熱情、明快的一面，或得其沉鬱、悲哀的一面」。在第一、二章中，作者從翻譯文學史的角度，細緻地梳理、描述了屠格涅夫作品的漢譯情況、評介和研究情況，指出了不同時期的翻譯家們在屠格涅夫翻譯中的貢獻。在第三章中，作者特別研究了屠格涅夫在中國傳播的一個重要的中介因素，即國外學者、翻譯家的著譯在中國所起的作用。對這種「中介」環節的研究，應當是比較文學傳播研究中的重要的環節，孫乃修是中國中外文學關係與交流史研究中最早注意研究這一環節的學者，具有一定的方法論意義。在第四章和第五章研究的中心是「屠格涅夫與中國現代作家」，分節論述了包括魯迅、郭沫若、郁達夫、瞿秋白、巴金、沈從文、王統照、艾蕪等在內的十四位作家的創作與屠格涅夫的關係。在這部分內容中，作者將實證研究與作家作品的審美的比較分析結合起來，將影響研究與平行研究結合起來，令人信服地展示了這些作家與屠格涅夫創作之間的關聯，從一個特定的角度揭示了這些作家創作的內面。作者最後總結說：屠格涅夫作品的主題、人物性格、藝術技巧、文體以及那種溫婉、纏綿、帶有脈脈感傷情調的抒情風格，都對中國現代作家產生了極其深刻的文學影響。一個外國作家有如此巨大的藝術魅力，在半個多世紀裡對持續三代乃至四代作家產生如此深刻的文學影響，這的確是罕見的。同時，作者也辯證地指出：屠格涅夫在中國產生了如此長久的影響，「恰好從一個側面顯示出中國現代文學發展進程中的某種遲滯性」。總體看來，孫乃修的《屠格涅夫與中國》一書，是中俄比較文學個案問題研究中的成功之作，是一個「小題大做」的、做得全、做得深的課題，可以預言，在今後相當長的時期裡，孫乃修對這個問題的研究都是難以被超越的。

　　托爾斯泰與中國的比較研究，特別是托爾斯泰與東方文化、中國文化之關係的比較研究，是中俄文學比較研究中歷史最長、成果較多的領域。一九三○年代以來，不斷有這方面的文章與著作出現。特別

是八〇至九〇代的二十年間，戈寶權的〈托爾斯泰和中國〉（《上海師
範學院學報》，1981 年第 1 期）為發軔之作，中國各學術期刊上發表
近二十篇相關的研究論文。重要的文章有：陳元愷的〈托爾斯泰與中
國文學〉（《揚州師院學報》，1981 年第一期）、葉水夫的〈托爾斯泰
與中國〉（《外國文學研究》，1987 年第 4 期）、任子峰的〈托爾斯泰
與孔老學說〉（《國外文學》，1991 年第 1 期）、吳澤霖的〈托爾斯泰
主義與中國古典文化思想〉（《蘇聯文學聯刊》，1992 年第 4 期）和
〈對研究托爾斯泰和中國古典文化思想關係問題的思考〉（《俄羅斯文
藝》，1998 年第 4 期）、劉洪濤的〈托爾斯泰在中國的歷史命運〉
（《外國文學研究》，1992 年第 2 期）、王景生的〈列夫‧托爾斯泰研
究中的比較問題──從中國古典哲學的影響談起〉（《四川外語學
院》，1995 年第 3 期）、倪蕊琴的〈托爾斯泰論中國及中國古代哲學〉
（《中國比較文學》，1996 年第 2 期）、李明濱的〈托爾斯泰與儒道學
說〉（《北京大學學報》，1997 年第 5 期）、楊國章的〈托爾斯泰學說
對中國文化的消極影響〉（《東方文化》，1998 年第 1 期）、周振美的
〈托爾斯泰與中國的宗教思想〉（《山東大學學報》，2000 年第 4 期）
等。二〇〇〇年，北京師範大學出版社出版的吳澤霖的《托爾斯泰與
中國古典文化思想》一書，可以說是中國的托爾斯泰與中國文化比較
研究的扛鼎之作。吳澤霖認為，現有的研究只是集中在中國古代哲學
文化思想如何影響托爾斯泰的思想，並且往往過高地估計了這種影
響，甚至認為托爾斯泰只是因為研讀了東方的中國的古代哲人的著作
才茅塞頓開，從而形成了「托爾斯泰主義」。而實際上，托爾斯泰從
未悉心地認同過任何一種哲學思想，他對中國古代哲學文化的接受，
「遠非一種虛懷若谷的皈依」。因此，吳澤霖特別注意在托爾斯泰一
生的整個思想和創作歷程的清理描述中，分析他如何將中國古典文化
哲學思想加以獨特的誤讀、理解和改造，如何將中國古典文化哲學思
想融入他複雜的精神探索過程中，並力圖恰當地估價中國古典哲學文

化思想在托爾斯泰思想體系中的地位和作用。《托爾斯泰與中國古典文化思想》的上編〈托爾斯泰精神探索的東方走向〉就體現了作者在這方面的努力。該編的七章內容，將托爾斯泰的思想發展進程劃分為若干不同的階段，從歷時的、動態的分析中，揭示出東方、中國的古典文化思想在托爾斯泰思想長河中的流貫軌跡。吳澤霖還指出，在現有的相關研究中，往往孤立地、單個地討論托爾斯泰和先秦諸子的關係，這是不夠的。事實上，托爾斯泰對先秦諸子的思想分野把握得並不那麼清楚，常常加以混淆，因此，研究托爾斯泰與中國古典文化思想的關係，不能字斟句酌地牽強比附，而應從整個中國古典哲學思想體系的宏觀角度進行綜合研究，而且單純的影響研究還不夠，還必須將影響研究與平行的比較研究結合起來。該書的下編〈托爾斯泰思想和中國古典文化思想的比較〉的四章內容，主要是托爾斯泰思想與中國古典文化思想的平行的、對比的研究。其中涉及托爾斯泰的「上帝」和中國的「天」、托爾斯泰的「人」和中國的「人」，托爾斯泰的認識論和中國古典「知論」，托爾斯泰的藝術論與中國古典文藝思想等內容。通過這樣的對比研究，作者指出，在托爾斯泰的思想中，有些是來源於或受啟發於中國古典文化思想的，而某些相似或相近的思想卻未必是受到來自中國的影響，而是思維上的不期而然的吻合和相似。總之，吳澤霖的著作系統、全面、深入地清理和論述了托爾斯泰與中國古典文化思想的關係，對於讀者進一步了解中俄文學與文化關係史、對於深入理解托爾斯泰的思想與創作，都是一部值得閱讀的重要的書。

　　普希金也是最受中國讀者歡迎的俄羅斯作家之一。從二十世紀初開始，他的作品就被陸續譯為中文，長期以來，中國讀者把普希金視為反對暴政、謳歌自由的「革命詩人」或者「俄國現實主義文學的奠基者」，而予以高度的評價。其作品在中國翻譯很多，傳播甚廣。特別是八〇年代後，中文版本的《普希金文集》和《普希金全集》以及

傳記、研究資料集、大量的單篇的研究論文等連續出版和發表，有關部門還舉行了普希金誕辰的隆重的紀念活動。到了二〇〇〇年，《普希金與中國》一書由長沙嶽麓書社出版，可以說是一部普希金與中國的比較研究的集大成的書。該書主編張鐵夫教授在〈引言〉中指出：普希金與中國的關係的研究雖然取得了很大的成績，但也存在一些不足，一是現有的研究文章零散而不成規模系統，二是重視普希金與中國的事實聯繫，而忽視總體的、潛在的影響，三是對普希金的翻譯家和研究家宣傳不夠，認為「我國文藝界一直有重創作、輕翻譯，重歌星、輕學者的傾向，這對於學術事業的發展是很不利的」。鑒於這些不足，《普希金與中國》作為一部學術文集，在編排上盡可能注意了內容的系統性和全面性。全書共分六章，第一章是〈普希金筆下的中國形象〉；第二、三章是〈二十世紀上半葉普希金在中國的接受〉；第四、五章是〈二十世紀下半葉普希金在中國的接受〉；第六章是〈普希金與二十世紀中國文學〉，分別論述了普希金對中國詩歌、散文、小說、戲劇的影響。由於普希金對中國作家詩人的影響不像果戈理、屠格涅夫、托爾斯泰、契訶夫那樣明顯，所以此章內容主要著眼於普希金對中國文學的總體的、精神上的、潛在的影響。書後附錄〈中國普希金研究資料目錄及索引〉對讀者也十分有用。顯然，在全書中，第二至五章占了三分之二以上的篇幅，是該書的核心，也是最有特色的部分。這四章內容以中國的普希金翻譯家、研究家和出版家為中心，專文單節地評述了不同歷史時期的翻譯家、學者在普希金譯介與研究中的貢獻，依次有戢翼翬、魯迅、瞿秋白、溫佩筠、孟十還、甦夫、戈寶權、余振、呂熒、查良錚、盧永福、高莽、王智量、李明濱、馮春、張鐵夫、陳訓明、劉文飛、查曉燕等。這種以翻譯家、研究家為中心的研究方法，使中俄文學關係史的研究立足於中國文學，突出了接受者的主體性。正如張鐵夫在「引言」中所說，「把一代代翻譯家、出版家、研究家的事蹟連結起來，就是一部普希金在中國的

接受史」，也是一部以普希金為紐帶、以中國的翻譯家、研究家為中介的中俄文學、文化交流史。對普希金的翻譯家和研究者，特別是對當代翻譯家和研究者的研究，作者除了利用現有的書面的、譯本的材料外，還做了不少的調查、訪問工作，這些工作是開創性的。這就為今後系統地研究清理中國的俄羅斯文學翻譯史打下了基礎，也為今後的《中國的俄羅斯翻譯文學史》之類的著作提供了經驗，準備了條件。

　　對中俄文學關係進行系統的總體研究，開始於戈寶權。戈寶權先生是中國著名俄國文學翻譯家，同時也是俄蘇學研究、中俄文學關係以及中國翻譯史研究的拓荒者。他的研究開始於一九五〇年代，到一九八〇年代末，他在各種學術期刊或書籍中發表了二十多篇有關中俄文學關係史研究的文章。一九九二年，這些文章連同中外文學關係的其他研究文章，收在《中外文學因緣——戈寶權比較文學論文集》中，由北京出版社出版。論文集中的第一部分——「中俄文字之交」部分又分三組，第一組是「俄國作家與中國」，其中談到了普希金、屠格涅夫、岡察洛夫、托爾斯泰、契訶夫、高爾基、馬雅可夫斯基、綏拉菲摩維支等九位作家與中國的關聯。第二組是「俄國文學作品在中國」，分別以作家作品為中心，系統而有重點、以點代面地清理了二十世紀俄國文學作品在中國的傳播和影響的歷史軌跡。第三組「中國的俄國和蘇聯文學翻譯家及研究家」，介紹了瞿秋白、魯迅、耿濟之等對俄蘇文學的翻譯與研究做出的歷史貢獻。其中大部分文章發表於一九五〇至六〇年代，一部分文章發表於一九八〇年代。戈寶權作為一個有突出成績的俄蘇文學翻譯家，非常熟悉俄羅斯作家作品，許多珍貴的材料是他在翻譯某作家作品時發現的。例如，在〈普希金與中國〉一文中，他通過翻譯普希金的作品，通過研究普希金的手稿和私人藏書，發現了不少普希金與中國有關的史料與線索。並指出：「普希金在他的一生當中，對中國是有著很大的興趣的：他閱讀過不少有關中國的書籍，寫過有關中國的詩歌，甚至還有過訪問中國的念

頭……普希金和中國的關係的問題，無論在過去，還是在今後，對於
中蘇兩國的普希金研究者，始終都是一個有意義的和有趣的研究課
題。」〈屠格涅夫和中國〉一文從翻譯文學史的角度，在有限的篇幅
內，以大量具體的史料，梳理了中國一九一五年以來中國譯介和研究
屠格涅夫的情況。指出劉半農、陳嘏、周瘦鵑是中國最早翻譯介紹屠
格涅夫的人，而沈雁冰、巴金、鄭振鐸、耿濟之等，都為屠格涅夫在
中國的譯介做出過突出的貢獻。在〈岡察洛夫和中國〉一文中，戈寶
權細緻地梳理、考證了岡察洛夫在一八五三年訪問中國香港和上海的
情況，詳細地分析了岡察洛夫回國後寫的遊記《三桅巡洋艦帕拉達
號》一書，指出這部遊記對中國人民以很高的評價，對中國人民所遭
受的壓迫和痛苦給予深厚的同情，對英帝國主義者的侵略罪行表示了
憎惡與譴責；岡察洛夫這部書不僅具有文學價值，而且作為第一位寫
到太平軍起義的俄國旅行家，也具有一定的史料價值。在〈托爾斯泰
和中國〉一文中，戈寶權談了自己在研究托爾斯泰與中國之關係、中
國譯介托爾斯泰的歷史方面的新發現。他指出了托爾斯泰如何鑽研過
中國古代哲學家老子、孔子、孟子的著作。他還考證出了與托爾斯泰
通信的兩個中國人中除了辜鴻銘為人所熟知之外，另一個究竟是何許
人。長期以來，人們根據俄文譯音，有的判斷為「錢玄同」，有的判
斷為「張之洞」，而戈寶權根據自己深入託爾斯泰博物館中所發現的
原信影本以及有關的史料，考證出這個人是「張慶桐」，並介紹了張
慶桐的生平。戈寶權還第一次描述了中國譯介托爾斯泰的歷史，指出
一九○○年上海廣學會出版的從英文譯出的《俄國政俗通考》中的一
段文字是最早介紹托爾斯泰的中文文字，指出中國出版的最早的托爾
斯泰作品的單行本是一九○七年香港禮賢會出版的《托氏宗教小
說》。在〈契訶夫和中國〉一文中，戈寶權介紹了契訶夫一八九○年
到庫頁島調查流刑犯和苦役犯時途經中國的黑龍江愛琿城的情況，指
出契訶夫是一位對中國人民懷有很大興趣和好感的俄國作家。他考證

中國翻譯的最早的契訶夫作品是一九○七年吳檮根據日文譯本翻譯的
《黑衣教士》，並介紹了五四以後中國對契訶夫譯介的大體情形。在
〈高爾基與中國〉、〈高爾基與中國革命〉兩篇文章中，戈寶權著重論
述了高爾基對中國革命的同情與支持。在〈馬雅可夫斯基和中國〉一
文中，戈寶權介紹了馬雅可夫斯基所寫的同情和支援中國人民和中國
革命的詩篇，也梳理了五四時期至八○年代中國譯介馬雅可夫斯基的
歷程。在〈俄國文學作品在中國〉這組文章中——如〈談普希金的
（俄國情史）〉、〈葉普蓋尼‧奧涅金在中國〉、〈高爾基作品的早期中
譯及其他〉等，都以某一部作品在中國的翻譯、傳播為中心，截取中
國的俄蘇文學翻譯的某一斷面，對個案問題進行的細緻的、微觀的
分析。

　　上述文章體現出了戈寶權在研究中俄文學關係中的鮮明特色。作
為一個中俄文學交流的實施者和見證者之一，他在談論和研究中俄文
學關係的時候，能夠將自己的親身經歷和個人體驗融入研究中，將個
人的歷史經驗與歷史文獻很好地結合在一起、統一在一起。這是他的
中俄文學關係研究的突出特點之一。戈寶權研究的第二個特色，就是
從翻譯文學史的角度，對中俄文學關係進行系統的研究。他雖然沒有
明確提出「翻譯文學史」的概念，但他的研究已經包含了翻譯文學史
研究所應包含的基本要素——原作家、原作品、譯作、翻譯家、讀者
等，為今天我們翻譯文學史的研究提供了值得借鑒的經驗。戈寶權的
文章採用的是嚴格的傳播研究方法，注重史料的挖掘、考證和梳理，
注重以事實說話，文風樸實嚴謹，絕無空論。當代中國學界，許多人
把「理論」理解為抽象的宏論、形而上的思辨，甚至是超越史料與事
實的玄言空言。而實際上，戈寶權這樣的研究才是得「理論」之真
義——把研究對象講清楚，展示歷史的真面目，這本身就是「理
論」。

　　一九九○年代初中國中俄文學比較研究的另一個重要成果是倪蕊

琴主編、陳建華副主編的《論中蘇文學的發展進程》（華東師範大學
出版社，1991 年）。跟上述戈寶權的研究一樣，這部著作也採用了將
系列論文編輯成書的方式。但戈寶權在中俄文學關係的研究中所採用
的是從事實與文獻出發的傳播研究的實證方法，而《論中蘇文學的發
展進程》則是以傳播研究為主、平行研究為輔。其中，倪蕊琴寫的
〈中蘇文學發展進程比較（1917-1986）〉一文作為全書的「緒論」冠
於卷首。也是全書中提綱挈領的一篇重要文章。她分析研究的重心是
新中國成立後的中蘇文學關係。她勾勒出了「中蘇當代文學的發展進
程及其頗有戲劇性的文學關係」，即發展進程的階段性對應的關係。
從中國文學的角度看，這種對應關係分為三個階段，即五〇年代的接
受時期、六〇至七〇年代的排斥時期，八〇年代的選擇時期。其中，
五〇年代中蘇文學是同期對應關係，六〇至七〇年代大體是逆向對應
關係，八〇年代基本是錯位對應關係。這樣的勾勒和概括相當洗練地
呈現了中蘇當代文學的發展的基本對應規律。全書正文十八篇文章共
分為五個部分。第一部分是新中國成立之前中蘇文學交往的歷史回
顧，有陳建華的〈俄蘇文學對中國現代文學的影響〉和〈蘇聯早期文
學思想與中國無產階級文學運動〉兩篇文章構成；第二部分則從不同
角度梳理出中蘇文學發展進程的由於蘇聯文學對中國的影響而呈現出
的對應性、相似性。其中重要的是倪蕊琴的〈「解凍文學」與「傷痕
文學」〉和〈七〇至八〇年代中蘇文學的比較〉兩篇文章；第三部分
由洪安南的〈中蘇當代文學理論異同簡論〉和徐振亞的〈蘇聯二〇至
三〇年代的文藝政策〉，從文學理論和共產黨的文學政策的角度，對
中蘇文學影響與接受的關係和蘇聯文藝政策做了研究；第四部分和第
五部分分別對蘇聯文學中有代表性的作家、人物形象、文學類型、樣
式進行和創作方法、文藝政策進行了個案研究。總體來看，《論中蘇
文學的發展進程》試圖對中蘇文學的發展進程進行歷時的、縱向的比
較研究，這在選題上是很有意義的；在一些問題的研究，特別是在中

蘇當代文學發展的對應性研究上具有開拓意義。但同時，對這個課題的研究顯然只是初步的，有的還停留在現象描述的層面上，理論上的更深入的分析仍有較大的餘地。書中只有六篇文章是屬於比較研究的文章，第四、五部分的全部文章和第二、三部分的有些文章是單純論述前蘇聯文學問題的文章，這些文章固然有助於讀者對前蘇聯文學的深入了解，但卻與中蘇文學的「比較研究」的大論題相對游離。

　　與《論中蘇文學的發展進程》幾乎同時出版的《俄國文學與中國》（華東師範大學出版社，1991 年），再次體現出了華東師範大學中文系在俄蘇文學研究方面的實力。這部書是由王智量教授主編的系列論文集。執筆者除王智量外，還有夏中義、王聖思、汪介之和王智量的研究生王璞、王志耕、劉文榮、戴耘和李定。研究的範圍是十九世紀俄羅斯文學與二十世紀中國文學的關係，尤其是俄羅斯文學在中國的傳播、影響與中國文學的接受的研究，重點是俄羅斯文學史上的經典作家果戈理、屠格涅夫、陀思妥耶夫斯基、列夫·托爾斯泰、契訶夫、高爾基及文學評論家別林斯基、車爾尼雪夫斯基、杜勃羅留波夫對中國作家的影響，還有對中國翻譯俄羅斯文學的歷史的總結。對於俄羅斯這些經典作家與中國文學的關係的研究，此前已有許多論文發表，在此基礎上使研究有些新意，有所深化，並不是一件容易的事。但《俄國文學與中國》一書中的大部分文章，在切入的角度、論述的方式乃至結論的概括方面，都具有明確的出新意識，並在不少方面有所突破。例如，王志耕在〈果戈理與中國〉一章中認為，「果戈理在寫黑暗方面給了中國作家三方面的啟示：寫人物身上的黑暗、寫人物眼中的黑暗、寫人物心中的黑暗」；戴耘在〈屠格涅夫與中國〉一章引用了國外批評家對屠格涅夫創作特點的評價，即認為屠格涅夫在藝術上的獨創性和獨特性就是他的「詩意的現實主義」，他對中國文學的影響也主要體現在這一方面。王聖思在〈陀思妥耶夫斯基與中國〉一章中分析了中國在陀思妥耶夫斯基小說接受上的特點，指出中

國現代文學主要看重的是陀思妥耶夫斯基對小人物、對被侮辱與被損
害者的描寫，而對陀氏的另外的方面，如雙重人格、地下人、偶合家
庭、宗教關懷等主題，則不甚關注。王璞在〈契訶夫與中國〉一章中
談到契訶夫的戲劇對中國現代戲劇的影響時認為，契訶夫戲劇的特點
是情節的淡化和抒情的氛圍，即「非戲劇化傾向」。這種傾向深刻而
持久地影響了中國現代戲劇的創作。曹禺、夏衍和老舍的作品中都有
這種影響的印記。夏中義在〈別林斯基、車爾尼雪夫斯基、杜勃羅留
波夫與中國〉一章中，將俄羅斯三大批評家對中國文藝理論的影響做
了綜合的研究考察，認為在整個西方美學史上，能在政治與藝術兩方
面皆投中國文壇所好者，非別、車、杜莫屬。這是別、車、杜能夠長
期成為在中國「享受美學豁免權的唯一的非馬克思主義的西方學派」
的原因。但是，這種對別、車、杜文藝思想的膜拜，卻帶有強烈的政
治實用色彩，從而將他們的完整統一的文藝思想割裂了。李定的〈俄
國文學翻譯在中國〉一章，對中國的俄羅斯文學的翻譯情況做了較為
系統全面的收集、整理和分析，並列出了「漢譯俄國文學作品出版數
量變化表」等多種表格，用嚴格的科學統計學的方法，展示並分析了
一九〇三至一九八七年的八十五年間，中國翻譯出版俄國文學的數
量、文體種類、版本、選題變化等多方面的情況。弄清和掌握這些情
況是研究中俄文學關係的基礎，但是長期以來中國學術界流行著一波
一波的「理論」熱潮，習慣於空泛的議論，而對文獻資料、學科史實
的研究卻比較冷漠，對包括俄羅斯文學在內的外國文學翻譯的基本情
況缺乏認真系統的清理與研究。因此，李定的研究不僅填補了中國俄
羅斯文學翻譯研究的一個空白，而且為今後更為翔實的中國的俄羅斯
文學翻譯史研究打下了基礎。

　　汪介之的《選擇與失落──中俄文學關係的文化透視》（江蘇文
藝出版社，1995 年）是一部從文化視角研究中俄文學關係的專著，
也是中國出版的第一部由個人著述的系統的中俄文學比較研究的專

著。全書共分六章，分別從不同側面論述了中俄文學關係中的若干基本問題。第一章論述了中國能夠接受俄羅斯文學巨大影響的政治、社會與民族文化心理基礎；第二章探討了中國新文學在人道主義精神、「為人生」的使命意識、現實主義方法、強烈的社會問題意識、沉鬱與蒼涼的審美格調等方面的相同或相通之處；第三章對中俄文學中的四大形象系列——農民形象、小人物形象、知識份子形象、女性形象做了比較，並指出了人物形象塑造與各自的民族文化心理的關係；第四章研究了中國在接受俄羅斯文學影響過程中的選擇與忽略；第五章集中分析了高爾基在中國的不同歷史時期的接受情況；第六章概述了二十世紀俄羅斯文學在中國的傳播與影響。全書最富有新意的是第四章從「懺悔意識」、「思辨色彩」的角度對中俄文學所做的比較。作者指出，由於東正教的影響，懺悔意識作為一種「集體無意識」已經積澱於俄羅斯民族的文化心理結構中，成為俄羅斯人精神生活中的一個重要特點，也成為俄羅斯文學的一個基本特點，這主要表現為作家的自我反省、自我批判和自我分析。但俄羅斯文學的懺悔意識並未被中國作家所理解、所接受，中國現代文學中不乏基於個人與環境衝突的社會批判意識和從政治角度展開的「知識者自我批判」，卻難以見到從宗教信仰出發的具有深刻懺悔精神的作家。這是十分正確的見解。作者同時認為在這方面「也許只有魯迅、巴金等人是少有的例外」。但嚴格說來，魯迅、巴金恐怕也不是「例外」。他們的「懺悔」和俄羅斯作家的「懺悔」根本上是不同的。作者還指出：「濃烈的思辨色彩」是俄羅斯文學的一大特色，而「在中國現代文學中，達到一定哲理深度的作品卻頗為有限」；「除了魯迅等少數傑出作家之外，現代作家一般尚未達到對歷史生活、社會圖像、人性表現、社會價值做出帶哲理性的分析與把握的高度。這既為中國文化歷史傳統所決定，又為現代中國的現實情勢所制約」。這顯然也是十分有價值的見解。實際上，在魯迅等中國現代作家的作品中也有「哲理」，有時也相當「深

刻」，但那常常是社會學意義上的深刻，而不是俄羅斯文學中常見的那種宗教的、哲學思辨的、形而上的抽象層面的深刻。作者還指出，中國文學在認識和接受俄羅斯文學的過程中，有不少片面性，出現了一些有意無意的忽略和失落。這主要表現為中國作家看重的是俄羅斯作家的社會批判，卻忽略了俄羅斯作家對俄羅斯國民性、民族心態所做的描寫、反思與批判；同樣的，我們對別林斯基等俄羅斯批評家，看重的是他們的「社會─歷史批評」，卻忽略了他們的美學批評。第五章〈一位文學巨人在中國的命運〉，也集中體現了作者的研究功力。作者在此前曾出版了《俄羅斯命運的回聲──高爾基的思想與藝術探索》（灕江出版社，1993 年）一書，對高爾基的思想與藝術提出了許多獨到的見解。在這一章裡，汪介之指出：「中國人心目中的高爾基，卻多少是中國人自己描畫的。我們的文學觀念、文學研究曾被各種『理論』所左右，包括被庸俗社會學控制過一個長時期。正是這種『社會學』使高爾基受到損害並發生『形變』，使作家的完整面貌不為一般讀者所知，這就為一些人曲解甚至貶低高爾基提供了『證據』。」作者回顧和分析了中國翻譯、介紹、評論和研究高爾基的歷史，指出了「左」的政治化、功利化傾向和庸俗社會學理論對高爾基的曲解和貶損。

汪劍釗的專著《中俄文字之交》（灕江出版社，1999 年）和上述汪介之的著作一樣，也是一部中俄文學比較研究的專題著作。全書十一章，共十八萬字。作者選取了中俄文學關係中的一些基本問題作為論述對象。其中，關於五四文學與俄羅斯文學中的人道主義問題以及「拉普」與中國三〇年代左翼文學運動問題、「新寫實主義」與「社會主義現實主義」問題、契訶夫、屠格涅夫、陀思妥耶夫斯基的創作對中國文學的影響問題、托爾斯泰與中國古代哲學思想問題等，作為中俄文學關係中的重點問題，此前不少文章和著作多有論及，在這些問題上，汪著似無多大突破。但也有部分章節是有新意的，如〈中國

的「青春型寫作」與肖洛霍夫和尼·奧斯特洛夫斯基〉一章，對五〇
年代周立波的《暴風驟雨》等反映土地改革運動的小說與肖洛霍夫的
《被開墾的處女地》等作品，對王蒙的《青春萬歲》與奧斯特洛夫斯
基《鋼鐵是怎樣煉成的》、楊沫的《青春之歌》與車爾尼雪夫斯基的
《怎麼辦》之間的關聯，做了比較論述。此外，作者對馬雅可夫斯基
的詩歌對中國政治抒情詩的影響也做了令人感興趣的分析。中俄文學
關係史研究的深化，必然要求更為系統詳實的中俄文學關係史方面的
著作的出現。華東師範大學中文系陳建華的《二十世紀中俄文學關
係》作為中國第一部中俄文學關係史的專門著作，填補了這方面的空
白。此前的有關著作都是論文集或專題性的著作，而陳建華的這部
書，卻是一部「史書」，而且是一部「通史」。在二十世紀即將結束的
時候，出現這麼一部中俄文學關係史的總結性的著作，是非常必要
的。寫好這樣一部書，需要作者有史家的胸懷和見識，需要掌握豐富
的歷史資料，需要對資料加以鑒別、篩選、整理分析和正確的運用。
正如錢谷融教授在本書的序言中所說：「近一百多年來，俄蘇文學與
中國文學關係之密切，是任何其他國家的文學所無法比擬的。回顧和
清理一下這一段兩國文學相互交往的歷史，總結一下其間所取得的經
驗教訓，對我們的文學事業今後的發展，無疑是有十分重大的意義和
作用的。」寫好這樣一部書，需要作者有史家的的胸懷和見識，需要
掌握豐富的歷史資料，需要對資料加以鑒別、篩選、整理分析和正確
的運用。作者顯然具備了這些條件。全書以中國文學為本位，站在
「二十世紀中國文學」的立場上，全面系統地描述了中國文學與俄蘇
文學關係的百年歷程。作者將中俄文學關係史劃分為八個歷史時期，
分八章加以論述。第一章將清末民初時期的中俄文學關係作為中俄文
學關係的發端時期。第二章評述了五四時期中國的「俄羅斯文學
熱」，包括中國文壇對俄羅斯文學的翻譯、評價與研究。第三章分析
了二〇年代後期至三〇年代前蘇聯早期文學思想與中國的無產階級文

學運動──主要是「普羅文學」時期與「左聯」時期俄蘇文學政策與理論對中國無產階級文學運動的影響。第四章是抗日戰爭與國共內戰時期的中國文學與俄蘇文學。第五章是五〇年代俄蘇文學，特別是前蘇聯共產黨的文藝方針政策和文藝思想在中國的影響和反響。第六章是六〇至七〇年代中蘇兩國出現嚴重對峙時期的文學關係，作者稱這段時期為「冰封期」。第七章是七〇年代末至八〇年代中國改革開放時期俄蘇文學譯介的恢復，並分析了這一時期中國的「傷痕文學」與前蘇聯五〇年代中期的「解凍文學」的「錯位對應」現象。第八章是九〇年代的中俄文學關係。這八個時期的劃分清楚地展示了中俄文學的密切關聯、雙方關係的複雜與曲折、俄蘇文學對中國的深刻影響、中國文學對俄蘇文學的認同、選擇與取捨。全書史料豐富，剪裁得當，論說準確，評騭到位。作者在研究中主要採用了比較文學的「傳播研究」的方法，即以俄蘇文學在中國的譯介與傳播為主線，以評述和分析史實為中心。不過另一方面，對作品文本的影響分析則難以展開。「文學關係史」這種著作形式的特點和長處在這裡，而它的侷限性似乎也在這裡。

　　上述的中俄文學關係的總體研究，都有一個共同特點，即著眼於俄蘇文學對中國的影響，或中國文學對俄蘇文學的接受。無疑，這是二十世紀中俄文學關係中的主流。但是，中俄文學關係終究還不是單向的關係，而是雙向互動的關係。俄羅斯對中國文學的翻譯研究，也是中俄文學關係中的重要方面，只是我們對這個方面介紹和研究還很少，中國一般讀者對此知之甚少。一九九〇年，北京大學李明濱的《中國文學在俄蘇》由廣州花城出版社作為《中國文學在國外》叢書之一種出版，是中國第一部綜合介紹中國文學在俄蘇的著作，填補了中俄文學關係研究中的一個重大的空白。作者在〈前言〉中指出：本書的「目的有二，第一是全面系統地介紹中國文學在俄蘇的歷史現狀，前兩章即為這方面的內容。第二是評價俄蘇對中國文學的研究成

果和方法，由後十章來完成此任務。其中第三、四章是綜合研究方面的成果，隨後的八章大體按中國文學史的發展脈絡安排，從神話開始，至現代文學結束，按每一時期逐一介紹」。李明濱的這部書將俄蘇對中國文學的翻譯與研究作為「俄蘇漢學」的一個重要組成部分，分析了俄國漢學在十八世紀興起的原因，評述了不同歷史時期不同的漢學家對中國文學翻譯與研究所做的工作及其特點。重點評述的有蘇聯最大的漢學家阿翰林、新中國成立後第一個向蘇聯讀者全面介紹中國文學的費德林、以研究中國民間文學與俗文學著稱的李福清（1932-）、中國古典詩歌與文學思想的研究家李謝維奇（1932-）等在內的二十多位專家。作者告訴我們，俄國第一個漢學家是羅素欣，俄國漢學的奠基人是比丘林，世界上第一部中國文學史著作是瓦西里耶夫一八八〇年問世的《中國文學史綱要》。諸如此類的材料對於非專家的一般中國讀者而言，都是很新鮮的。作者在研究中所採用的基本上是比較文學的重材料、重史實、重實證的傳播研究的方法。看得出作者為盡可能完整地收集材料下了很大功夫，書後的三種附錄〈蘇聯中國文學研究論著〉、〈蘇聯中國文學譯作〉、〈俄蘇漢學家簡介〉更顯示了作者扎實的文獻功底。值得提到的是，在《中國文學在俄蘇》出版三年後，李明濱又寫出了《中國文化在俄羅斯》（新華出版社，1993 年）一書，論述範圍和研究對象與上書雖然互有重合，但也有所擴大和深化。總之，李明濱的研究大大拓展了中國文學的存在空間，不僅對於中俄比較文學研究，而且對於中國文學的研究都有重要參考價值。

一九八○至一九九○年代中國的中法文學關係研究述評[1]

一　《中國文學在法國》與《法國作家與中國》

　　在歐洲各國中，中國文學在法國不是傳播與影響最早的，法國與中國的直接交流要晚於意大利、西班牙和葡萄牙，但中國文學在法國的傳播與影響卻是最大的。法國是世界公認的歐洲漢學的中心，而且沒有一個歐洲國家像法國那樣有那麼多心儀中國文化、推崇中國文學的作家，沒有一個歐洲國家像法國那樣有那麼多研究中國文化與中國文學的學術機構、團體與專家學者，也沒有一個歐洲國家出版或發表了那麼豐富的有關漢學研究的著作。因此，研究中國文學在法國的傳播與影響，在中外文學比較研究中就占有極重要的位置。但是，長期以來，中國在這個領域的研究卻不成規模、不成系統，沒有出現研究這個問題的專門著作。直到一九九○年，南京大學教授錢林森教授的《中國文學在法國》一書的出版，這個學術空白才被填補起來。

　　《中國文學在法國》以二十七萬字的篇幅，分上下兩編，系統地梳理了近三百年來中國文學在法國傳播與影響的歷史。其中，上編第一章〈導言：法國漢學的發展與中國文學在法國的傳播〉是全書提綱挈領的部分。在這一部分中，錢林森指出：十七世紀後法國的漢學研究在歐洲後來居上，為當時的其他歐洲國家所望塵莫及；十七至十八

1　本文原載《法國研究》（武漢），2003年第1期，原題〈近年來我國的中法文學關係研究述評〉。

世紀來華的法國耶穌會士的著作以熱情的筆調給法國和歐洲塑造了一個「理想的中國」，並成為歐洲的中國文化熱的源頭。「啟蒙運動領袖以此來構築自己的理性王國，作為批判封建主義的思想武器；哲學家從中提煉有益的思想滋養，以建立新的思維模式；文學家借此尋求新的文學題材，創造出新的人物；美學家追尋中國風尚，收藏家崇尚中國藝術……於是，空前規模的中國文化熱便在法國和歐洲興起了。它是和法國的這些著作的問世與傳播分不開的。」到了十九世紀，法國對中國文化的態度則由理想化的狂熱轉為更為切實的、理性的研究。漢學成為大學與研究機構的一個學科，中國文學在中國文化中被凸顯出來，大批貼近原文的譯作和研究中國文學的專著陸續出版。到了二十世紀上半期，法國漢學進入鼎盛時期，錢林森認為鼎盛的標誌有三：一、建立了相當完備的漢學研究機構和教育機構，二、出現了若干漢學大師，三、研究領域進一步拓寬和漢學著作的多樣化。二十世紀下半期的法國漢學則由六〇至七〇年代的相對沉寂到八〇至九〇年代的復蘇，其重要標誌是中國現當代文學被納入了法國漢學的研究領域中，並取得了長足的發展。錢林森對幾個世紀來法國的中國文學評介與研究的總體特點作了概括，那就是：很少從純文學的角度考察中國文學，對中國文學的介紹總是置於文化的總體框架內，把文學視為文化的一個組成部分，從研究的選題標準，到審視重心和審美指向，都是以探求中國文化奧秘為最終目的。這已經形成了法國的中國文學研究的一以貫之的傳統。

　　上編的第二章至第四章中，錢林森分別評述了中國古典詩歌、戲劇和小說在法國的傳播情況。在第二章〈中國古典詩歌在法國〉中，錢林森指出，在中國古典詩歌中，《詩經》是由法國人最早譯成西方語言的，而且法國人一直把《詩經》作為中國古典詩歌研究的重點。其次對楚辭、漢賦、漢樂府、漢魏六朝詩、唐宋詩、清詩等都有翻譯和研究。作者詳細地介紹和評析了十九世紀的愛德華・比奧和聖—德

尼侯爵對《詩經》所做的歷史文化學的研究，特別是二十世紀的法國社會學家葛蘭言在《中國古代的歌謠與節日》一書中對《詩經》所做的社會民俗學的研究，介紹了漢學家戴密威先生在《中國文學藝術中的山嶽》等專著中對漢魏六朝詩的看法，桀溺教授在《牧女與蠶娘》一書中圍繞《古詩十九首》等漢代詩歌中的所謂「桑原」主題所做的中法詩歌的比較研究，程抱一在《唐詩語言》和《唐代詩人張若虛作品的結構分析》等著作中運用結構主義方法對唐詩進行的研究。在第三章〈中國古典戲曲在法國〉中，錢林森以元代紀君祥的《趙氏孤兒》在法國流傳和反響為中心，以伏爾泰根據《趙氏孤兒》改寫的《中國孤兒》為重點，描述了中國古典戲劇在法國的接受。他認為，十八世紀的法國人對《趙氏孤兒》的接受過程大致經過了馬若瑟神父的翻譯、杜哈德的介紹和伏爾泰的改編三個階段。伏爾泰的《中國孤兒》對紀君祥的《趙氏孤兒》的改造主要表現為「簡化情節」、「突出矛盾」、「深化主題」、「重塑人物」幾個方面，集中體現了他的政治傾向、道德信念和審美趣味。而包括伏爾泰在內的法國人對《趙氏孤兒》的選擇主要不是文學上的選擇，因為《趙氏孤兒》完全不符合被他們奉為金科玉律的所謂戲劇的「三一律」原則，這種選擇是一種文化上的選擇，即對儒家理想文化、道德文化的選擇。因為《趙氏孤兒》所表現出的道德操守、倫理規範、美學理想、對邪惡的抗爭精神符合啟蒙時期人們的思想情緒。在第四章〈中國古典小說在法國〉中，錢林森認為法國人是以「都市文化」為視角來觀照中國古典小說的。《玉嬌梨》、《好逑傳》那樣的古典小說在十九世紀的法國受到重視和歡迎，主要是因為法國人試圖從這些作品中窺見中國的風俗文化及民族精神。而二十世紀法國漢學家對《水滸傳》、《紅樓夢》、《金瓶梅》及《儒林外史》等古典名著的獨特的新的評價，也同樣得益於這種文化視角。錢林森分節重點評述了法國學者對這幾部名著的翻譯與研究情況。從他的介紹中我們得知，關於這幾部名著的忠實於原文的

優秀的全譯本都是近二、三十年間翻譯出版的，例如一九七八年出版
的譚霞克翻譯的《水滸傳》，一九八一年出版的華裔翻譯家李治華與
其法國夫人合譯的法國第一部《紅樓夢》全譯本，一九八五年出版的
由雷威安教授翻譯的《金瓶梅》，而且這三部作品的譯本都是被列入
著名的《七星文庫》中，在法國讀者界產生了轟動性的影響。

　　在《中國文學在法國》下編，即第五至九章中，錢林森對中國現
代、當代文學在法國的傳播與影響做了評述。他寫道：「如果說，伏
爾泰在十八世紀把紀君祥的《趙氏孤兒》搬上法國舞臺，首先拉開了
中國古典文學在法國和西方廣泛傳播的序幕，那麼，本世紀上半葉，
由羅曼・羅蘭推薦，由敬隱漁翻譯的魯迅的《阿 Q 正傳》在《歐羅
巴》月刊上（1926 年 5 月和 6 月號）的發表，則開了法國學界研究
中國現代文學的先河。」二〇至三〇年代在法國翻譯和研究中國現代
文學的主要是少數留學法國的中國人，四〇年代後，法國本國的研究
者逐漸增加。如范伯汪、布里埃和明興禮等人。而七〇年代後，法國
出現了「中國現代文學熱」，具體表現為對魯迅的研究更為全面和深
入，對巴金、茅盾、老舍、丁玲的研究也得以展開。其中，「巴金的
作品跟魯迅的作品一樣，也開始進入法國大學講壇，成為各大學中文
系必修課之一；巴金的名字也為法國東方學者經常提及，成為廣大讀
者群熟悉的名字之一。」從錢林森的介紹中我們可以看出，法國對中
國現代作家的研究和中國本土的研究在角度、觀點上存在許多相似之
處。例如，七〇年代他們先從政治和思想的角度研究魯迅，後又「毫
不猶豫地回到作品本身中去」；又如他們認為茅盾是「時代的畫匠」
和「革命的歷史家」等等。但是，法國學者畢竟有著自己特有的研究
方法和學術觀點。如他們較早地把比較文學方法運用到研究中去，將
茅盾的創作與左拉、巴爾扎克進行比較，將巴金的創作與盧梭、左
拉、羅曼・羅蘭、莫里亞克進行比較，從女權主義的角度評論丁玲的
創作，等等。這一切，都顯示出了法國的中國文學研究的特色，對我

國文學研究工作者而言，也有重要的參考價值。

　　如果說《中國文學在法國》以中國文學如何進入法國，產生了什麼反響與影響為研究方向，屬於中國文學在法國的傳播研究，那麼，錢林森的另一部著作《法國作家與中國》則採取了相反的研究方向，即法國文學如何進入中國，又如何影響中國文學。這兩部著作合在一起，構成了中法文學關係的完整的知識體系。眾所周知，法國是歐洲文學思潮的主要策源地，歐洲文學史上重要的以標新立異、花樣出新為特徵的各種文學思潮、流派、團體與作家，大多肇始於法國。在西方各國文學中，對中國影響最大的是俄國文學和法國文學。俄國文學對中國的影響常常帶著強烈的政治性與時代性，而法國文學對中國的影響則主要表現為純文學的、審美的和藝術的。在長期以來中國文學以政治為「第一標準」的大背景下，關於法國文學對中國文學影響的研究卻相當冷清。因此，《法國作家與中國》這樣的書，在選題上的價值就顯得非常重要《法國作家與中國》是錢林森主持的一項國家哲學社會科學研究規劃項目的成果，由錢林森和他的研究生劉小榮、蘇文煜、陳勵合作完成（但後幾位作者並未在封面、扉頁或版權頁上署名，錢林森在「後記」中做了說明），全書五十六萬字，一九九五年由福建教育出版社出版。成書前後，書中的有關章節曾以單篇論文的形式在有關期刊上發表。本書的書名《法國作家與中國》，顧名思義，似應理解為「法國作家與中國之關係」，但總覽全書的基本內容，「法國作家與中國的關係」並不是本書闡述的重心，除了〈引言〉和最後一章（第十章）及有關孟德斯鳩、伏爾泰的專節之外，所論述的大都是「法國作家在中國」，即研究法國作家在中國的傳播、評論、研究及其對中國作家創作的影響。全書以文藝復興以來法國文學在不同歷史時期的不同的思潮流派及其發展演變為縱線，以法國文學史上的重要作家為橫切面，分十章依次評述了人文主義和古典主義作家拉伯雷、蒙田、莫里哀，啟蒙主義作家孟德斯鳩、伏爾泰、盧

梭，十九世紀浪漫主義作家雨果、大仲馬、喬治・桑，批判現實主義
作家司湯達、巴爾扎克、福樓拜，自然主義作家左拉、都德、莫泊
桑，象徵主義作家波德萊爾、馬拉美、魏爾倫、蘭波，二十世紀法國
作家瓦雷里、克洛岱爾、謝閣蘭、聖一瓊・佩斯、亨利・米肖、法朗
士、羅曼・羅蘭、巴比塞、紀德、馬爾羅，以及超現實主義作家、存
在主義作家、荒誕派戲劇家、新小說作家等在中國的翻譯、評論與影
響。最後一章還對法國的中國文學研究家艾田蒲、克羅德・羅阿、米
歇爾・魯阿與中國文化、文學的關係、他們對中國文學的研究成果做
了評述。

　　有此前的《中國文學在法國》的研究經驗在先，錢林森等作者在
《法國作家與中國》一書中，顯示了在中法文學比較研究領域更大的
氣魄和更開闊的視野。例如，作者認為，蒙田的享樂主義與個人主
義，對於排斥個人價值的中國文化「具有矯正作用，只有把握這一
點，才能真正理解蒙田對中國文學的作用」。在談到伏爾泰對中國文
學的影響時認為中國人注重的是伏爾泰的作品為政治服務的特點，
「他（伏爾泰）在中國的影響，主要是這些諷刺時事、充滿戰鬥鋒芒
的哲理小說，以及由此而昇華出來的戰鬥人格」。在談到喬治・桑與
中國文學的關係時認為二十世紀「二〇年代中國讀者對喬治・桑的生
平尤其是愛情故事的熱衷遠遠超出了對她作品本身的熱衷」，而「喬
治・桑在現代中國的出現，無疑是一種婦女解放的啟蒙，對中國新文
學女性作者具有啟迪作用」。在談到盧梭與中國文學影響時這樣寫
道：「如果說法蘭西精神氣候是文學性、戲劇性，趨於暴冷暴熱、起
落無常的大陸氣候，那麼，中國就更像大陸氣候，近代中國的事變邏
輯是戲劇邏輯，不是理性邏輯。盧梭的戲劇性格和中國的精神氣候也
很投合，和中國知識界、中國啟蒙宣傳家、思想家的文化性格相投
合」。在談到左拉在中國的影響時寫道：「左拉在中國流布的特異性，
凸現出中國作家從情感上不願接受自然主義，而理性上又不得不接受

自然主義的矛盾心態。中國文人特有的憂患意識與訓諭傳統，註定自然主義不可能成為一場持久的文學運動」。在談到都德的小說《最後一課》在中國的影響時，作者舉出了一九二○至一九三○年代中國的幾篇以「課」為題的小說，如鄭伯奇的《最初之課》、勁風的《課外一課》、李輝英的《最後一課》、大琨的《最後之一課》，並分析了它們與都德的《最後一課》的相同相似及其內在關聯，顯示了作者對中國現代作家作品信手拈來的熟稔程度。

二　中法文學關係的個案研究

正如《法國作家與中國》的作者在書中所說，中法文學關係中的不少問題都是值得用專著的形式來研究的。現在，我們能看到的這樣的專著已有四種，它們是：許明龍的《孟德斯鳩與中國》（國際文化出版公司，1989 年），孟華的《伏爾泰與孔子》（新華出版社，1993年），金絲燕的《文學接受與文化過濾——中國對法國象徵主義詩歌的接受》（中國人民大學出版社，1994 年），杜青鋼的《米修與中國文化》（社會科學文獻出版社，2000 年）。在上述四種著作中，《孟德斯鳩與中國》研究的主要立足點是政治文化而非比較文學，所以在此不做具體評述。後三種著作都屬於中法文學關係的個案研究，而且各有特色。

孟華教授的《伏爾泰與孔子》選取了中法文學關係中一個最重要的課題，即十八世紀啟蒙主義思想家伏爾泰與孔子、與中國儒家思想文化之間的關係。伏爾泰是法國文學史上對中國文化最為推崇、最為熱愛，受中國儒家文化影響最大的作家。中國文學、中國文化與法國文學的深度接觸和交融，是從伏爾泰開始的。因此，研究伏爾泰與孔子、伏爾泰與中國文化和中國文學的關係，就觸及到了中法文學關係中最重要、最核心的問題。對此，孟華指出：「伏爾泰一生中曾在近

八十部作品（包括悲劇、小說、詩歌、政治作品及史學作品）、二百
餘封書信中論及中國，而在這其中，『孔子』和『儒家』都屬於出現
頻率最高的詞彙。這使我們有理由相信，在研究一七四〇年後歐洲對
儒學的接受時，伏爾泰是最具代表性的人物。」孟華的這本書篇幅雖
不大（11 萬字），但對伏爾泰與中國儒家文化的關係問題的介紹和分
析還是細緻的。全書共分六章。前四章是伏爾泰的生平、思想及十七
至十八世紀的歐洲與法國接受中國文化影響的基本歷史文化背景的介
紹。第五至六章是對伏爾泰接受孔子思想的過程、表現與作用的分析
研究，應是全書的中心部分。作者從宗教觀、道德觀、政治觀三個方
面論述了伏爾泰對中國文化、對孔子及儒家思想的認識與理解的過
程。她認為，從宗教觀角度來看，在伏爾泰的筆下，孔子儼然就是中
國正統宗教的教主，這也許太出乎中國人的意料，但似乎又是一種必
然，因為孔子思想符合伏爾泰理想的「自然宗教」的理想。孔子的儒
教「這個尊崇上帝、注重道德的宗教既簡樸、又崇高，實在太符合自
然宗教的理想模式，且雄辯地證明了自然神論的古老性和普遍性。於
是，伏爾泰毫不遲疑地全盤接受了耶穌會士的觀點，將他們對『儒
教』的介紹如實轉述到自己筆下，從而塑造出了一個中國正統宗教教
主的孔子形象」。從道德角度看，孔子的思想核心是「仁」，其基本含
義是「愛人」。而伏爾泰則把儒家的「仁」作為人際關係的準則，並
努力以此為參照建立他的人本主義理想。孟華還以伏爾泰根據元曲
《趙氏孤兒》改編的五幕悲劇《中國孤兒》的分析研究為中心，闡述
了伏爾泰在劇作中所表達的政治與道德理想，指出：伏爾泰把元曲中
的家族復仇的故事主題，改寫成了中國文明征服野蠻的韃靼這個主
題，從中表現出了伏爾泰的「文明戰勝野蠻」的觀點。同時，伏爾泰
自稱這個劇本是「五幕道德戲」，表現了他對孔子的「仁」的思想的
認同。孟華最後總結道：「十八世紀的法國面臨的許多重大問題都與
殷周之際相類似。其中最主要的，就是由於神、人地位的變化而帶來

一系列的轉型問題：宗教的、道德的、政治的等等。孔子繼承、總結和發揚了中國古代文化傳統，以『仁』為綱，先於法國兩千多年，較完美地回答了這些問題。這是十八世紀的歐洲和伏爾泰需要孔子的先決條件。」當然，也許由於篇幅的限制（收入該書的《神州文化集成》叢書每種均限制在 10 萬字左右），本書的中心部分，即最後兩章似乎還有進一步展開的餘地；同樣適應了這套叢書在風格上的總體要求，本書顯得親切、平易近人，筆調深入淺出，輕鬆灑脫，頗有可讀性。

　　《文學接受與文化過濾——中國對法國象徵主義詩歌的接受》一書，是金絲燕的博士學位論文。該論文是在法國通過答辯並獲得學位的。這本書所研究的是法國象徵主義詩歌在中國的翻譯、介紹、評論及對中國詩歌的影響。該書給人突出的印象是高度體現比較文學「法國學派」的思路與風格。作者採用的是歷史文獻學的方法，以大量的原始文獻資料的爬梳、資料的統計分析及數據來說明問題，而很少時下在中國流行的那種玄言和空論。全書所研究的是一九一五至一九二五年間中國翻譯界、批評界對外國文學以及法國象徵主義詩歌的接受情形，接著是一九二六至一九三二年間中國象徵派詩人對法國象徵主義詩歌的接受。全書共二十九萬字，分為七章。第一章〈法國象徵主義詩歌的發展線索〉和第二章〈外國文學在中國的接受情形〉可以說是全書的知識背景。在第二章中，作者以《新青年》和《小說月報》兩種雜誌為分析對象，運用統計表格的形式，對兩種雜誌接受外國文學的情形做了分析，得出了一些結論。在第三章〈法國象徵主義詩歌在中國的接受（1915-1925）〉和第四章〈中國新詩評論的期待視野〉（1920-1925）中，作者以《少年中國》、《小說月報》等其他刊物為中心，仍然是以表格的形式統計出了在當時的有關文章中出現的法國象徵派詩人的名字及頻率，依次為：波德萊爾、魏爾倫、馬拉美、蘭波、莫里亞斯等。又從翻譯、介評和中國新詩評論三個方面討論了外

國文學及法國象徵主義詩歌在中國的接受情形。第五章以中國新詩評論為中心，總結了中國新詩理論中對詩歌精神、詩歌的作用、形式和表現方法四個方面的探討。第六章探討了李金髮的詩歌與法國象徵主義的關係，李金髮對波德萊爾和魏爾倫的接受和變形及其對中國新詩創作的意義。第七章討論了李金髮、穆木天、王獨青、馮乃超、戴望舒在詩歌音樂性上的追求及其與法國象徵派的關係。這些論述都以大量具體的作品的解讀與分析為基礎。在中國象徵派詩歌及其與法國的關係研究方面，此前孫玉石在《中國初期象徵派詩歌研究》（北京大學出版社，1987 年）已初步涉及，金絲燕的這本書在許多具體問題上有所展開，在文獻學的實證研究上發揮得很充分，並由此顯出了自己的特色。但同時也存在著宏觀概括乏力、理論氣勢疲弱和精彩點染缺乏等問題。

　　和上述金絲燕的著作一樣，杜青鋼的《米修與中國文化》一書也是在法國通過答辯的博士論文的基礎上經修改加工而成的。該書研究的對象是法國現代詩人、畫家亨利・米修（一譯米肖、米碩，1899-1986）與中國文化的關係，書後附錄〈米修與中國文化相關詩文選譯〉（約4萬字）。作者在「前言」中交代了自己的研究宗旨和研究方法，他寫道：「我力求以中國文化、中國詩學為參照，以感悟式批評為起點，借助符號學、主題學、形式批評等方法，對米修與老莊及中國藝術精神的關係進行系統深入的研究。將總體把握與深入確切的文本分析結合起來，通過兩種文化和詩學觀的雙向觀照和互釋，揭示米修在兩種文化的交融中運筆、創新的特點及其幽妙和獨特之處，努力展示東方與西方詩學相撞互補的某些景觀。」米修一生嚮往中國，二十世紀三〇年代初，曾來中國旅遊，並在《蠻子遊亞洲》（一譯《野蠻人游亞洲》）一書中對中國及中國文化做了高度讚揚與評價，在不少詩歌作品中體現了中國文化、特別是道家文化的影響。但米修並不是一個漢學家或中國通，他只認得百來個漢字，對中國的理解完全靠

著他嚮往異域文化的好奇之心和藝術家的敏銳悟性，因而對中國文化
與文藝的理解也是深刻的洞見與皮相的觀察相交織，再加上米修的作
品晦澀難懂，因此指出哪些作品有中國文化影響的痕跡，特別是哪些
是西方固有的神秘主義文化在起作用，哪些又包含著東方文化的因
素，並非易事。杜青鋼在《米修與中國文化》中，通過對米修有關作
品的細讀式的文本分析，探幽發微，指出了中國文化在米修創作中的
作用。例如米修對中國繪畫藝術中「線」的特性的闡發，對中國戲曲
中的象徵與虛擬手法的推崇，對中國詩歌中的虛靜的意境和禪意的體
會，對於漢字的象形、會意及模糊之美等特性的理解，都表明了米修
對中國藝術精神的深刻把握。而杜青鋼更是通過具體作品的分析，指
出了老莊的道家哲學對米修的深刻的浸潤。作為中國讀者，讀了杜青
鋼的這本書，我們不能不為中國傳統哲學和文學藝術在遙遠的當代法
國所煥發的生命力與影響力而感到自豪。

　　除了上述的三部專門著作以外，還有一部書值得一提，那就是
《二十世紀法國作家與中國——九九南京國際學術研討會》。這是一
部題為「二十世紀法國作家與中國」的國際學術研討會（1999 年 10
月在南京召開）的論文集，由錢林森與法國學者克里斯蒂昂‧莫爾威
斯凱連袂主編，南京大學出版社二○○一年出版。在研討會上提交論
文的有法國與中國的有關專家學者二十多人。中方學者中包括了許多
在法國文學研究及中法比較文學研究中年富力強的活躍人物。文集中
的錢林森、段映紅、許鈞等人的論文在選題上是新穎的和有創意的。
如許鈞的文章從翻譯文學史的、宏觀的角度論述了二十世紀法國文學
在中國的譯介歷史及其特點。最引人注目的還是留法學者程抱一教授
的〈法國當今詩人與中國〉，該文介紹了活躍在法國當代文壇上的六
位詩人與中國的關係，這五位詩人包括讓‧芒賓諾、夏爾勒‧朱立
葉、杰拉爾‧馬瑟、弗蘭索瓦絲‧杭、吉爾‧儒安納、丹尼爾‧吉
羅。雖然文章基本上是介紹性的，但所提供的材料均來自作者對詩人

的採訪，具有重要的史料價值。

　　近二十年來，中國各學術期刊發表的有關中法文學關係與中法文學比較研究的單篇論文約有三百多篇。發表論文最多的有錢林森、葛雷、孟華、蘇華等人。發表此類文章較多的期刊有《國外文學》、《外國文學研究》、《文藝理論與批評》、《中國比較文學》等。其中，北京大學主辦的《國外文學》雜誌在一九九一年第二期推出了一個中法文學關係研究的專刊，所刊論文是一九九〇年七月在天津舉行的「中法文化交流國際學術研討會」上中法學者發表的論文。其中有三個專欄。第一個專欄題為「《趙氏孤兒》與《中國孤兒》」，共刊出徐知免、孟華、孟昭毅、童道明等人的十篇文章，從各種不同角度論述了《中國孤兒》與《趙氏孤兒》之間的關係；第二個專欄是「接受與誤讀」，共刊出許明龍的〈試論中法文化交流中的「變形」問題〉、丁一凡的〈十八世紀流行於法國的中國神話〉等七篇文章；第三個專欄是「中法詩學比較」，刊出了韋邀宇的〈中國古典文論與法國後結構主義〉、秦海鷹的〈中西「氣」辨──從克羅代爾的詩談起〉兩篇文章。此外，還發表了孟華翻譯的《中國孤兒》節譯，秦海鷹翻譯的《米碩散文選》、謝閣蘭的詩《碑集》和克羅代爾的《神靈和水》等體現中國文化影響的法國作家作品。《國外文學》雜誌推出的這個專刊從一個側面展現了八〇至九〇年代之交中國中法文學關係研究的陣容與成果。此外，葛雷的〈雨果筆下的中國〉(《國外文學》，1985 年第 3 期)、〈克羅岱爾與法國文壇的中國熱〉(《法國研究》，1986 年第 2 期)、〈馬拉美與中國詩〉和〈再論馬拉美與中國詩〉(《外國文學研究》，1986 年第 1 期、1988 年第 1 期)等。其中後兩篇文章分析了馬拉美接受中國道家思想與中國詩歌的影響，又反過來影響中國新詩這一文化循環過程，認為馬拉美提取語言精華的理論很近似中國詩歌中「得魚忘筌、得意忘言」的主張，認為他的詞語的暗示與象徵，很近似中國古典詩歌的「言外之意、味外之味」的美學標準。一九九三至一九

九四年，蘇華在《文藝理論與批評》雜誌上連續發表了一組文章，其
中〈二十世紀初葉法國文學在中國的傳播〉（1993 年第 4 期）、〈五四
時期中國作家與法國文學〉（1994 年第 4 期）、較早初步地梳理了法
國文學在二十世紀初的中國文壇的傳播與影響；在〈試論巴金小說中
的法國形象〉（1993 年第 6 期）一文從涉外文學研究、形象學研究的
角度論述了巴金寫於三○年代的以法國為題材的短篇小說，指出這些
篇小說可以使我們看到法國文化對巴金創作的影響，又可以集中展現
巴金在三○年代思想發展的脈絡。

一九八○至一九九○年代中國的
中德文學關係研究述評[1]

一　中國文學在德國的傳播與影響的研究

　　中國在中德文學比較研究領域中的最早的開拓者是陳銓先生。他既是中國現代文化史上著名的「戰國策派」的代表人物，也是德國文學及中德關係研究的專家。一九三二年他在德國撰寫了研究中德文學關係的博士論文，一九三六年該論文的中文版《中德文學研究》由商務印書館出版。後來臺灣也出版了這個本子，改題為《中國純文學對德國的影響》。一九九七年，《中德文學研究》由遼寧教育出版社再版。

　　《中德文學研究》篇幅不長，共十萬字，但內容很精煉，也很豐富，同時很有可讀性。這是一部專門研究中國「純文學」——包括小說、戲劇、抒情詩三項——在德國的翻譯、介紹、影響與接受情況的著作。全書分為緒論、小說、戲劇、抒情詩、總論共五章，運用大量第一手資料，系統地梳理了自一七六三年（該年法國人的杜哈德的《中國詳志》在歐洲出版）以來，至二十世紀前半期，近二百年中國純文學在德國的傳播與影響的歷史。其中談到了歌德與中國小說的閱讀與評價，認為「歌德憑他的直覺的了解力，是第一個深入中國文化精華的人」。認為席勒改編的劇本《圖郎多》（另譯為《圖蘭朵》、《杜

1　本文原載《德國研究》（上海），2003年第2期。原題〈中國的中德文學關係研究概評〉。

蘭朵》）中的女主角圖郎多雖是「中國公主」，但實際並沒有多少中國
的成分，但席勒「極力想造成中國的空氣，卻是非常明白的事實」。
這部書用大部分篇幅，詳細具體地分析了有關中國文學作品的德文譯
本（也包括改編本、仿作等）在忠實性、藝術性等方面的特點。作者
得出結論認為，中國純文學傳入德國雖然快二百年了，但一直還處在
「翻譯時期」，即一種外來文學影響本土文學的最初級的階段。他寫
道：「固然這中間也曾經產生過少數仿效同創造的作品，然而翻譯的
作品還十二萬分地不完全，再加上連翻譯的人自己對於中國純文學都
還沒有什麼徹底的了解，所以就算有天才有見解的德國作家，他們也
沒有法子在這種錯誤遺漏〔甚多的〕少數翻譯作品中去獲得對中國文
學的正確的知識。」又說：「至於德文裡的大部分翻譯，都是從英文
或者法文轉譯出來，英文法文的譯者已經就不高明，德譯本的可靠性
更可想而知。一般譯本裡的緒言，大都是亂七八糟地瞎說。」他認為
德文譯者在中國小說作品的選材方面不適當，大都是《好逑傳》、《玉
嬌梨》、《花箋記》之類的二三流的作品，比較重要的翻譯有格汝柏的
《封神演義》，孔的《金瓶梅》、《紅樓夢》等。戲劇方面重要的譯本
有克拉朋的《灰闌記》、洪德生的《西廂記》、《琵琶記》。而在抒情詩
方面，選擇還大體適當，如《詩經》、陶淵明、李太白、白居易等，
都有人翻譯。由於陳銓對中國文學非常熟悉，對德國文學及西方文學
也很內行，所以他對具體的德文譯本的優劣得失能夠細加指陳，評論
與分析均能鞭辟入裡。在史料的梳理與分析中，陳銓還能夠恰如其分
地從中德、中西比較文學的角度，對中國文學的某些特點做出令人耳
目一新的概括。例如在談到中國戲劇的時候，他寫道：「中國戲劇雖
然也有對話，但是最重要的是跳舞音樂歌唱。換言之，就是戲子的藝
術。在中國大家進戲園……乃是去看一個著名戲子的藝術。」在談到
《西廂記》的時候，陳銓認為這齣戲的情節很無聊，中間不自然的故
事，無謂的感傷，都令人發笑。但是，「中國戲劇家不是在寫戲，而是

在作詩。所以《西廂記》的藝術價值,完全在作者作詩的本事。《西廂記》是一本抒情詩集。在中國抒情詩裡面,它要占很高的位置。」要得出這些結論沒有世界文學與比較文學的眼光是不可想像的。

陳銓的《中德文學研究》問世後的整整半個世紀,中國學術界關於中國文學在德國的傳播與影響的研究一直沒有多大進展。直到一九九六年,上海外國語大學的衛茂平教授的《中國對德國文學影響史述》(上海外語教育出版社)的出版,標誌著該領域的研究拓展與深化。

《中國對德國文學的影響史述》是一部四十萬字的大作。從內容上看,該書涉及到的內容除純文學外,還大量涉及哲學、思想、宗教、歷史學等相關學科,可以說本書所採用的是廣義的文學概念。在這個領域中,德國學者早在一百年前就陸續寫出了不少研究成果。衛茂平去德國「運回」了「百來斤資料」,為寫作本書打下了基礎。事實上,這部書最大的優勢也是資料的豐富。作者以自己對中國文化與文學的了解,對那些德文材料進行了鑒別、分析和充分的利用。全書按德國文學的發展線索來安排章節結構,從騎士文學和巴洛克文學與中國的關係講起,分十二章依次評述了德國啟蒙文學運動、狂飆突進運動、浪漫主義和「青年德意志」、畢德邁耶爾派文學、現實主義文學、自然主義文學、印象主義文學、表現主義文學、「內心流亡」文學、「流亡文學」、「現代左翼文學」、戰後文學等文學史上的不同階段、不同思潮流派的作家作品與中國文學及中國文化的關聯。對於中國讀者,乃至學術界來說,許多史實、許多作品是鮮為人知的。作者告訴我們,德國文學注意到中國,是從十七世紀的巴洛克文學時期開始的,其特點是在中國的想像性、獵奇性描寫中追求異國情調,同時也加入了他們的價值判斷。十八世紀的啟蒙主義作家基於理性思想和道德修養而推崇孔子及儒家學說,並將中國作為理想的社會模式加以宣揚。甚至哲學家萊布尼茨還提出了讓中國人去西方「傳教」的設

想。作家普費弗爾寫了若干以中國為背景的「盡孝詩」，對中國人的孝道表示認同與讚賞。這個時期，出現了元曲《趙氏孤兒》的德語改作，即維蘭德的《金鏡》和弗里德里希的《中國人或公正的命運》，也宣揚了儒家的倫理道德。但到了十八世紀六〇年代興起的狂飆突進運動時期（也稱古典文學時期），德國作家的中國觀發生了變化。赫爾德對中國人及其民族性格做了否定和批判，而歌德則從肯定的一面保持著對中國的濃厚興趣。衛茂平用了較多的篇幅分析了歌德與中國文化的關係，特別是歌德的《中德歲時詩》中的中國文化因素。但他同時指出，不能像有的研究者那樣過分強調該作品中的中國影響，認為「儘管帶有不少中國飾物，《中德歲時詩》實在地說是道地的德國詩」；他提醒說：「中國文學始終僅是歌德欣賞的對象，而非創作的榜樣。」另一個大作家席勒在劇本《杜蘭朵》中也盡力突出中國文化色彩，但他的題為《孔夫子的箴言》的兩首詩實際上只是託名而已，與孔子學說並無實際聯繫。塞肯多夫的《命運之輪或莊子的故事》等小說則體現出了老莊哲學的影響。十九世紀後，德國文學家中對中國的批評與否定逐漸增多。衛茂平寫道：除了少數例外，「無論是青年德意志或另一些帶有自由民主主義傾向的作家，還是畢德邁耶爾派，儘管政治立場不同，世界觀各異，都把處理中國題材視為趣事。但這些作品筆下的中國，或保守反動，毫無前途，或滑稽可笑，荒誕不經」。到了十九世紀中期鴉片戰爭後，由於中國與歐洲的實際交往增多，德國漢學家開始擺脫對英法漢學界的依賴，接觸了中國的第一手材料，也促使一大批作家拋棄對中國的居高臨下的嘲笑態度，轉而認真地、不帶傲慢和偏見地對待中國文化。而這個轉變過程大體與德國現實主義文學的發展同步，而且在作家海澤身上表現尤為明顯。在他的《皇帝與僧侶》等中國題材的作品中，對中國文化的態度是客觀的。而著名現實主義作家馮塔納的《艾菲·布里斯特》也真實地反映了中德關係的一個側面。同時，暢銷書作家卡·邁的小說《江路》則

極力表現中國人的狡詐、怯懦、骯髒醜陋，對中國人的攻擊無以復
加。十九世紀末二十世紀初的自然主義作家霍爾茨和哈特，印象主義
作家德默爾，都對李白的詩作了改編，並分別體現出自然主義與印象
主義的文學特點。進入二十世紀後，德國出現了衛禮賢那樣的研究和
傳播中國文化的漢學專家。衛茂平專列一章，對衛禮賢、馬克斯・韋
伯的中國研究做了介紹和評價；對文化史專家施賓格勒、心理學家卡
爾・容（一譯榮格）著作中的涉及中國的內容也做了評析。二十世紀
上半期，德國出現了更多中國題材的作品。尤其是在德國的表現主義
文學中興起了「老子熱」和「唐詩熱」。其中，衛茂平對表現主義代
表作家德布林的著名長篇小說《王倫三跳》中的老莊思想，對克拉邦
德與李白等唐代詩人的關係做了細緻的分析，對克拉邦德的取自中國
元雜劇的劇本《灰欄記》與表現主義的另一個戲劇家布萊希特的《高
加索灰欄記》做了對比，指出了其中中國戲劇文化及中國哲學思想的
浸染與影響。二十世紀三〇年代希特勒上臺以後出現的所謂「內心流
亡」作家，如勒爾克、卡羅薩、黑塞等，或以中國的捉鬼故事為掩
護，隱晦地抨擊納粹分子；或以中國長城為象徵，表達對和平的嚮
往。衛茂平對這些作家的相關作品做了充分的評價。在逃避法西斯統
治而流亡國外的「流亡作家」的創作中，中國文學與中國文化也以各
種表現方式對他們的創作產生了作用，如卡內蒂的小說《迷惘》、托
馬斯・曼的《綠蒂在魏瑪》等。在流亡作家中，衛茂平著重分析介紹
了布萊希特的創作與中國的關聯。他指出，布萊希特在《高加索灰欄
記》和《四川好人》等劇作中，體現了其「陌生化效果」和「批判性
改編」的思想，既很好地處理了中國題材，又融匯了中國古代思想；
他對中國文化的理解與表現的深刻性和獨特性，是大部分德國作家不
能望其項背的。衛茂平還對二十世紀二〇至三〇年代的德國左翼作家
西格斯、沃爾夫、基希在中國題材的作品中對中國革命的關注做了介
紹。對第二次世界大戰後德國文學與中國的關係，對弗里施的劇本

《中國長城》、小說《是或北京之旅》、卡薩克的小說《大河後面的城市》、艾希的漢詩翻譯與漢學研究等，也做了簡要評述。

作為一部中國文化中國文學影響德國文學的通史性質的著作，衛茂平教授的這部書在陳銓的《中德文學研究》的基礎上，將研究範圍拓展了，研究對象增加了，而且在許多方面將研究深化了。當然，比起陳銓的著作來，個人的學術鋒芒、獨特見解在書中所占的比重不是那麼多。這大概是不得不大量利用德國學者的研究成果，即第二手材料的緣故。在這樣一部跨度很大、涉及面很廣的著作中，這是正常的。而對個案問題的更細緻的研究，則需要更專門的著作來完成。

二　歌德、尼采等德國作家在中國的傳播與影響的研究

歌德是德國文學的代表，是最早注意中國文學、正確理解中國文學並接受中國文學影響的德國作家，也是在中國傳播最廣、影響最大的德國作家。因此，以歌德為中心進行中德文學的比較研究，無論在中國還是在德國，關於這個問題的研究都受到重視。在德國，據說，早在一百多年前德國和其他歐洲國家就有人開始研究歌德與中國的關係問題，陸續發表了大量的研究成果。在當代中國，則以學者、歌德翻譯家楊武能教授為代表，他的專著《歌德在中國》就集中反映了作者這方面的研究成果。該書共十一萬字，分為「歌德與中國」和「中國與歌德」兩部分。作者在「引言」中援引德國一位教授的話說，關於「歌德與中國」的話題「要研究的問題幾乎都研究過了，要講的話幾乎都講完了」。因此，楊武能表示對於這一部分內容「只準備將前人重要成果加以歸納總結，系統地介紹給中國讀者，並在必要時做一點分析評論」；而關於下一部分內容，即中國與歌德的關係，則尚缺乏系統研究。事實上，這部分內容占了全書三分之二的篇幅，也更多地反映出了作者對第一手資料的掌握和運用。在這一部分中，作者首

先系統地梳理了自晚清洋務運動以來一百年間中國的歌德接受史。從晚清出洋考察的李風苞在《使德日記》中第一次提到歌德，到辜鴻銘對《浮士德》中的「自強不息」精神的理解，再到馬君武首次譯出歌德的作品──《少年維特的煩惱》中的一節《米麗客歌》（即《迷娘歌》），歌德在中國開始為人知曉。五四時期的田漢、宗白華、郭沫若在《三葉集》中，表現了三人對歌德的傾慕、理解和評價。楊武能通過對《三葉集》的分析認為，《三葉集》的確是以歌德為中心的。認為它對研究歌德對中國的影響是一本十分珍貴的文獻。以「歌德」這個至今通用的譯名來說，就是田漢在《三葉集》中最早使用的。《三葉集》的出版是中國的歌德譯介進入繁榮階段的預兆。到一九三二年歌德逝世一百週年時，更形成了空前的高潮。這當中，最重要的是郭沫若對《少年維特的煩惱》的翻譯。作者指出，這個譯本自一九二二年四月問世後，在中國引發了一股「維特熱」，由「維特熱」進而發展為「歌德熱」。在抗日戰爭爆發前，歌德的重要作品在中國幾乎都有了譯本，有的作品，如《浮士德》，則有郭沫若譯本等四種譯本。在歌德研究方面，在紀念歌德逝世一百週年的一九三二年前後，各報刊發表了大量文章，後來在這些文章的基礎上又編輯出版了《歌德論》（上海樂華圖書公司，1933 年）和《歌德之認識》（鍾山書店，1933 年，後更名為《歌德研究》，中華書局，1936 年）兩部文集。尤其是後者，楊武能的評價是「內容充實，意義重大，學術價值也相當高」。通過對史料的分析，楊武能得出結論認為：「在郭譯《維特》問世到抗日戰爭爆發的十餘年間，歌德在所有外國作家中似乎是最受中國文學界和讀書界重視的一位；莎士比亞、巴爾扎克、普希金等後來才超過了他。」而在抗戰與國共內戰期間，「歌德熱」餘熱猶存。新中國成立後，由於眾所周知的原因，歌德在中國的地位和影響是升降起伏，大起大落。在縱向地評述了中國的歌德接受史之後，楊武能又分專題就歌德對中國現代文學的影響問題做了研究分析。他認為，歌

德的《維特》對中國現代書信體小說的產生起了很大作用，因為「我
國在《維特》傳入前絕對沒有做過寫書信體小說的嘗試」，《維特》譯
介後卻出現了郭沫若的《落葉》和《喀爾美蘿姑娘》、許地山的《無
法投遞的郵件》、蔣光慈的《少年漂泊者》和《一封未寄的信》、王以
仁的《流浪》、冰心的《遺書》、向培良的《一封信》、盧隱的《或人
的悲哀》等一大批書信體小說。這些作品都一定程度地直接間接地受
到了《維特》的影響。而在中國現代戲劇文學中，集中反映了歌德的
影響的，是著名廣場劇《放下你的鞭子》。楊武能認為這個作品來自
歌德的長篇小說《威廉‧麥斯特的學習時代》中那段關於迷娘的故
事，它經歷了由田漢的《眉娘》，到多人合作的《放下你的鞭子》，由
原作中的人道主義，再到改編中的愛國主義主題的不斷修改完善的過
程。楊武能接著用專節評析了郭沫若與歌德的文學關係。介紹了郭沫
若在歌德作品翻譯方面的巨大貢獻。認為郭譯《少年維特的煩惱》
「相當出色」；而郭譯《浮士德》經對照原文，誤譯也不多；雖然有
些譯文太自由，中國味兒太濃，並用了一些難懂的四川方言詞彙，但
總的來看「譯得相當有詩意」。楊武能還認為，郭沫若當時棄醫從
文，在一定程度上可歸因為歌德的影響；早年的主情主義、泛神論思
想、自我之擴張的思想，受歌德影響也較深。在郭沫若之外，作者還
評述了宗白華、梁宗岱、馮至、綠原四位詩人在歌德的譯介與研究中
所做的貢獻。對當代中國的歌德作品翻譯家錢春綺、董問樵以及作者
本人的歌德作品翻譯與研究情況也做了介紹和評價。顯然，《歌德與
中國》一書是抱著對歌德的一片崇敬與熱愛之情寫出來的，作為中國
當代重要的歌德翻譯家，楊武能對歌德的創作、對歌德在現當代中國
的傳播情況十分熟悉，這表現在本書的寫作中，就是史料運用、理論
分析與作者的個人體驗與經驗的密切結合。

　　和楊武能的上述著作同年出版的關於歌德與中國文學比較研究的
著作還有一部，那就是姜錚先生的《人的解放與藝術的解放——郭沫

若與歌德》（時代文藝出版社，1991 年）。這是探討郭沫若接受歌德影響的專著。該著從泛神論的哲學觀、自然人性的個性觀、浪漫主義的文學觀和唯情主義的性愛觀等不同角度，指出了歌德對郭沫若的創作及人格個性的影響，並最終把這種影響與接受的實質歸結為「人的解放與藝術的解放」。這部書沒有提供多少新的材料，作者不是歌德及德國文學的專門研究者，在德文資料方面也顯出欠缺，但在理論分析方面還比較深入——雖然有時並沒有緊扣住「郭沫若與歌德」這一話題而主要是對郭沫若的孤立的評論。

尼采是德國著名思想家，同時他也是文學家和詩人，尼采學說在二十世紀初傳入中國，對現代中國的思想文化、對中國現代文學產生了很大影響。早在二十世紀初開始，中國學界就陸續發表了尼采的評論與研究文章，這些文章近年來在兩部資料集中得到了較為系統的整理，一部是成芳編《我看尼采——中國學者論尼采（1949 年前）》（南京大學出版社，2000 年），一部是郜元寶編《尼采在中國》（上海三聯書店，2001 年）。進入二十世紀八○年代後，比較文學界對尼采與中國現代文學的關係研究開始重視起來，並逐漸成為中德文學比較研究中的一個突出的重要問題。一九八○年，樂黛雲教授發表了〈尼采與中國現代文學〉（《北京大學學報》，1980 年第 3 期）一文，全面而又扼要地評述了尼采對中國現代文學的影響，分析了尼采進入中國現代文學的必然性，重點評述了魯迅、茅盾、郭沫若和四○年代初期的「戰國策派」作家陳銓、林同濟、雷海宗等人對尼采的理解與接受，以其視野的開闊、思路的解放，在當時產生了較大的影響，對此後的相關研究也有一定的啟發與推動作用。

在尼采與中國現代作家的比較研究中，關於魯迅與尼采的關係研究的文章所占比重最大。這個問題的探討與爭論始於二十世紀三○年代，改革開放以來文章更多。一九七八年，張華發表〈魯迅與尼采〉、陸耀東發表〈試談魯迅與尼采〉（均刊於《破與立》，1978 年第

1 期），一九七九年唐達輝發表〈魯迅前期思想與尼采〉（《武漢大學學報》，1979 年第 5 期），一九八一年陸耀東、唐達輝發表了〈《論魯迅與尼采》（《魯迅研究》，1981 年第 5 輯）。此後，蒙樹宏、錢碧湘、王富仁、閔抗生、程致中等先生都發表了相關的文章。這些文章對於澄清魯迅與尼采的複雜的關係，都有自己的價值。但也有一些文章選題、視角相互重合，材料使用雷同。批判尼采，弘揚魯迅，強調魯迅早期接受尼采學說的積極作用，高度讚賞魯迅在三〇年代後對尼采的「擺脫」，這在許多文章中可謂異口同聲。在尼采與魯迅的比較研究領域，還出現了一部專著，那就是閔抗生的《魯迅的創作與尼采的箴言》。該書於一九九六年由陝西人民出版社作為「魯迅研究叢書」之一種出版發行，共二十多萬字，是一本有一定系統性的文集。其中主要的、有特色的部分則是關於魯迅的《野草》與尼采的《查拉斯圖拉如是說》的比較研究。該部分有二十篇文章和短篇札記。作者在比較中採用的主要是文本細讀、作品分析的微觀方法。對《野草》中諸篇與《查拉斯圖拉如是說》的關係做了細緻的分析，而且細緻到了具體字句的層面。在兩者的比較中時有探幽發微之見。閔抗生的這種研究方法，體現了比較文學「影響研究」的要領——通過作品的具體分析，發現影響之存在。此種「影響研究」沒有「傳播研究」那樣的實證，但也沒有陷入「捕風捉影」的玄虛。當然，這樣的細緻的文本分析有時不免顯得瑣碎，好在作者也注意到了在微觀的作品分析中的宏觀的提煉。例如他寫道：「尼采箴言的思維特點影響於《野草》，便是詩人對現實生活作出抒情反應的時候，往往採取一種哲學的態度，透過表層現象，探尋蘊含於生活底裡的形而上學的東西。」而且，作者在注意發現尼采對魯迅的影響的同時，也注意指出魯迅對尼采的消化與超越，體現了「影響研究」與「超影響研究」的辯證統一。在《魯迅的創作與尼采的箴言》出版後，閔抗生還出版了《尼采，及其在中國的旅行》（當代中國出版社，2000 年）一書，此書主要內容是對尼

采哲學思想的解讀,但書中的第四章《尼采在中國》用了四萬多字的
篇幅,系統地描述了一九○○年至一九九八年近一百年間尼采在中國
的傳播史,涉及二十世紀中國哲學史、文學史上的大量史料,對比較
文學研究來說也有一定的參考價值。此前,青年學者成芳(杜詩言)
先生曾出版過一部同類內容的專著——《尼采在中國》(南京出版
社,1993 年),描述了二十世紀八○年代之前中國接受尼采的歷史。
閔著對《尼采在中國》一書有所借鑒,並且在書中予以很高的評價,
認為它「資料翔實,多有新見,是一部頗見功力的學術著作」。

　　也有學者對尼采與中國現代文學關係做了總體性研究。殷克琪女
士的《尼采與中國現代文學》就是這個領域僅有的一部專著。該書是
作者在德國撰寫的博士學位論文,原用德語寫成,作者因寫此書而積
勞成疾,於一九九一年英年早逝,後由洪天富教授譯成中文,南京大
學出版社二○○○年出版。這可以說是殷克琪用自己年輕的生命寫成
的書。全書共分四章。第一章〈尼采傳入中國〉縱向地梳理了尼采傳
入中國的歷史過程,分析了其歷史文化背景,不同歷史階段對尼采的
解讀及對尼采著作的翻譯。第二章之後是對尼采與中國現代文學關係
的橫向研究。其中,第二章專門研究尼采對魯迅的影響。作者不僅從
思想上分析了魯迅對尼采的接受,而且通過對《狂人日記》、《阿 Q
正傳》的分析,認為這兩個作品是「魯迅在尼采超人的理論範圍內對
中國封建主義的批判」,認為《野草》是「魯迅以超人的精神完成自
我的超越」。第三章分析了創造社作家郭沫若、田漢、郁達夫、白采
等與尼采的關係。第四章專門分析了「戰國策派」的政治傾向、文學
創作與尼采的關係。全書資料收集較為豐富,而且按照德國學位論文
的嚴格規範,對材料的來源、對所引用的他人的材料與觀點一一注
出,共達一千多條,顯示了嚴謹的學風。當然,書中也有不夠成熟的
地方。總體上看個人獨特的學術觀點不突出,特別是對於戰國策派的
看法仍然因襲舊見,否定過甚。

　　此外，關於尼采與郭沫若比較研究的重要文章有張牛的〈試論郭沫若前期文藝思想與尼采〉(《郭沫若學刊》，1993 年第 1 期)；關於尼采與中國文學、文藝美學關係研究的有分量的論文有張輝的〈尼采審美主義與現代中國〉(《中國社會科學》，1999 年第 2 期) 等。

　　除上述的歌德、尼采外，席勒、海涅、施托姆、布萊希特、茨威格、雷馬克等德國作家對中國文學的影響，也有一些文章做了研究。其中，關於席勒與中國文學的文章，主要有董問樵的〈席勒與中國〉、德博的〈席勒的自然觀與中國的山水詩〉、呂龍沛的〈席勒的桃園與陶潛的桃園〉(三篇文章均載《外國語文教學》，1985 年第 3 期)、韓世鍾的〈席勒的作品在中國〉(《外國語教學》，1986 年第 1 期)、未見的〈席勒的文藝思想與郭沫若〉(《山東師範大學研究生論集》，1986 年第 1 期)；關於海涅與中國文學比較研究的文章，主要有張玉書的〈魯迅與海涅〉(《北京大學學報》，1988 年第 4 期)、李智勇的〈海涅的作品在中國的傳播與影響〉(《湘潭大學學報》，1990 年第 3 期)、倪誠恩〈海涅在中國〉(《中國比較文學》，1992 年第 1 期)；關於施托姆與中國文學的文章，有馬偉業的〈《茵夢湖》與中國現代愛情小說〉(《學術交流》，1992 年第 2 期)；關於布萊希特與中國文學關係的文章，有丁揚忠的〈布萊希特與中國戲曲〉(《戲劇學習》，1981 年第 3 期)、〈黃佐臨與布萊希特〉(《戲劇藝術》，1995 年第 2 期》)，南松的〈布萊希特與中國古典文藝〉(《藝術世紀》，1982 年第 6 期)，楊立的〈漫話布萊希特與中國》(《文藝研究》，1983 年第 1 期)，克歡的〈中國舞臺上的布萊希特〉(《文藝界通訊》，1985年 8 期)，高行建的〈我與布萊希特〉(《當代文藝思潮》，1986 年第 4 期) 等；此外的重要文章還有李清華的〈雷馬克在中國〉(《當代外國文學》，1990 年第 4 期)，黎荔的〈馮至與里爾克〉(《陝西師範大學學報》，1998 年第 2 期)、劉劍虹的〈王西彥與茨威格〉(《浙江師範大學學報》，1996 年第 1 期)、譚德晶的〈馮至早期抒情

詩與德國浪漫主義文學新探〉(《中國比較文學》, 1993 年第 2 期)
等。

　　總之,通過上述學者長期的努力,中德文學關係中的基本史實得
到梳理,中德文學各自的民族特色在比較中得以凸顯,也為今後更為
翔實和深入的研究打下了基礎。

一九八〇至一九九〇年代中國的中西古典戲劇比較研究[1]

　　中外戲劇的比較研究，或稱比較戲劇，是比較文學研究的重要組成部分。但從研究的範圍上說，比較戲劇大於比較文學。因為比較研究不僅涉及到戲劇文學，也涉及到表演藝術、導演藝術、舞臺藝術等。在具體的研究中，這幾個方面難以截然分開。因此，本文所評述的比較戲劇的研究成果，以戲劇文學的研究為主，也要兼顧表演藝術、舞臺藝術等方面的研究。對李曉、饒芃子、藍凡、郭英德、田本相等人的研究予以重點評述。

一　中西古典戲劇的比較研究

　　中外古典戲劇的比較研究，特別是中西古典戲劇的比較研究，在中國已有近百年的歷史。二十世紀初，王國維最早運用比較文學的方法對中西悲劇做過比較，五四前後，陳獨秀、胡適、張厚載等也發表過有關中西戲劇比較的言論和文章，二〇至四〇年代，許地山、余上沅、趙太侔、程硯秋、焦菊隱等，將中國的比較戲劇研究逐步推進。八〇年代中期以後，中外比較戲劇的研究在沉寂了多年後開始恢復，一九八〇至一九八六年間，有關學術刊物上每年都有幾篇中外戲劇的研究文章。如黃佐臨的〈梅蘭芳、斯坦尼斯拉夫斯基、布萊希特戲劇

1　本文原載《戲劇・中央戲劇學院學報》（北京），2003年第2期，原題〈近二十年來我國的中外戲劇比較研究〉。收入本書時有增刪改動。

觀比較〉(《人民日報》，1981 年 8 月 12 日)、李曉的〈中西開放結構的比較研究〉(《戲劇藝術》，1985 年第 4 期)、李萬鈞的〈從中西戲劇對比看我國戲曲發展的趨勢〉(《戲劇藝術》，1985 年第 4 期)、夏寫時的〈論中國演劇觀的形成——兼論中西演劇觀的主要差異〉(《戲劇藝術》，1985 年第 4 期)、饒芃子的〈中西戲劇起源、形成過程比較〉(《學術研究》，1987 年第 5 期)、程朝翔的〈悲劇中的人物——中西悲劇英雄的比較〉(《北京大學學報》，1987 年第 5 期) 等。

　　一九八七年，在夏寫時、陸潤棠先生的組織下，香港中文大學比較文學組舉行了比較戲劇學術研討會，邀請了大量和臺灣的學者參加研討。一九八八年，中國戲劇出版社出版了由夏寫時、陸潤棠主編的《比較戲劇論文集》，該書編選了上述研討會上發表的論文及此前已發表了有關重要的比較戲劇的文章二十多篇。夏寫時先生在〈前言〉中，正式提出了建立「比較戲劇學」這樣一個學科的問題。他寫道：「近幾年來，中外戲劇比較研究漸成風氣，一門新的學科——比較戲劇學，經若干有識者的開拓，其輪廓已越來越明朗化了。」他認為比較戲劇與比較文學當為內容部分吻合的平行學科。在比較戲劇學創建初期，不可避免的要沿用和借鑒比較文學的基本原則和方法。然後再逐漸形成比較戲劇特有的基本原則、範圍和方法。現在看來，《比較戲劇論文集》的出版及夏寫時先生的〈前言〉，一定程度地標誌著八〇年代後中國比較戲劇的復興及學科意識的強化。書中所收集的論文，也代表了改革開放後至一九八七年中國比較戲劇研究的突出成果。如戲劇評論家劉厚生的〈關於東方戲劇的幾點認識〉對東方各國的傳統戲劇及其程式化、綜合化的特點做了理論上的概括。夏寫時先生的〈論中國演劇觀的形成——兼論中西演劇觀的主要差異〉一文，認為中西演劇觀的主要差異在於：西方的演劇觀是寫實的演劇觀，中國的演劇觀是傳神的演劇觀；西方演劇觀思考的中心是舞臺形象創造過程中演員與角色的關係，無論是體驗派、表現派或其他流派都是如

此。而中國演劇觀思考的中心是舞臺形象創造過程中形與神的關係，傳神境界是中國藝術家追求的最高境界。蘇國榮教授的〈戲曲比較研究在我國的發展概貌〉一文，對二十世紀中國的中西戲劇比較研究的學術史，做了簡明扼要的梳理和總結。黃天冀教授的〈「旦」、「末」與外來文化〉一文，通過豐富的史料鉤沉和梵語、漢語及中亞地區各種文字的對比分析，指出元雜劇中的女主角的稱呼「旦」和男主角的稱呼「末」，都是從印度傳來的外來語，從一個側面揭示了中國戲曲所接受的外來影響。

　　和歐洲不同，中國古代的戲劇理論，偏重戲曲藝術的音樂、辭章，而不重視戲劇文學，即劇本的結構布局的研究。除了明末王驥德的《曲律》、特別是清初戲劇家李漁的《閑情偶寄》外，極少專門論述劇本的結構問題。在這種情況下，對王驥德、李漁的劇本結構理論加以研究和闡發，對於弘揚中國古代戲劇文學理論，豐富世界戲劇文學理論的遺產寶庫都有意義。一九八九年，中國戲劇出版社出版了南京大學李曉先生的碩士論文《比較研究：古劇結構原理》，填補了中西傳統戲劇結構理論比較研究的一個空白。該書十萬字，以王驥德、李漁的理論為出發點，以宋元明清的戲曲作品為解剖對象，在西方戲劇理論的參照下，對中國古代戲曲的結構原理做了系統的分析和闡發。作者從王驥德的《曲律》中論述結構章法的文字開始，認為王驥德所說的「意」即劇作者的主觀意圖，這相當於現代西方的戲劇結構術語——「基礎觀念」（ROOTIDAE），而李漁提出的「立主腦」，其精神實質也在於此。作者在具體作品的分析中，歸納出了中國古典戲曲的四段式結構，即開端、發展、轉折、收煞。並認為中國古典戲劇基本上不存在西洋戲劇中的結構高潮，存在的是頂點的情緒高潮。認為祁彪佳的《遠山堂劇品》中提出的古劇結構類型「全記體」，與現代學者顧仲彝所概括的古典戲曲的「開放式」結構是同一意義，並概括出了開放式結構的特徵，認為在西方的古典戲劇中，也有開放式的

結構類型，但在西方的開放式結構裡，主動作線與次動作線是錯綜交雜在一起發展的，次動作線各有著完整統一的動作，有著相對的獨立性；而在中國古典戲曲作品中，主動作線是一條能量極大的主動軸，次動作和次要人物由它帶動起來，它不能脫離主動作線而獨立存在。在主動作的悲歡離合的運動中，展現廣闊的生活畫面。在分析了開放型結構類型之後，作者進一步對中國古典戲曲的特殊的結構類型做了分析，劃分出了五種特殊的結構類型，即，一，定位式；二，串珠式；三，對比式；四，回顧式；四，綴合式。因該書立足於以中國古典戲曲作品的研究，「比較」僅僅是作者在論述有關問題時所具有的視野與方法，因而對中西戲劇的比較研究展開不夠。雖然作者未能在中西比較中提出更多的獨創的結論，但他在理論上的上述總結和梳理，對於讀者從劇本結構的側面認識中國古典戲曲的特質，還是有幫助的。

　　八〇年代後期中西戲劇比較研究的最突出的成果，是饒芃子教授主編的《中西戲劇比較教程》（廣東高等教育出版社，1989年）。該書是作為高等學校文科的教材，由廣東暨南大學中文系的饒芃子、徐順生、何煥群、李青、丁小倫、鄭敏等多人合作撰寫的。全書由「導論」部分和正文九章構成，計三十餘萬字。作為教材，內容涉及到了中西戲劇中縱向和橫向的各個方面。前六章是中西戲劇的專題性、綜合性平行比較研究，包括中西戲劇的起源、形成過程的比較，中西戲劇觀的比較，中西戲劇主題的比較，中西戲劇情節結構的比較，中西悲劇的比較、中西喜劇的比較；第七、八章分別是中西戲劇名家和名作的個案性的微觀的比較研究，第九章是新時期十年戲劇與西方現代戲劇的影響與接受關係研究。書後附有「參考資料索引」，對一九二六年至一九八八年間發表的有關中外戲劇研究的中文資料做了編目整理，為讀者查閱相關材料提供了方便，也在資料方面使本書的學術性得以加強。在中國，半個世紀以來，由於時代和政治的種種原因，大

學文科的教科書長期以來形成了嚴重的陳陳相因的模式化傾向。一般地說教材只是歸納、編排已有的研究成果，沒有，或很少有獨到的學術品格。但《中西戲劇比較教程》卻與一般的教材不同，因為它幾乎無「陳」可「因」，它是開創性的成果。此前學術界的中西戲劇的比較研究的成果積累較為有限，要在這種情況下寫出一本教材，並非易事。時至今日，《中西戲劇比較教程》即使作為一部專著來看，也仍然有著較較多的學術獨創和較高的學術價值。特別是前六章的宏觀比較研究，對中西戲劇特質的比較和歸納，儘管借鑒了有關的研究成果，但有些概括還是相當精煉和恰當的。例如在第一章〈中西戲劇的起源、形成過程的比較〉中，作者指出，西方戲劇起源於酒神祭典，中國戲劇的起源是多源的，西方戲劇起源於娛神，是民族宗教行為的戲劇化，中國戲劇起源於娛人，基本上是民間的娛樂活動；西方的戲劇是劇作家的戲劇，劇本是整個戲劇的靈魂，中國戲劇是多種藝術因素的結合。中國戲劇的成熟的過程，就是歌唱、舞蹈、對白、武術等多種藝術逐漸成熟並融會的過程，這個過程的全部複雜性，就是造成中國戲劇晚出、晚熟的重要原因。

　　全書各章中寫得富於新意的是第二章和第四章。在第二章〈中西戲劇觀比較〉中，作者指出，西方戲劇理論偏重於哲理性，因而它研究和探討的往往是戲劇內部帶有普遍性、根本性的問題，它揭示的種種規律，也往往具有一定的超時空的性質，到了今天仍被我們援引。而中國的戲劇理論則偏於具體問題，是實踐型的，戲劇理論的重心在演出和觀眾這兩點上。有著一定的時空限制，到了今天，許多著作也就只有史料價值了。作者還認為，把西方戲劇美學思想的核心歸納為「模仿—寫實」，而把中國戲劇美學思想的核心歸納為「虛擬—寫意」，是值得商榷的。「虛擬—寫意」的說法只能說明中國戲曲的表演形式，卻不能說劇本文學的特色。中國戲劇文學從內容上看也是「摹仿—寫實」的，我們不能說他是「表現性的藝術」。就中國戲曲總體

來說，是再現與表現、虛與實的完美的結合。西方戲劇是摹仿—再現的一元化原則，中國戲劇是再現與表現的辯證統一原則。西方寫實的演劇觀力圖在舞臺上再現出生活現象的真實，同時也表現出生活的內在本質的真實，或者僅僅側重前者（如自然主義），而中國的寫意的演劇觀則通過對生活的外在真實的虛擬化和變形，來求得生活內在本質的「真」。作者還從表演藝術方面對以斯坦尼斯拉夫斯基、布萊希特和梅蘭芳為代表的世界三大演劇體系做了比較。認為中國的演劇藝術不但強調「以情動人」，也強調「以美悅人」，前者和斯氏的「體驗藝術」的主張相通，即在內在感情（內心動作）上要與角色貼近，後者則要求演員的表演不能生活化，而要高度藝術化，一唱一白、一招一式都要符合美的形式，這又和斯氏的主張不同，再次表現出了中國戲劇藝術的無處不在的藝術辯證法。如果說斯氏是希望通過演員、角色、觀眾三者的合一來達到感動觀眾的目的、布萊希特希望通過三者拉開距離來達到促使觀眾思考的目的，那麼，中國的演劇觀則一方面要求三者縮短距離以感動觀眾，另一方面又要求三者拉開距離，但這不是啟發觀眾思考問題，而是要給觀眾藝術的美的享受。在第四章〈中西戲劇情節結構的比較〉中，作者對中西戲劇的「團塊狀結構」和「鏈線狀結構」作了較深入的闡發。雖然這一看法並非作者在這裡首次提出，但對這個問題的闡發卻是較為細緻和深入的。作者指出，中國戲曲的許多特點，都是由鏈線式的結構決定的。因為是線式結構，所以不像西方戲劇那樣講衝突、講碰撞、講對峙、而是講曲折、講波瀾、講起伏；因為是團塊狀結構，西方戲劇首尾驟起急收，不求縱向延伸而求橫斷面的複雜豐富，把時間、地點、故事集中向中心聚縮碰撞。作者進一步將中西戲劇的這兩種不同的結構放到中西的藝術系統中來考察，認為中國的國畫也是線條的藝術，而西洋畫則也是色塊的藝術，都與各自的戲劇藝術相通。作者指出，中國戲曲的線性結構重寫意、重表現、重虛擬而失去的真實感，在情節結構按自然時空

自由鋪展上得到補償。而西方戲劇團塊結構重寫實、重再現、重摹仿而獲得的逼真感，是以「三一律」的人工構合和過分的拘謹為代價的。作者的這些比較分析和結論對於讀者認識中西戲劇的不同特徵，都有啟發。

九〇年代後，比較戲劇的研究的成果明顯增多，研究也趨向深入。一九九〇年，上海的知識出版社出版了李肖冰、黃天驥、袁鶴翔、夏寫時等四人主編的《中國戲劇起源》一書，在八〇至九〇年代的比較戲劇研究中，有一定的承前其後的意義。該書匯集了二十世紀頭八〇年間海內外學者關於中國戲劇起源問題的重要論文十七篇。其中，有數篇文章認為中國戲曲起源於印度或受印度戲劇影響，有的涉及中外戲劇的起源比較。迄今為止，該書仍是中國戲曲起源問題的不可多得的參考書。

一九九二年，藍凡先生的《中西戲劇比較論稿》由上海學林出版社出版。標誌著九〇年代中外戲劇比較研究的良好的開端。《中西比較戲劇論稿》長達五十萬字，是藍凡先生歷時十四年寫成的力作，就研究的廣度、深度而言是空前的，在近二十年來比較戲劇研究中，也是分量最重、成績最突出的一部專著。全書立足於中國傳統戲曲，論題的範圍包括戲劇文學在內的戲劇藝術的各個方面，在研究中所採用的基本方法是比較文學的平行研究法，重在中西戲劇的異同對比，目的在於通過比較，凸顯中國戲曲的民族特色及在世界戲劇藝術中的獨特地位。鑒於中國戲曲和西方戲劇的不同程度的綜合性特點，藍凡先生在研究中注重揭示中西戲劇的哲學、美學基礎，注意尋求中國戲曲藝術的深層的文化意蘊。全書共分十二章。其中，第一、二章為總論部分，旨在提綱挈領地從本體哲學上闡釋中西戲劇的差異性與相通性。第三章以下為分論，對中西戲劇的各個方面進行比較闡述。有不少論述是有新意的。如，在第二章中，作者指出中國戲曲的「一行多用」、「一曲多用」、「一景多用」、「一服多用」的概念和實踐，體現

「道生一，一生二，二生三，三生萬物」的哲學觀念，中國戲曲藝術在形式美上的處理，遵循的是以「一」求「多」，由共性見個性，從統一中見出變化的規律，而西方戲劇藝術以「多」見「一」，由個性見共性，從變化中求出統一的規律。這是中國戲曲與西方戲劇之間最根本的內在差異。在第三章〈戲劇舞臺表演特性〉中，作者指出虛擬表演是形成中國戲曲相異於中國戲劇的獨特的表演風格。而這種虛擬的表演與西方戲劇中的「無實物表演」並不相同，它有自己的特有的表現手段和反映生活的美學方式。它的兩大美學特徵就是求美和求情。在第四章〈戲劇舞臺的時空觀〉中，作者指出，無論何種樣式的西方戲劇，其舞臺時空都是純粹物質的、可見的。而中國戲曲舞臺的時空卻不獨立存在，它與演員的唱做唸打共存。在第五章《虛擬表演和舞臺時空成因》中，作者指出西方戲劇的舞臺表演是純表演性的，舞臺的時空表現為「I」級傳遞：舞臺時空環境→觀眾；中國戲曲舞臺表演為「II」級傳遞：舞臺時空環境→劇中人物→觀眾。西方戲劇採取「正觀」的審美方式，即審美主體直觀角色表演和舞臺物質設置以感知時空，中國戲曲則採取「反觀」的審美方式，即審美主體觀看演員的表演，才反過來感知表演的功能和舞臺的時空。在第六章〈戲劇演唱風味〉中，作者認為「韻味」是中國戲曲聲樂藝術的獨特的美學性格，它與西方歌劇的聲樂要求全然不同。西方的歌劇或歌唱，最高的美學效果是「美聲」，中國傳統戲曲的演唱最高的美學效果是「韻味」。在第七章〈戲劇表演體系〉中，作者指出，中國戲曲表演是一種「神形兼備」的舞臺表演，表演者自始至終很清楚自己是在舞臺上演戲，演員不化入角色，而只是融入了對角色的評價和感情，因此，作者表示不能同意此前的學者焦菊隱、朱光潛、黃佐臨等學者專家用西方的「體驗」和「表現」來界定中國戲曲的表演屬性，認為中國戲曲根本上不存在西方戲劇意義上的那種「體驗」（斯坦尼拉夫斯基）和「表現」（布萊希特）。中國戲曲形成了自己的表演一派，可稱

為「神形學派」，其特點是以「形」寫「神」，「鑽進去」獲得內心體會，再「跳出來」尋找合適的外部動作（程式表演），兩者達到高度融合。第八章〈戲劇導演風格〉中，中國戲曲中的導演常常是兼職的，甚至常常是編、導、演三者兼於一身。其作用是「教率」，即「場上指導，局外指點」，是「教」與「率」的結合。因此，中國戲曲中在本質上並不完全具備西方意義上的那種導演。在第九章〈戲劇結構觀念〉中，作者對前人已總結的中西戲劇結構的線式結構和板塊結構做了進一步細緻的闡釋。在第十章〈戲劇語言性格〉中，作者指出，西方戲劇語言是以形式與內容完整統一的信息源傳遞給觀眾的，中國戲曲語言卻讓觀眾從形式著手，再領略內容，故中國戲曲觀眾講究品味，推崇演唱上的韻味，甚至可將一段唱從劇中抽出來單獨欣賞，出現了在欣賞中內容與形式分離的現象。在第十一章〈戲劇悲劇論〉中，作者認為，中國沒有西方意義上的悲劇，只有悲劇色彩的苦情戲。他從悲劇衝突、悲劇角色、悲劇結構，悲劇形態和悲劇價值等五個方面分析了中國式的悲劇與西方悲劇的不同。在第十二章〈戲劇喜劇論〉中，作者認為中國並不存在西方意義上的喜劇，而是一種帶誇張的喜劇色彩的笑戲。西方喜劇基本上屬於諷刺類型的喜劇，喜劇是生活的否定性形態。而中國的喜劇基本上是生活的肯定形態，喜劇角色屬於正面人物，是一種歌頌性的嬉笑劇。藍凡先生的中西戲劇比較從戲劇的本體哲學，到戲劇舞臺藝術（他稱為「勾欄哲學」）、到表演和導演藝術（他稱為「氍毹美學」）、再到戲劇劇本的情節結構、戲劇語言、和戲劇的悲劇、喜劇形態，對中西戲劇做了全方位的、從宏觀到微觀的比較分析，既融匯了已有的研究成果，借鑒了已有的結論，也對前人的有關觀點和結論做了修正，提出了自己的見解。總體上看，《中西戲劇比較論稿》是一部文風扎實、內容豐富、觀點和資料可靠、並具備相當可讀性的比較戲劇研究的大作，在二十年來的比較戲劇研究中應占重要的位置。後來者的研究要全面地超越本書，並不容易。

　　此後出版的周寧博士的《比較戲劇學——中西戲劇話語模式研究》（上海社會科學院出版社，1993 年）一書，試圖從更宏觀的角度對中西戲劇進行比較研究。本書是作者的博士論文。全書二十萬字。指導教授朱棟霖先生在序文中，對本書做了肯定的評價。他寫道：「這是一部具有較高理論品位的比較戲劇學專著」，「周寧提出，中西戲劇存在著兩種各自具有內在一致性的話語模式，一種是敘述性的話語模式，一種是展示性的話語模式。應該說，這一基本論點並非周寧首創。周寧的成功之處是，他以敘述學的研究方法，結合形態分析，對中西戲劇的傳統模式——從話語結構、類型到語詞與動作之間的關係，時空與劇場經驗以及戲劇文本的視界結構等——進行了系統的理論闡釋。」周寧在該書的「導言」部分也強調：「敘述與展示這一對概念，是本書研究的出發點。本書通過這一對前提性觀念的比較研究，試圖揭示出中西戲劇模式的異同，並將這兩種戲劇傳統作為互補的形式，納入世界戲劇的整體格局中。」「在敘述與展示的概念中，包含了中西戲劇傳統歷史與邏輯的分歧點與同一性，其中涉及到的種種戲劇創造過程種的異同現象，都可以以這兩個概念為基本假設得到合理的解釋。」看來，《中西比較戲劇學》的寫作意圖就是使中西戲劇比較研究更具宏觀性，更為理論化、模式化、系統化，故將此書命名為「比較戲劇學」，似乎包含著使此前的「教程」、「論稿」等提升為「學科」的意思。應該說，在借用西方理論闡釋中國戲劇方面，作者是付出了心血和勞動的，這是本書的優長之處和特點。但現在整體看來，在中西比較研究的各個角度和方面，作者只是重複和強調了已有的觀點，而尚未能屬於自己的獨到的見解，在系統性和整體性上也未能總體超越《中西戲劇比較教程》特別是《中西戲劇比較論稿》。尤其令人遺憾的是作者對兩個核心概念——「敘述」和「展示」，一直沒有給以清楚的內涵與外延的界定，從而影響了本書在理論上的嚴密性與科學性。

　　將中西戲劇作為一種文化現象進行比較研究的著作，是郭英德教授的〈優孟衣冠與酒神祭祀──中西戲劇文化比較研究〉（河北人民出版社，1994 年，《中外比較文化叢書》之一），這是一本篇幅不大（十八萬字）的小冊子，但內容的容量並不小。在該書序言中，作者認為對戲劇文化的研究可以有兩個角度，一是戲劇與文化的關係，二是戲劇文化自身的特性，而本書的研究屬於後者。它從「文化層」的觀念出發，對中西戲劇文化的表層至深層的結構，其中包括戲劇的起源與形成、戲劇觀念、戲劇文體、戲劇形象、戲劇文類、戲劇傳播、戲劇功能、戲劇交流等，分章進行逐層比較分析，並提出了一些自己的見解。其中，新見較多的是第一至第三章。在第一章〈中西戲劇起源與形成的比較〉中，郭英德認為在戲劇的起源問題上，中西方更多是其類同性，而不是差異性。這主要表現為中西古典戲劇都有著「兩度起源」。中國上古戲劇到戰國後期就夭折了，漢代以後，又重新開始積聚各種戲劇因素，並逐漸形成新的喜劇形態。「中國戲劇在中古時期的發展，與其說是沿著上古時期已經開闢的康莊大道跑下去，毋寧說重新開始！」而在西方的情況也驚人的類似，古希臘戲劇的傳統到了中世紀也斷裂了。中世紀歐洲戲劇與古希臘戲劇相比，幾乎沒有什麼共同之處。這就是中西戲劇的「兩度起源」的情形。接著作者分析了其中的原因，認為首先是由上古時代的以圖騰宗教為中心的社會形態與中古民間世俗化的歲時節令、雜祀儀典的社會形態的不同造成的。上古戲劇是娛神，中古戲劇是娛人。關於「為什麼希臘戲劇趨向成熟而中國古劇則淪於夭折」的問題，作者認為這與各自的社會政治制度、思想文化觀念與藝術審美精神有關。儒家的思想觀念不利於上古的戲劇因素得以凝聚和昇華，而中庸平和的藝術精神實質上也是「非戲劇精神」。第二章〈中西戲劇觀念比較〉中，作者認為中國傳統的喜劇觀念是以戲劇與演出和觀眾的關係為出發點的，而西方傳統戲劇觀念是以戲劇藝術與生活的關係為出發點的。在戲劇特徵論方

面，中國傳統戲劇觀念注重於向外探討戲劇藝術與其他文學樣式的共通特性，而西方戲劇觀念偏好向內探求戲劇藝術自身的本質特性。在第三章〈中西戲劇文體比較〉中，作者指出，中西傳統戲劇文學雖然多為「詩劇」，大多採用「劇詩」的形式，但卻有本質的不同。西方戲劇文學是從敘事體詩和抒情體詩的「親本」中脫胎而出的喜劇體詩，中國戲曲卻與敘事體詩、抒情體詩的「親本」藕斷絲連。二者在表現對象和表現方式上有著不同的審美取向。在表現對象上，西方傳統戲劇以行動（情節）為主，中國古典戲曲則以「人情」為主；在表現方式上，西方傳統戲劇文學恪守「無我」的藝術原則，而中國戲曲則貫徹「有我」的藝術原則。主觀情感的直接抒發和作家自我的公開介入，成為中國戲曲文學不同於西方戲劇文學的突出特徵。在戲劇傳統的形態方面，西方戲劇強調理性因素，多側重與外在型的衝突形態；中國戲曲突出感性因素，多傾向於內在型的衝突形態。……作為明清文學史和中國戲曲研究專家，郭英德對中國古典戲曲很熟悉，能夠在西方戲劇的比較參照下，使中國古典戲曲的許多特徵得以提煉和凸顯。全書文字洗煉，語言本色，行文要言不煩，是一本值得一讀的比較戲劇研究的好書。

　　一九九四年，有關出版社出版了兩種從「戲劇美學「的角度對中西戲劇進行比較研究的書。一種是彭修銀博士的《中西戲劇美學思想比較研究》（武漢出版社），一種是牛國玲著《中外戲劇美學比較簡論》（中國戲劇出版社）。兩書對「戲劇美學」理解得相當寬泛，並非只是對中外戲劇的哲學、美學的觀照與審美問題，它們涉及到了中西戲劇的幾乎所有方面。彭修銀的書是一本十六萬字的小冊子，廣泛論及中西戲劇美學的理論形態、中西戲劇的審美理想、審美本質及其範疇系統、演劇體系、悲劇、喜劇、大團圓問題，乃至與戲劇問題並不甚緊密的中西美學範疇系統的「崇高」概念、「醜」的概念等，都有專節論及。但讀後給人的印象，就像是普及性的教科書的寫法，其基

本材料和觀點前人大都已講到。如：說中國戲曲理論與西方比還不夠
「理論」；說中國古代戲劇追求和諧之美，西方古代戲劇也追求和諧
美，發展到近代追求崇高美；說中國戲曲是表現與再現的統一，統一
中偏重於表現，屬於寫意的藝術；說西方戲劇偏重於再現，形成了寫
實的藝術；說中國戲曲中的「大團圓」結局是一種「積極」的情感等
等，這些說法此前似乎均有人談到。牛國玲的《中外戲劇美學比較簡
論》原本就是在大學講課用的教科書，全書二十二萬字。共分三編十
四章。該書所謂的「中外」的「外」，主要是指西方，實際上全書所
論述的也主要是中國戲劇與西方戲劇的比較。但在最後一章，簡略地
談了日本戲曲與中國戲曲的關係。作者長期在大學教授中西戲劇比較
的課程，雖然在總體上大多借鑒了已有的學術成果，但在具體問題的
表述，具體材料的運用和消化上，還是有著自己的心得。總之，以上
兩書對於中西戲劇比較研究的普及，對於一般讀者獲取相關知識，還
都是有益的。

　　一九九七年，在戲劇美學比較研究方面又有兩種書問世。一本是
孟昭毅教授的《東方戲劇美學》（《東方文化集成》叢書之一，經濟日
報出版社）。該書的特點是將中國與東方其他國家——主要是印度、
日本、朝鮮及東南亞各國——的戲劇美學作為一個整體加以比較研
究。這種角度的研究在中國還是第一次。該書所說的「戲劇美學」，
不單是指關於戲劇的理論形態的東西，更是指對東方戲劇的美學層面
上的比較研究。作者從東方戲劇的本體之美，到面具、角色、觀眾、
劇本、表演、色彩與化妝，再到悲劇、喜劇、現實主義戲劇等不同的
戲劇形態，都分章展開論述，並總結了東方戲劇不同於西方戲劇的特
點，即由文化意蘊積澱所形成的民族性、集各種藝術之大成的綜合
性、對形式美的提煉所形成的規定性。這樣一來，中國戲劇與東方其
他民族戲劇的共通性、與西方戲劇的總體上的差異性，就容易被揭示
出來。另一本書是姚文放教授的《中國戲劇美學的文化闡釋》（中國

人民大學出版社）。這本書的書名雖然沒有「比較」字樣，但上中下三篇中的下篇（約十萬字）是《中西方戲劇美學比較》，作者在全書〈引言〉中說：「該篇的論述又有這樣兩點值得注意：一是以問題比較為主而不以人頭比較為主，比較所涉及到的人一般代表著中西方在一定戲劇美學問題上的重要意見，因此人名的出現（特別是西方）並不嚴格按照其在歷史上出現的前後順序而排列，然而所臚列的都是戲劇美學的大關節目。」作者以中國明清時期與西方現代戲劇史上的若干重要的戲劇理論家為比較的對象，其中包括李贄與萊辛的戲劇本質論比較，晚明時代的潘之橫與狄德羅的戲劇表演理論的比較，王驥德與狄德羅的戲劇藝術真實論的比較，徐復祚與卡斯忒爾維屈羅的戲劇功用論比較，呂田成與萊辛的戲劇批評之比較，李漁與歌德關於戲劇舞臺性的論述之比較，李漁與黑格爾的戲劇結構論之比較，王國維與雨果的戲劇史研究之比較等。其中的大部分比較研究的對象都是作者首次確立的。通過這樣的比較，中國傳統戲劇美學的若干基本範疇和理論命題都被置於國際戲劇理論的大背景下，凸顯了它的世界共通性與民族特性。

　　李萬鈞教授在中西戲劇比較研究中也有成績，他曾發表過數篇有關的論文，他在這方面的主要成果集中體現在《中西文學類型比較史》（海峽文藝出版社，1995 年）一書中。該書的第三部分是〈中西戲劇類型〉，近二十萬字，在不少問題上提出了自己新的見解。例如，許多論者一直都認為李漁在論述劇本情節結構時提出的「立主腦」、「一人一事」、「一線到底」（簡稱「一事」）的主張，與古希臘亞里斯多德提出的「一樁事件」、「一個對象」、「一個完整的行動」很相似或很接近。李萬鈞認為兩者完全不同。亞氏所講的「一事」是指一個故事、一條情節。而李漁的「一事」是指一個故事的關鍵情節，李萬鈞分析了李漁創作的十個劇本，證明李漁絕不是單一情節的鼓吹者，他的十種劇本全是多情節結構。他的「立主腦」，含意是「主

腦」只能有一個，亦即「一人一事」、「一線到底」，才能保證全劇多
線索的統一。否則，就如「散金碎玉」、「斷線之珠」、「無梁之屋」，
失去了統一性。李萬鈞寫道：「西方戲劇理論家說，劇本要集中統
一，必須寫一條線索。那麼，多線索的劇本如何做到集中統一呢？亞
里斯多德不可能說，布瓦洛根本排斥多情節線索結構，他沒有水平
說。中國的李漁說了，他說了外國人沒說過的話，說了中國前人和同
代人沒說過的話，這便與眾不同。」此外，李萬鈞對中西戲劇的某些
基本規律性現象的總結，也頗為精煉。如，他說：「西方的愛情劇震
撼人心的寫法是悲—歡—離—亡。和中國的『合』差了一個字」。又
說：「西方戲劇的正面男角，是更為典型的性格，是劇中的靈魂，是
時代精神的主要體現者。……中國戲曲恰恰相反，最著名的性格，不
是男性，而是女性。竇娥、趙盼兒、王昭君、張倩女、李千金、崔鶯
鶯、趙五娘、杜麗娘、楊貴妃、李香君才是這些劇本的靈魂。劇本的
思想價值和審美價值，也主要體現在她們身上。」

　　專門從舞臺藝術方面對中西戲劇進行比較的著作，是盧昂先生的
《東西方戲劇的比較與融合——從舞臺假定性的創造看民族戲劇的構
建》（上海社會科學院出版社，2000 年）。本書以藝術的本質屬性——
假定性為切入點，對東西方戲劇的舞臺藝術，包括表演藝術、舞臺設
計、劇場藝術等加以比較研究。作者是一位年輕有為的導演，書中除
借鑒和闡發中西的有關理論成果外，也溶入了自己的編導經驗。由於
該書重心不在戲劇文學，在此只是提到為止。

　　除了上述嚴格意義上的中外戲劇比較研究的成果之外，還有若干
有著一定的比較戲劇因素的著作，如余秋雨的《戲劇理論史稿》（上
海文藝出版社，1983 年）、劉彥君的《東西方戲劇進程》（文化藝術
出版社，1997 年）等，都以比較文學的視野，對東西方戲劇理論和
戲劇文學做了綜合的整體描述。徐振貴教授的七十多萬字的大作《中
國戲曲統論》（齊魯書社，1997 年）中也有中西戲劇比較的專章。

　　總之，近二十年來中西傳統戲劇的比較研究，與二十世紀頭二、三十年比較起來，取得了長足的進步。如果說，二十世紀頭二、三十年的中西戲劇的比較，其立足點是借西方文化來批判和否定中國的傳統文化，借西方戲劇來否定中國的戲曲，那麼，近二十年來的中西戲劇的比較研究，其立足點則是弘揚、闡發中國傳統戲曲及戲曲文化的價值，研究者對中西戲劇的態度與認識是客觀的、科學的。和中外小說的比較研究、中外詩歌的比較研究相比，中外戲劇比較研究的著作最多。成為近二十年來中外文學比較研究中引人注目的現象。

二　對中西現代戲劇的比較研究

　　中外傳統戲劇是在各自相對獨立的文化環境中的平行發展起來的，因此，上述的中外傳統戲劇的比較研究，基本上屬於比較文學中的平行研究。而中國現代戲劇——主要是指現代話劇——則是所謂「舶來品」，它是在西方話劇的直接影響下生成和發展起來的。因此，對中外現代戲劇的比較研究，主要是影響與接受的研究。二十世紀八〇年代後，隨著比較文學研究和中外文學關係研究的展開和深化，中外現代戲劇的比較研究也出現了若干研究成果。其中，這方面的集大成的成果，是田本相先生主編的《中國現代比較戲劇史》（文化藝術出版社，1993年）。

　　據田本相先生在該書「後記」中說，《中國現代比較戲劇史》的從萌動、醞釀、擬綱、寫作、修改到定稿，大約經歷了十年的歷程。一九八五年，田本相在中國話劇研究會第一接年會上發表了〈關於《中外比較話劇文學史》的構想〉一文（《天津社會科學》，1986年第2期），系統地闡釋了本書的寫作的構想。接著該課題被列入了國家教育部「七五」文科研究規劃項目，使該書寫作班子得以由田本相所在的中國藝術研究院話劇研究所，擴大到南京大學、東北師範大學等

大學的有關研究人員及相關專業的碩士和博士，其中包括胡星亮、胡志毅、袁國興、焦尚志、劉玨、葛聰敏、夏駿、湯恒、周靖波、宋寶珍、吳衛民、朱華等，組成了一支年輕有為的寫作隊伍，從而保證了該書寫作的成功。《中國現代比較話劇史》是一部五十三萬字的大作。該書所說的「現代」，指的是世紀上半期，按照中國話劇史的發展演進線索，將全書分為「文明戲時代」、「二〇年代」、「三〇年代」、「四〇年代」，並分四編加以論述。在這個意義上，該書是用世界文學、世界戲劇的視野和比較文學的方法寫成的中國現代話劇史。它的最大的特色是比較文學觀念與方法的自覺的運用。關於這一點，田本相在「緒論」的做了充分的闡述。他認為：「在某種意義上說，一部中國話劇發生發展的歷史，即是一部接受外國戲劇理論思潮、流派和創作影響的歷史，也是把話劇這個『舶來品』創造性地轉化為中國現代的民族話劇的歷史。」鑒於此，他認為，中國現代比較戲劇史，應主要研究中國話劇（重點是話劇創作）同外國戲劇理論思潮、流派和創作，以及外國表演、導演體系的關係史。他把《中國現代比較戲劇史》的認為歸納為三點。第一，從中國話劇同外國戲劇運動、理論思潮和創作的關係來闡明中國話劇誕生、形成和演變的歷史；第二，闡明外國戲劇理論思潮和創作對於中國話劇理論和創作的影響，並對這些影響做出歷史的具體的科學的分析和估價，同時還應該研究這些影響的複雜的呈現形態和轉換方式，探討形成這些影響的原因和條件；第三，闡明中國話劇在世界戲劇中的地位和影響。從全書各編、各章的內容來看，主編的這些試圖和目標顯然得到了較好的體現。

　　第一編〈文明戲時代〉，由袁國興博士執筆。這一部分內容研究的是中國話劇的創始期與外國戲劇的複雜關係。長期以來，無論是在中國現代文學史研究還是在中國現代話劇史研究中，對清末民初到五四運動之間的這一階段（所謂「近代」）的研究都很不重視，研究相

對也很薄弱。甚至連這一階段的大量豐富的史料沒有被很好地清理和利用。在這一編中，作者分章論述了晚清戲曲改良與外來話劇的關係、早期話劇與日本近代戲劇的關係、早期話劇與西方浪漫派戲劇的關係、早期話劇藝術形態的演進等。從傳統戲曲、日本與西方戲劇等三個側面清理了早期話劇的孕育與生成。作者指出，從中國移植西方話劇存在著兩條輸入途徑，一是直接從日本西方輸入，二是間接從日本輸入。由於地理條件和人員交往的方面的原因，早期中國話劇的創始者大多數是留學日本的，卻幾乎沒有留學歐美的，早期中國話劇及舞臺表演各方面受日本新派劇的影響也就更大些。

　　第二編所論述的二〇年代的中國戲劇，也是中國話劇全面接受外來影響並進入初步成熟階段的歷史時期。作者指出，二〇年代，中國劇壇對西方文藝思潮、戲劇思潮的介紹達到了與其發展同步的程度。不但西方由古典主義到浪漫主義、現實主義文學主潮的更迭在中國得到了廣泛介紹，就連西方當時最新的「新浪漫主義」思潮及其各流派都在中國劇壇掀起了或大或小的波瀾。這一編分章分別論述了易卜生的現實主義戲劇在中國現實主義戲劇發展中的作用，特別是《玩偶之家》在當時的巨大反響，分析了西方浪漫主義文學精神對五四諸種戲劇類型的滲透，分析了在「新浪漫主義」影響之下的中國現代派戲劇的試驗，評述了王爾德的唯美主義、特別是戲劇《莎樂美》在中國的翻譯、演出及其影響的情況，介紹了十九世紀末、二十世紀初風行歐美的具有革新精神的「小劇場運動」對中國話劇的理論建設、創作與演出實踐影響的來龍去脈，評述了宋春舫、沈雁冰譯介外國戲劇的貢獻，評述了余上沅、趙太侔等人發起的試圖融合中西戲劇文化、改良中國傳統戲劇的「國劇運動」的歷史功績和失敗原因。

　　在第三編中，作者認為三〇年代的中國戲劇的外來影響主要表現為世界左翼文學思潮對中國左翼戲劇的影響，其中包括「普羅」戲劇的提倡、「左翼劇聯」的成立、「民眾戲劇」及「戲劇的大眾化」運

動、「國防戲劇」運動的展開，都有世界性左翼思潮的背景。在左翼
思潮的影響和在日益強化的階級矛盾和民族矛盾中，中國話劇形成了
它的戰鬥性傳統。同時，三〇年代中國劇壇對外國戲劇理論的譯介、
對外國作家作品的認識和吸收也大大深化了，在更廣泛地接受外來影
響的前提下，融合了中國傳統戲劇的美學精華，出現了夏衍和曹禺兩
位作家，創作出了標誌著中國話劇藝術成熟狀態的具有經典性的作
品。作者還分析了萌發於二〇年代的中國現代派戲劇，如何在三〇年
代時代大潮的衝擊下向現實主義轉化並走向衰微的原因。作者還專闢
兩章，評述了美國戲劇家奧尼爾、英國戲劇家莎士比亞在中國的譯
介、傳播與影響情況。

　　四〇年代中國話劇與外國戲劇的關係比較複雜。作者在概述了中
國對俄蘇、西歐、美國等國家和地區的戲劇的譯介和影響情況後，又
按當時特有的國內歷史地理，分頭評述了共產黨的「解放區」、國民
黨統治的「大後方」接受外來戲劇影響的情況。又分專章分別評述了
俄國劇作家契訶夫的詩意抒情劇、果戈理的諷刺喜劇、英法風俗喜劇
對中國話劇的影響，還評述了中國對外國戲劇的改編情況，介紹了中
國話劇在日本、南洋和歐美的譯介、演出和反響。

　　總體看來，《中國現代比較戲劇史》是一部資料豐富、信息量
大、文風樸實嚴謹、學術觀點中肯的學術著作，填補了中外戲劇關係
研究中的一個重要的空白。作為一部多人聯合撰寫的書，全書能夠做
到脈絡暢通如一，是不容易的。該書出版十年後的今天，仍沒有其他
的著作可以替代，足見其學術生命力是經得住時間考驗的。

　　在中國現代戲劇家與外國戲劇家的比較研究中，曹禺與外國戲劇
的關係研究很受重視，二十年來出現了幾十篇相關的文章，作者主要
有朱棟霖、潘克明、王文英、劉玨、焦尚志等，具體地探討了曹禺與
奧尼爾、與契訶夫、與易卜生、與莎士比亞、與古希臘悲劇的關係。
一九九〇年，焦尚志先生的《金線與衣裳——曹禺與外國戲劇》由中

國戲劇出版社出版，在八〇至九〇年代的曹禺與外國戲劇的比較研究
中，是具有代表性的成果。在這本十五萬字的小冊子中，作者分專章
論述了曹禺與古希臘悲劇、與莎士比亞、易卜生、契訶夫、奧尼爾、
與十九世紀歐美浪漫主義情節劇（「佳構劇」）的關係。作者吸收了已
有的有關研究成果，又突破了此前單篇論文個別問題個別分析的侷
限，對曹禺與西方古典戲劇及現代戲劇的關係，做了全面系統的評述
與比較分析，從中外戲劇文化融合的角度，總結了曹禺創作的成功的
基本經驗。隨著中外比較話劇研究的深化入，這種以專門著作的形式
對中國劇作家——如老舍、郭沫若、夏衍等——與外國戲劇關係的系
統全面的研究，似乎應該成為今後研究的努力的方向。

一九八〇至一九九〇年代中國的西方文學思潮與中國現代文學關係研究述評[1]

一 西方古典文藝思潮和現代左翼文學思潮對中國文學的影響研究

　　從文藝思潮角度研究中國現實主義文藝思潮的著作，近二十年中出版了數種，如溫儒敏的《新文學現實主義的流變》（北京大學出版社，1988 年）、彭啟華的《現實主義反思與探索》（武漢大學出版社，1992 年）等。其中，溫儒敏的博士論文《新文學現實主義的流變》是改革開放後較早出版的關於中國現代文學中的現實主義思潮的研究論著。該書系統地論述了中國現代文學三十年中現實主義的流變，按中國現代文學史的一般的分期法，分專章對第一個十年、第二個十年、第三個十年中現實主義文學思潮的傳入、嬗變並逐漸時代化、政治化的過程。作者深入地分析了歐洲古典現實主義文學思潮和俄蘇左翼現實主義文藝思潮在不同歷史時期對中國現實主義文學所產生的影響，以及這些影響得以發生的歷史的、政治的、文化的複雜原因。最後在與世界現實主義文學的比較中，在世界文學發展的大格局中，考察了中國現實主義文學的成就、缺失、民族特色和歷史位置。

1　本文原載《長江學術》總第4輯（武漢，2003年）。原題〈西方文學思潮與中國現代文學關係研究二十年概評〉。

該書資料豐富翔實、以史帶論，史論結合，論述嚴密，見解深刻，仍然是關於中國現實主義文學的最耐讀的研究成果。

在中國浪漫主義文藝思潮的研究成果中，有羅成琰的博士論文《現代中國的浪漫主義文學思潮》（湖南文藝出版社，1992 年）和陳國恩的博士論文《浪漫主義與二十世紀中國文學》（安徽教育出版社，2000 年）。其中，羅成琰的著作在參照歐洲浪漫主義文學的基礎上，試圖總結中國浪漫主義文學的詩學體系。他基本上沿襲朱光潛在《西方美學史》中對西方浪漫主義特徵的總結，即主觀性、個人性、自然性，然後據此分析了中國浪漫主義的主題形態、審美構成和文化淵源。他正確地指出了中西浪漫主義的差異，認為中國浪漫主義捨棄了西方浪漫主義的宗教性和「回到中世紀」的情緒，捨棄了西方浪漫主義的反資本主義的性質，因此，中國的浪漫主義文學思潮簡化和縮小了西方浪漫主義的內涵，但另一方面又引進了一些西方浪漫主義所沒有的因素，即現實主義的、現代主義的和本土文化的因素，這些使得中國的浪漫主義具備了自己的民族特色。這些概括無疑都是不錯的。但是，浪漫主義作為一種來自西方的文藝思潮傳到中國來，也仍然應該具有這個思潮應該具備的基本「思潮」屬性，即張揚人性個性與自由、反抗強權與壓迫、解放情感和解放思想，依此嚴格說來，中國文學中的浪漫主義思潮只發生在以創造社為中心的五四文學中。而作者似乎忽視了浪漫主義作為一種「思潮」與浪漫主義作為一種「創作方法」的區別，因而他把中國現代文學中所有具備浪漫主義創作方法的某些特點的作家作品都納入「浪漫主義」的範疇中，例如像沈從文的創作固然以描寫人性和自然為特色，但這是否就可以說他的創作是浪漫主義的？從思潮角度看，沈從文的創作似乎更接近於歐洲的古典主義。這種將思潮與創作方法混淆、使得浪漫主義普泛化的情形，陳國恩的《浪漫主義與二十世紀中國文學》一書中也同樣存在。陳著與羅著的不同，在於羅著重點是橫向的概括，陳著的重點是縱向的梳

埋，而梳理的重點又是五四時期到四〇年代。在對浪漫主義作寬泛理
解的情況下，作者梳理出了從創造社的郭沫若、郁達夫到三〇年代的
沈從文，再到四〇年代的徐訏的浪漫主義文學史。

外國現代左翼文學思潮，指的是二十世紀、特別是一九二〇至三
〇年代歐洲、前蘇聯和日本等國共產主義意識形態統馭下的文學思
潮。由於共產主義意識形態和政治形態在二十世紀的中國占主導地
位，可以說，整個二十世紀中國文學的主導傾向和「權力話語」是左
翼文學。但由於涉及一些敏感的國際國內政治問題，對中外左翼文學
的客觀科學的比較研究長期以來處於空白狀態。一九八〇年代中期，
北京師範大學中文系的艾曉明將這個課題作為博士論文的選題，於一
九八七年通過論文答辯。一九九〇年，艾曉明《中國左翼文學思潮探
源》由湖南文藝出版社出版。該書運用比較文學的影響研究和平行研
究的方法，在世界文化和文學的大背景下，特別是在中國─俄蘇─日
本三國的左翼文學的廣泛深刻的聯繫中，對中國一九二〇至三〇年代
左翼文學思潮的產生、發展和變化的歷史過程及其有關的重大基本問
題，進行了深入的、有真知灼見的探討、分析和論述。作者認為，中
國左翼文學幾乎從一開始就是一場理論運動，因此，她把左翼文學思
潮中的重要理論問題作為研究對象。全書共分七章，第一章研究中國
的「革命文學」論爭與蘇俄文藝論戰的關係，指出了蘇俄論戰對中國
的影響和兩國論戰的過程和結局的不同；第二章研究日本福本主義與
創造社由前期浪漫主義到後期「革命文學」轉變之間的關係，指出了
中國接受福本主義的「極左的浪漫主義」的國內和國際的背景與根
源；第三章從創作方法的角度，研究中國的「太陽社」與日本的藏原
惟人提出的「新寫實主義」創作方法的關係；第四章綜述從「革命文
學」論爭到「左聯」後期馬克思主義文學批評理論與實踐的演進；第
五、六、七章分別就魯迅與馬克思主義文論、「左聯」與前蘇聯的
「拉普」、胡風與盧卡契的兩種社會主義現實主義理論的比較等三個

專題進行探討。全書在豐富史料的恰當運用的基礎上，提出了自己的
獨立的學術觀點。有的章節作為單篇論文先行發表時，就產生了較大
的反響，特別是關於盧卡契與胡風的比較研究，分析兩者之間的聯
繫，又特別指出了兩者的不同，發前人之未發，得到了學術界的廣泛
首肯。在近二十年來中國的比較文學論著中，艾著以其對理論問題的
高度把握和分析能力、比較文學方法的嫻熟運用、本色和純正的語言
表述，而成為經得住推敲的學術精品。此外，王觀泉的《「天火」在
中國燃燒》（天津人民出版社，1984 年）也梳理了辛亥革命後至一九
三〇年代馬克思主義在中國傳播的情況，其中也談到了馬克思主義對
中國文學的影響。

　　在左翼文學中，所謂「社會主義現實主義」作為一種從前蘇聯傳
入的「創作方法」或理論思潮，曾長期在中國文壇上占有獨尊的、主
導的地位，對二十世紀中國的文學理論和文學創作產生了極大的影
響。近十年來，關於「社會主義現實主義」的研究出現了兩部專著。
一部是李楊《抗爭宿命之路──「社會主義現實主義」的研究》（時
代文藝出版社，1993 年），另一部是陳順馨《社會主義現實主義理論
在中國的接受和轉換》（安徽教育出版社，2000 年）。李楊著作的立
足點是對社會主義現實主義創作方法指導下的文學作品的文本分析，
比較文學的色彩不濃，此不多述；陳順馨的著作則可以說是一部社會
主義現實主義創作方法在中國的傳播史和接受史。作者按歷史時間的
線索，將一九三〇至一九八〇年代中國的社會主義現實主義的接受史
分為四個階段分章論述，最後對社會主義現實主義理論在中國的接受
歷程、文化過濾及其深度影響做了概括的分析和總結。可以說這是一
部關於社會主義現實主義在中國的傳播與接受問題的論述最為翔實
的著作。

二　西方現代主義文學思潮與中國文學的關係的整體研究

　　西方現代主義文學對中國文學的影響研究，是近二十年來外來文學思潮與中國文學關係研究中的熱點。七○年代末至八○年代初，中國學術界曾展開了一場關於現代主義問題的激烈討論。那場論爭雖然具有一定的時代和政治的背景，但從學術上看，也為西方現代主義在中國的傳播起了推動作用。八○年代，關於西方現代主義文學的介紹和評論及研究的文章、書籍成批湧現，關於西方現代派文學與中國文學的關係的研究也開始起步。這些研究涉及平行的研究和傳播——影響關係的研究兩個方面。

　　在平行研究方面，張石的小冊子《《莊子》與現代主義》（河北人民出版社，1989 年）是有代表性的成果。該書指出，《莊子》與西方現代主義之間有「驚人的相似之處」。從學科分類上說，《莊子》是以妙筆生花的文學形式表現的哲學，西方現代派則是滲透著深沉的哲學意識的文學；從思想意識上看，兩者的共同主題是「反文化」；在政治態度上，兩者都從整體上反對一切政治秩序；在意識形態上，兩者都對各自的社會歷史中的倫常和宗教持懷疑和否定的態度；從美學上看，兩者都是「一」的美學，也就是摒棄了主、客二元對立的不可對象化的一元論的美學。作者力圖揭示東西方不同時空上的不同文化形態的深層的相通性，有些觀點和結論是有啟發性的。但無論《莊子》和西方現代主義有多少「驚人的相似之處」，兩者在根本上的不同和差異恐怕還是主要的。因此，這種比較研究仍然存在著「可比性」的程度和限度問題。

　　在傳播與影響的研究。一九八六年，遼寧大學出版社的《文藝新潮叢書》中有一本周敬、魯陽撰寫的題為《現代派文學在中國》的小冊子，這是第一部扼要和較為全面地論述現代派文學在中國的專門著作。作者對五四以來中國現代主義文學的描述和評介持審慎的態度，

認為現代派文學在中國幾經沉浮，不絕如縷，但在創作實踐上成績並
不顯著，理論建樹也極貧乏，大多是評介文章，有的只是匆匆過客，
並無作品可言。作者認為中國現代派文學的自覺倡導有三次，即以李
金髮、戴望舒為代表的象徵派詩歌，一九五〇至六〇年代臺灣的象徵
派文學，八〇年代關於現代派文學的提倡和爭論。一九九〇年，遼寧
人民出版社出版了趙凌河《中國現代派文學引論》，該書以三十多萬
字對中國引進西方現代主義文學的模式、視角，對西方現代派的思想
和形式的借鑒做了論述，特別是對現代主義文學中的重要現象——施
蟄存的心理分析小說、劉吶鷗的都市文學、穆時英的新感覺派小
說——做了分析研究。一九九二年，四川人民出版社出版了唐正序、
陳厚誠主編的《二十世紀中國文學與西方現代主義文學》一書，這是
二十多位作者歷經五年寫出的大作，對西方現代主義文學在中國的傳
播和接受的歷史，做了全面系統的清理和研究。作者認為西方現代主
義文學在中國的影響有三次高潮，一次低潮，並依此劃分為四編加以
論述。第一次高潮是一九一七至一九二七年，以意象派、新浪漫主
義、象徵主義、表現主義和心理分析小說在中國的影響為主要內容；
第二次高潮是一九二七至一九三七年，以西方現代派在中國詩歌、小
說（主要是新感覺派小說）的進一步滲透為主要內容；第三次是一九
三七至一九七六年，為低潮期；第四次是一九七六至一九八八年，為
現代主義影響的第三次高潮。全書框架結構嚴謹、資料豐富、分析透
闢，在許多問題的研究和論述上發前人之未發，今天看來仍然是一部
高水平的學術著作，仍然是同類著作中的佼佼者。作為多人合作撰寫
的書，不流於拼湊，而多有獨創是很不容易的。一九九五年，上海學
林出版社出版了吳中杰、吳立昌教授主編的《一九〇〇至一九四九中
國現代主義尋蹤》，論述了中國現代文學中的諸流派，包括精神分
析、唯美主義、未來主義、表現主義、象徵主義、新感覺派的創作。
兩年後，學林出版社又推出了一本同類著作——譚楚良的《中國現代

派文學史論》，論述範圍是整個二十世紀的現代派文學，其中，對五
〇至六〇年代臺灣的現代派文學的論述篇幅占全書的近三分之一，成
為本書的特色。一九九八年，江蘇教育出版社出版了朱壽桐主編的
《中國現代主義文學史》，全書分上、下兩卷，共八十萬字，是八〇
至九〇年代問世的篇幅最大、內容最翔實的中國現代主義文學史。全
書將二十世紀中國現代主義文學劃分為史前發萌期、普遍嘗試期、感
性表現期、理性深化期、「偏隅」發展期、恢復繁榮期共六個時期，
在觀點和材料上借鑒了已有的研究成果，在一定程度上可以說是中國
現代主義文學史類著作的集大成的書。

　　除了上述綜合性的中國現代主義文學史研究著作外，九〇年代以
來還出版了多種按文學體裁劃分的專門的中國現代主義詩歌史和小說
史。在詩歌方面，一九九三年，北方文藝出版社出版了羅振亞《中國
現代主義詩歌流派史》，一九九五年，華中師範大學出版社出版了王
澤龍《中國現代主義詩潮論》，一九九八年，西南師範大學出版社出
版了王毅先生的《中國現代詩歌史論》。一九九八年，安徽教育出版
社出版了張同道《探險的風旗——論二十世紀中國現代主義詩潮》，
一九九九年，人民文學出版社出版了龍泉明《中國新詩流變論》，這
是一部整體論述的力作。同年，上海文藝出版社出版了駱寒超《新詩
主潮論》，北京大學出版社出版了孫玉石《中國現代主義詩潮史論》
等。這些著作雖不屬於專門的比較文學著作，但研究中國的現代主義
詩歌史及現代主義詩歌思潮流派的時候，都自覺地運用了世界文學的
視野和比較文學的觀念方法。有的著作還闢專章對中國現代主義詩歌
中的中外詩歌藝術的交會進行了分析。在小說方面，一九九八年，四
川大學出版社出版了鄧時忠的《新時期小說與西方文學思潮》，分專
題研究的方式對新時期的傷痕小說、反思小說、意識流小說、尋根小
說、荒誕小說、結構主義小說、新寫實主義小說、新狀態小說等與西
方文學思潮，特別是現代主義文學思潮的相關性進行了評析。

三　西方現代主義各思潮流派與中國文學關係的個案研究

　　西方現代主義文學的諸種思潮流派與中國文學關係的個案研究，在中外文學思潮比較研究中占重要地位。由於這類研究論題相對集中，切入點相對獨特，研究難度相對較大，成果也往往更有獨創性。近二十年來，幾乎每一種西方現代派文學思潮，包括唯美主義、象徵主義、表現主義、意識流文學、後現代主義等，都有十幾篇乃至上百篇論文，同時還出版了數種專門的研究著作。象徵主義是中國現代文學中最顯見的創作思潮之一，關於歐洲象徵主義對中國現代文學的影響研究的論文、專著也最多。僅專著就有前述的三部。其中，北京大學出版社一九八三年出版的孫玉石《中國初期象徵派詩歌研究》，是最早問世的研究象徵派文學的專著。這本書對西方象徵派詩歌在中國的傳播情況做了大致的描述，對以李金髮為代表的、以王獨清、穆木天、馮乃超、姚蓬子、胡也頻為主要構成的中國初期象徵派詩人及其主要作品做了評述，開象徵派文學研究風氣之先。

　　尹康莊的博士論文《象徵主義與中國現代文學》由暨南大學出版社一九八八年出版，全書二十一萬字，共分上中下三篇。上篇是〈象徵主義的本體闡釋〉，對象徵主義的含義、性質、藝術哲學觀、創作美學以及與其他文學思潮的關係做了闡釋；中篇〈象徵主義在現代中國的傳入和發展〉，將現代文學的三個十年作為象徵主義在中國傳播和發展的三個階段，縱向地勾勒了象徵主義在中國的傳入和發展的歷史線索，其中包括象徵主義創作理論的譯介、象徵主義理論的中國化，分析了不同時期有象徵主義創作傾向的作家，如魯迅、梁宗岱、九葉詩派等的創作實踐。這一篇在史料的收集整理上較為全面，不僅談到了西方象徵主義在中國的譯介傳播，而且對日本的廚川白村的象徵主義理論在中國的傳播和影響也有專節論述，而且指出了廚川白村的象徵主義理論和西方的不同。下篇〈中國現代象徵主義的審美構

成〉，從橫向的角度，對中國現代象徵主義的美學特徵做了分析，認
為中國現代象徵主義具有深沉美、朦朧美、神秘美的審美特徵，中國
象徵主義的藝術體現形式有「情節象徵」、「氛圍象徵」、「細節象
徵」、「語言象徵」等。不過，這種總結分析未能充分注意與外國象徵
主義的比較，實際上這些「中國特徵」恐怕也是包括中國在內的象徵
主義的一般特徵，中國象徵主義的特徵究竟體現在什麼地方，恐怕要
從另外的角度去看。

　　吳曉東的博士論文《象徵主義與中國現代文學》（安徽教育出版
社，2000 年），在內容與尹著也有許多不謀而合的地方，例如第一章
〈象徵主義及其詩學體系〉、第二章和第三章〈象徵主義在中國的傳
播〉等。但吳著在後三章中對中國現代象徵主義文學的理論總結和提
煉更具深度和力度。其特點是從詩學的層面，對中國現代文學在接受
異域象徵主義影響的過程中對象徵主義詩學的探索予以高度關注。在
第四章中，作者指出，象徵主義對中國現代文學的影響的深度，主要
表現為諸種詩學範疇的生成，這些範疇包括「契合」論、「純詩」、
「詩化小說」等。這些範疇的生成，雖然是對外國象徵主義理論的借
鑒和吸收，介紹的成分超過了自身的創造成分，但它畢竟體現了中國
作家詩人自己的獨特體驗和理解，標誌著象徵主義詩學的中國化。在
第五章中，作者考察了中國文學中象徵主義詩藝和技巧對現代小說、
詩歌、戲劇及散文創作的具體滲透；同時也指出，西方的本原意義上
的純粹的象徵主義作品在中國現代文學中很少存在，中國的象徵主義
在創作上體現出一種與寫實主義、浪漫主義等創作方法相互滲透的特
徵。在第六章中，作者分析了象徵主義對於中國現代文學中藝術表現
的深度模式的影響，指出對意象性的關注、對夢境與幻象的執迷，超
越了寫實主義的反映論，使中國現代文學在藝術上趨於含蓄化和深蘊
化。他認為從總體上看，中國現代文學的藝術水平是不容研究者樂觀
的，正因為如此，象徵主義的引入，對於從總體上彌補現代文學藝術

水平的缺失起著不可忽視的歷史作用。作者的這些分析和這些結論都是客觀科學的、有說服力的。

在唯美主義、存在主義與中國現代文學的關係研究方面，具有拓荒的一樣。一九九〇年由臺北智燕出版社出版了解志熙的博士論文《存在主義與中國現代文學》（1999 年該書由人民文學出版社出版了簡體字版本，加了正標題《生的執著》）。此前，存在主義與中國現代文學的關係很少被注意，而要說中國現代文學史上也存在過存在主義文學思潮，恐怕至少有人認同。而作者卻以二十萬字的篇幅來研究這個問題，似乎有些「小題大做」了。事實上，臺灣的繁體字本出版後，就有人對這本書提出了激烈的批評，如曾慶元在《西方現代主義文藝思潮述評》（武漢大學出版社，1993 年）一書，批評解志熙將自己所理解的「存在主義」來硬套魯迅、汪曾祺、馮至、錢鍾書等作家的創作。對此，解志熙在簡體字版本的〈後記〉中做了反批評。平心而論，中國現代文學中的確有存在主義的因素，如有些作家所表現的對生存的焦慮感、人生的荒誕感等，都與存在主義相通。但這些相通的東西是受了西方存在主義影響呢，還是作家的不期而然的共通體驗？是需要加以區分的。另一方面，為了獲得較多的話題和材料，解志熙對存在主義做了廣義上的界定，將尼采、克爾凱郭爾等，都作為存在主義者來看待，而受他們影響的魯迅、馮至等作家也就等於受了存在主義的影響。事實上，存在主義由一種哲學思想而形成一種「思潮」，特別是一種文學思潮，是二次世界大戰以後的事情。好在作者在書的最後也指出，存在主義對中國文學的影響是不廣的、有限的。儘管存在一些問題，總的來看，解志熙從存在主義的角度梳理中國文學中的一種創作傾向，是有益的。

解志熙的《美的偏至——中國現代唯美—頹廢主義文學思潮研究》（上海文藝出版社，1997 年），是中國迄今僅有的一部研究該課題的專著，該書系統地描述了中國現代文學史上的唯美—頹廢文學的

傳統。一般認為，西方唯美主義文學思潮雖然在二○至三○年代對中國文學有較大的影響，但在中國未能形成氣候，中國現代文學中並不存在真正的唯美─頹廢文學思潮。解志熙則認為，中國現代文學的確有一股真正的唯美─頹廢主義文學思潮，他參照西方學者對唯美主義文學的界定，即只有「頹廢的唯美主義」才是真正的唯美主義，將中國現代文學史上的唯美與頹廢傾向作為一種思潮的兩個側面加以統一的研究。以豐富的史料，描述了法國、英國、日本等東西方唯美─頹廢文學在現代中國的傳播情況。在此基礎上，作者將中國的唯美─頹廢文學思潮分為三個群體，一是重情趣的唯美─頹廢主義者，以北京文壇為中心；二是重官能的唯美─頹廢主義者，以上海文壇為中心；三是介乎兩者之間的「頹廢的象徵主義者」（穆木天語），並分專章對這三個群體的代表人物及其創作進行了細緻的分析評論。作者認為，從一開始，中國文壇就自覺不自覺地將唯美─頹廢主義文學思潮理想化、浪漫化了，他們最欣賞的是唯美─頹廢主義文學那種沖決一切傳統道德羅網的反叛精神以及無條件地獻身美與藝術的漂亮姿態，卻有意無意地忽略了唯美─頹廢主義文學的深層基礎──一種絕非美妙的頹廢的人生觀，因此，中國的唯美─頹廢主義文學思潮是有異於外國的唯美主義的原型和原意的。

特別是嚴家炎教授主編、安徽教育出版社出版的「二十世紀中國文學研究叢書」中的大部分著作都是以西方某一現代主義思潮與中國文學的比較研究為課題的博士論文，具有很高的學術含金量。以下擬重點評述的著作主要有：解志熙的《美的偏至──中國現代唯美─頹廢主義文學思潮研究》和《生的執著──存在主義與中國現代文學》、肖同慶的《世紀末文學思潮與中國現代文學》、孫玉石的《中國初期象徵派詩歌研究》、尹康莊的《象徵主義與中國現代文學》、吳曉東的《象徵主義與中國現代文學》、徐行言與程金城合著的《表現主義與二十世紀中國文學》、王寧的《後現代主義之後》、曾豔兵的《東方後現代》等。

　　徐行言、程金城合著《表現主義與二十世紀中國文學》（安徽教育出版社，2000 年）研究的是中國現代文學中的表現主義。與存在主義一樣，作為一種文學思潮的表現主義在中國文學中始終沒有形成氣候。本書所論述的，不僅是作為文學思潮的表現主義，而且還是作為一種藝術方法的表現主義。作者將表現主義視為一切現代主義各思潮流派的共同的藝術方法。他們指出：如果試圖在一個新的視點上用一個比「現代主義」更為具體和恰切的命名來概括現代主義諸流派在詩學上的統一性，那麼，「表現主義」無疑就是一個最適合的術語。表現主義藝術方法構成了現代主義諸流派在藝術思維和藝術風格上的共同背景，即強調文藝是對人的主觀精神世界的表現，而表現的方法則主要是陌生化、抽象化和寓言化。作者還指出：「如果我們將象徵主義視為現代主義運動前期（1915 年之前）的主流藝術範式的話，這個運動的後期則無疑是以表現主義方法為中心的。直到今天，這一藝術方法範型仍對包括中國當代文學在內的世界各國文學產生著深刻影響，並在戲劇、電影、繪畫、雕塑、觀念藝術等多種藝術形式中得到廣泛運用。我們有理由相信，表現主義正在成為人類文藝史上繼浪漫主義、象徵主義之後興起的又一種最基本的藝術方法。」作者認為，在二十世紀中國文學史上，一九二〇年代魯迅和郭沫若在譯介和創作上推動了表現主義在中國的傳播，使得表現主義在二〇年代的中國風行一時。八〇年代以後的當代作家，如宗璞、王蒙、高行健、海子、殘雪、余華等，都受到了卡夫卡、布萊希特等歐洲表現主義作家的影響。《表現主義與二十世紀中國文學》一書描述了表現主義文學思潮在中國的傳播，及中國表現主義文學潮流的形成與發展。在此基礎上，對表現主義在二〇至三〇年代中國的傳播以及對八〇至九〇年代的先鋒小說、表現主義小說、表現派戲劇和表現主義詩歌等，通過該書將比較文學的傳播研究、影響研究與文本分析結合起來，填補了表現主義與中國文學關係研究的空白。

　　肖同慶的博士論文《世紀末思潮與中國現代文學》（安徽教育出
版社，2000 年）所說的「世紀末思潮」，包含了兩方面的內容。一是
以叔本華、尼采、柏格森和佛洛伊德為代表的非理性主義文化思潮，
一是以波德萊爾、王爾德、馬拉美為代表的具有近代頹廢和唯美傾向
的文學思潮，主要包括前期象徵主義和唯美主義兩大文學流派。看
來，肖同慶的這部書所研究的對象，與上述解志熙的《美的偏至》一
書，有相當大的重合的地方，但著眼點有所不同，研究思路各有特
色。作者將西方世紀末文學思潮對中國現代文學（主要是五四新文
學）的影響作為研究的重心，同時也分專題探討了西方世紀末文化思
潮對中國新文學的影響。作者在本書的〈引子〉中提出，他要研究和
回答的問題是：西方「世紀末」思潮是如何在中國傳播的？五四新文
學在多大程度上和通過何種方式受到這種思潮的影響？二者發生關係
的契機是什麼？中國文化傳統中哪些因素對接受和排拒這種思潮產生
了影響？「世紀末」思潮在中國發生了哪些變異？如何對它進行歷史
的定位和評價？全書正文部分分為上、下兩編。上編〈影響與傳播：
思潮研究〉從比較文學的傳播研究和影響研究的角度，描述了西方
「世紀末思潮」東移的軌跡，論述了西方「世紀末」頹廢詩學對中國
現代主義詩歌的影響、西方唯美主義戲劇與五四時期的戲劇創作的關
係，分析了「世紀末」藝術思潮對五四作家的藝術趣味形成的作用。
作者在論述中提出了一些觀點是有啟發性的，例如在談到唯美主義在
中國的變異的時候，他指出：「西方唯美主義更多的是一種世紀末的
逃避情緒……而創造社的唯美主義則融入了干預現世人生的『功利』
目的，實際上是作為一種『美的啟蒙』匯入五四啟蒙主義大潮中。」
下編〈比較與解讀：主題研究〉，運用比較文學的平行研究方法，從
中西文學中抽象出了普遍的文學主題，進行比較研究。作者總結和抽
象出的四個文學主題，即「世紀之病」、「都市之病」、「頹廢之
『家』」和「寓言之『城』」。前兩者屬於「世紀末」的普遍的思想主

題，後兩者分別是屬於以「家」和「城」為題材來加以表現的「沒落主題」和「衰敗主題」。作者的這些總結和抽象是頗具匠心的，例如，在「寓言之『城』」一章中，作者將中國現代文學中以「城」字為書名的幾部重要作品——《貓城記》、《邊城》、《果園城記》、《傾城之戀》、《圍城》——放在同一個平臺上加以分析，令人耳目一新。雖然書中有些史料在使用上有些問題，如，在談到五四時期廣為流行的「新浪漫主義」這一概念的時候，認為「新浪漫主義」一詞是日本的廚川白村最早提出來的，實際上早在廚川白村之前，日本就有人使用了「新浪漫主義」一詞了。總體上看瑕不掩瑜，《世紀末思潮與中國現代文學》是一部高水平的、有特色的比較文學著作。

　　二十世紀八〇年代中國在接受現代主義文學過程中有一種普遍的傾向，那就是對「現代主義」和「後現代主義」不加區分，有時將英文的 post modernism 譯為「後期現代主義」。一九九〇年代後，隨著有關「後現代主義」理論的引進，學術界才開始重視後現代主義文學思潮及其與中國文學的關係的研究。九〇年代上半期「後現代主義」一時成為熱點話題，報刊上出現了大量的相關文章，有關中國文學與後現代主義問題的論著也出現了。最早問世的是陳曉明《無邊的挑戰——中國先鋒文學的後現代性》（時代文藝出版社，1993 年），作者從具體文本入手，分析了中國當代先鋒文學中的後現代性。他認為，八〇年代中期出現的中國「現代派」似是而非，中國實在缺乏「現代主義」生長的文化根基和精神狀態；「現代主義」在當代中國不合時宜，那種超越精神和藝術宗教的狂熱與中國民族性以及社會條件相去甚遠，只有「後現代主義」這種無根的文化才能在當代中國無根的現實中應運而生。曾豔兵《東方後現代》（廣西師範大學出版社，1996 年）一書中，也認為中國（他用「東方」來代稱中國）的後現代主義文化是可能的，西方後現代主義對當代中國文學藝術的影響是巨大的、不容忽視的，中國當代文學中的後現代主義現象或後現

代特徵也同樣是明顯的。但「東方後現代」決不簡單的只是「西方現代主義在中國」，我們的「後現代」不可能完全等同於西方的「後現代」。作者重點論述了西方後現代主義與中國傳統文化的關係，並指出，當代中國在接受和借鑒西方後現代時，中國的傳統文化，包括中國的思維方式、表述方式、詩學體系、歷史精神、女性意識、語言特色等，都在後現代主義「東方化」過程中產生了作用。作者還從中國當代有關小說、詩歌和戲劇的具體文本的分析中，揭示了「東方後現代」的特徵。

　　王寧將他近二十年來的成果都編入了四卷本的《王寧文化學術批評文選》（人民文學出版社，2000-2002 年）中。他起初發表了一系列關於後現代主義及其與中國文學關係的文章。到了九○年代後期，他開始關注和研究在後現代主義之後西方文學和文化的動向。這集中體現在一九九八年中國文學出版社出版的論文集《後現代主義之後》一書（後編入上述《王寧文化學術批評文選》第四卷）中。他評述了後現代主義衰落之後，西方的後殖民主義、女權主義和「文化研究」等文化與學術潮流的興起；指出後殖民主義的異軍突起，標誌著當今西方文論日趨「意識形態化」和「政治化」，而女權主義的多元走向和日益具有的包容性則在另一個方面體現了邊緣話語對中心的解構和削弱；認為在後現代主義衰退後，整個西方文化和理論界出現了沒有中心的多元格局。他還在〈中國當代電影的後殖民性〉和〈中國當代女性文學的先鋒意識〉等文章中，運用西方後殖民主義理論、女權主義理論來分析中國當代文學現象。王寧對西方最新思潮的評介，既是對當下中國文學與西方文學的一種溝通，同時也代表了西方文學思潮在新的時代條件下持續不斷地輸入中國、影響中國的一種「正在進行時」狀態。

一九八〇至一九九〇年代中國的翻譯文學研究述評[1]

一　對中國譯學理論的研究

譯學理論，指的是關於翻譯問題的理論，其中包括一般的翻譯理論和關於翻譯文學的理論，兩者往往交織在一起，即一般翻譯問題的理論包含著翻譯文學的理論，不能截然劃分。這裡立足於比較文學，將論述的中心偏重於翻譯文學的理論，即有關文學翻譯問題的原則、方法、標準，有關翻譯文本的批評和翻譯家的評論等方面的一切言論。

譯學理論研究的基礎性工作是有關文獻資料的發掘、整理與出版。中國的翻譯理論自古及今，源遠流長，資料豐富，但對翻譯理論的大範圍的系統整理和出版，卻只是二十世紀八〇年代以後的事。一九八四年，文學翻譯家、翻譯研究專家羅新璋先生編選的資料集《翻譯論集》，由商務印書館出版。全書七十六萬字，收集自漢末至二十世紀八〇年代初期一七〇〇年間有關翻譯的文章一百八十餘篇。按照時代，分為漢魏唐宋、明末清初、近代、五四以來、一九四九年以後共五輯。本書所收譯論，尤其是古代的譯論，多與佛經翻譯有關，並非純粹的文學翻譯理論，但由於中國傳統翻譯是宗教經典翻譯中包含著文學翻譯的因素，所以，《翻譯論集》在現在看來仍是研究中國譯論的最集中、最豐富、最權威的資料集。早在一九四〇年，翻譯家黃

1　本文原載《蘇州科技學院學報》（蘇州），2003年第1期，原題〈近20年來我國的翻譯文學研究述評〉，與王霞合作。

嘉德就編選出版過《翻譯論集》（西風社），港、臺地區也出版過翻譯理論的資料集，但其系統性、規模均無法與之相比。某種程度上可以說，羅新璋編《翻譯論集》的出版奠定了改革開放以來中國翻譯理論研究，也包括翻譯文學理論研究乃至翻譯文學研究的基礎。值得注意的是，冠於卷首的羅新璋的題為〈我國自成體系的翻譯理論〉一文，作者開門見山地寫道：「近年來，我國的翻譯刊物介紹進來不少國外翻譯理論和翻譯學派，真可謂『新理踵出，名目紛繁』；相形之下，我們的翻譯理論遺產和翻譯理論研究，是否就那麼貧乏、那麼落後？編者於瀏覽歷代翻譯文論之餘，深感我國的翻譯理論自有特色，在世界譯壇獨樹一幟，似可不必妄自菲薄！」他在該文中以古代翻譯中直譯、意譯之爭與近代以降嚴復提出的「信達雅」主張為中心，總結提煉了中國翻譯理論的精華和特色。

八〇年代後，關於翻譯的理論研究及翻譯文學研究的文章很多，每年在有關刊物上發表的文章都有數百篇，而且逐年增長。因此，將這些文章加以篩選，分類整理，編訂成集，對於學術研究很有必要。為適應這一需要，在《翻譯論集》出版後，又有多種翻譯論文集陸續問世。較早出版的是《翻譯通訊》編輯部編選、外語教學與研究出版社作為《譯學叢書》之一出版的《翻譯研究論文集》，輯錄了一九四九至一九八三年間散見於《翻譯通訊》等各種書刊上的有關論文六十三篇，涉及作者五十四位。其中多數文章為文學翻譯家所寫的涉及文學翻譯的文章。一九九四年，湖北教育出版社出版了楊自儉、劉學雲編選的翻譯研究論文集《翻譯新論（1983-1992）》，該書在編選的時間範圍上顯然是承續外研社的《翻譯研究論文集》，收錄了一九八三至一九九二年共十年間在《翻譯通訊》（後改名《中國翻譯》）、《外國語》、《外語教學與研究》和《現代外語》等刊物上發表的四十八篇文章和專著節選六篇。全書分為三編。第一編為各類文體的翻譯研究；第二編為譯學本體論研究，包括總論、翻譯標準、翻譯單位、翻譯美

學與風格、翻譯批評、翻譯教學、翻譯史與譯論史研究；第二編是跨
學科研究，涉及語言學、語義學、語用學、文化學、符號學、接受美
學等與翻譯之關係的研究。一九九八年，湖北教育出版社又出版了南
京大學許鈞主編的翻譯論文集《翻譯思考錄》，在時間上基本承續
《翻譯新論》，編選了一九九八年之前約十年間的有代表性的翻譯研
究文章八十多篇，分「翻譯縱橫談」、「翻譯藝術探」、「翻譯理論辯」
三部分。本書在選文方面很見眼力，所選大都是翻譯界特別是文學翻
譯界的名家或新秀之作，文章大都言之有物，觀點新穎鮮明，是近二
十年間最精當的一個譯學理論選本。此外，值得一提的還有中國對外
翻譯出版公司編選的《翻譯理論與翻譯技巧論文集》（1985）；張柏
然、許鈞主編，譯林出版社出版的《譯學論集》（1997）；謝天振主編
的《翻譯的理論建構與文化透視》（上海外語教育出版社，2000年），
收一九九八年在上海外國語大學召開的翻譯理論與翻譯教學國際學術
研討會上發表的論文三十多篇。

　　對當代健在的或仍然活躍於譯壇的翻譯家的譯學觀點、譯學理論
進行採集和整理，是比較文學研究及譯學研究中的一個迫切任務。在
這個方面，山東聊城師範學院的王壽蘭和南京大學的許鈞做出了貢
獻。八○年代初，王壽蘭用了數年時間向全國各地的老一輩著名翻譯
家發函並親自到各地走訪，約請了一百四十多位翻譯家撰寫有關文學
翻譯的心得、體會、經驗、觀點、主張和看法的文章，並將這些材料
編成了一部書──《當代文學翻譯百家談》，一九八三年由北京大學
出版社出版。該書七十萬字，某種意義上說是一部當代文學翻譯家的
詞典，以翻譯家為單元，先是某一位翻譯家的翻譯生涯自傳或簡介，
然後是他所撰寫的談文學翻譯的文章。其中許多文章是首次在本書中
發表，翻譯家們對各自的翻譯經驗做了總結和自我評價，具有相當的
理論價值且文字上也具有很強的可讀性。從一九九八年開始，許鈞在
《譯林》雜誌的專欄中，就翻譯特別是文學翻譯的問題，有針對性地

與當代一些著名翻譯家，如季羨林、羅新璋、袁筱一、李芒、許淵沖、蕭乾、文潔若、呂同六、郭宏安、趙瑞蕻、葉君健、方平、楊武能、草嬰、李文俊等對談，並於二〇〇一年編輯成《文學翻譯的理論與實踐——翻譯對話錄》一書，由譯林出版社出版。在對談這種靈活的形式裡，翻譯家們將自己的翻譯經驗和理論主張進行了梳理和歸納，為中國當代翻譯文學及譯學理論提供和保存了重要的資料。

　　除此之外，一九九〇年代出版的類似的文集還有香港地區的教授金聖華、黃國彬主編的《困難見巧——名家翻譯經驗談》（中國對外翻譯出版公司，1998 年）。該書的特色是以收入香港、臺灣地區的著名翻譯家的文章為主，在所收十三位翻譯家中，臺港地區的翻譯家占了大半，其中包括余光中、林文月、思果、高克毅、劉紹銘、金聖華、黃國彬等。其中，日本文學翻譯家、《源氏物語》的譯者林文月女士的〈關於古典文學作品翻譯的省思〉一文，談了她翻譯三種日本古典文學名著的心得體會。這些資料在大陸地區難以見到，因此該書在大陸的出版很有價值。

　　除了上述的各種譯學理論的論文集外，八〇至九〇年代還出版了多種文學翻譯家個人的翻譯理論方面的著作或文集。重要的有錢歌川的《翻譯漫談》（中國對外翻譯出版公司，1980 年）和《翻譯的技巧》（商務印書館，1981 年）、許淵沖的《翻譯的藝術》（中國對外翻譯出版公司，1984 年）、王佐良的《論詩的翻譯》（江西教育出版社，1992 年）和《翻譯：思考與試筆》（外語教學與研究出版社，1989 年）、于雷的《日本文學翻譯例話》（遼寧大學出版社，1993年）、劉宓慶的《文體與翻譯》（中國對外翻譯出版公司，1985 年）、劉重德編著的《文學翻譯十講》（英文版，中國對外翻譯出版公司，1991 年）、許鈞的《文學翻譯與批評研究》（譯林出版社，1992 年）、金隄的《等效翻譯探索》（中國對外出版公司，1998 年），等等。

　　譯學理論成果的收集、整理和編輯出版，為中國譯學理論的深入

　　研究打下了基礎。這些成果中的大部分是翻譯工作者的經驗談，大都尚未上升到理論化、體系化的高度。這就需要研究者對它們進行提煉、擢升、總結和闡發。到了九○年代，這方面的研究成果也出現了。

　　首先是關於中國譯學理論史的研究。一九九二年，上海外語教育出版社出版了陳福康的《中國譯學理論史稿》。這部著作系統地發掘、整理、描述和闡發了從漢代到二十世紀八○年代中國翻譯理論發展的歷史進程及重要的理論家的理論建樹及其歷史地位。全書共四十多萬字，分古代、近代、現代、當代四章，每章以重要的人來分節，重點評述了從古到今七十位翻譯家、學者的翻譯理論主張。作者擅長文學史料學的研究，在現代文學的文獻史料學、考據學方面很有造詣。這種文獻學的功底也體現在《中國譯學理論史稿》中。全書資料豐富，也較為全面。有些資料——例如有關清末民初的翻譯理論家康有為、張元濟、高鳳謙、羅振玉、胡懷琛、蔣百里等——此前無人注意或注意不夠，沒有現成的文獻可以利用，作者在這方面探幽發微，在原始資料上做了發掘。有些翻譯家的資料以前雖被收進有關資料集子中，但有重大遺漏，如章士釗早年的譯論和周作人晚年的譯論，都因在發表時用了化名而不為人知，作者對此做了補充並首次論及。作者對道安、鳩摩羅什、彥琮、玄奘、贊寧、梁啟超、嚴復、魯迅、周作人、茅盾、鄭振鐸、傅雷等著名翻譯家的翻譯理論，都做了細緻的評析。該書出版後受到翻譯界的好評，後又再版，成為近二十年間僅有的一部中國譯學理論通史類的著作，填補了一項空白，具有重要的參考價值。

　　近代以來對中國翻譯影響最大、最持久，也最有特色的譯學理論，當推嚴復的「信達雅」。信達雅在中國譯學史上的影響、對它的不同看法和理解，構成了現代中國譯學理論發展演變的主線。在嚴復的信達雅提出一百週年之際，資深翻譯家沈蘇儒的《論信達雅——嚴復翻譯理論研究》（商務印書館，1998 年）出版。該書是中國第一部

專論信達雅的著作。作者以嚴復的「信達雅」說為座標，在縱向上將近百年來不同的翻譯家、學者對信達雅的內涵、價值等的不同看法，做了梳理。表明大部分人對信達雅持肯定的態度，認為一百年來作為翻譯工作者所遵循的翻譯的總原則，信達雅說始終處於主導地位，還沒有其他的譯論可以取代。同時，在橫向上，沈先生考察了在中國流傳較廣的幾種外國譯學學說，其中包括泰特勒的「翻譯三原則」、費道羅夫的「等值論」、奈達的「動態對等論」、紐馬克的「文本中心論」等，並與嚴復的信達雅說作對照，進而從翻譯的本質論上，從翻譯的實踐論上，分析了信達雅說在理論上的巨大的概括價值。沈蘇儒認為，照搬外來翻譯理論並取代在中國翻譯傳統基礎上形成的信達雅這樣的譯論是行不通的。他提出，翻譯的實踐過程可分為三個階段。第一階段為理解原作，第二階段為用另一種語言表達出原作的內容，第三階段是使譯作完善。信達雅分別是對這三個階段的翻譯要求的最精煉的概括。他同意傅國強等先生的看法，認為不能侷限於嚴復在《天演論‧譯例言》中對信達雅的有限的解釋，後人應該對這一理論不斷加以闡發、修正、補充和完善。沈蘇儒綜合一百年來各家對信達雅的闡釋，提出了自己對信達雅的闡釋和理解，認為：「信」就是忠於原作，「達」就是使原作的內涵充分而又明白曉暢地在譯作中得到表達，「雅」是要使譯作的語言規範化並達到盡可能完善的文字水平，使譯文為受眾樂於接受。經過沈蘇儒這樣的上下縱橫的梳理、廓清、辯正、闡發，嚴復的「信達雅」在現代譯學理論中的意義就更加凸顯了出來。

　　如上所述，近二十年來中國的譯學理論及翻譯文學理論的研究，主要成果集中在對已有的理論成果進行整理、研究和闡發方面。此外，也有不少翻譯家和學者倡導在中國建立「翻譯學」這一學科，嘗試對「翻譯學」進行新的理論構建，並出現了張澤乾的《翻譯經緯》（武漢大學出版社，1994 年）、劉宓慶的《當代翻譯理論》（中國對

外翻譯出版公司，1999 年）、譚載喜的《翻譯學》（湖北教育出版社，2000 年）等體系性的著作。特別是《翻譯學》一書很注重運用比較的方法來研究翻譯學，有兩章內容分別論述「比較譯學」和「中西譯論比較」。在翻譯文學的理論研究方面，出現了張今的《文學翻譯原理》（河南大學出版社，1987年）、周儀、羅平合著的《翻譯與批評》（湖北教育出版社，1999 年）、劉宓慶的《翻譯美學導論》（臺灣書林出版有限公司，1995 年）、奚永吉的《文學翻譯比較美學》（湖北教育出版社，2001 年）等。其中，上述許鈞和周儀、羅平的兩本書，初步形成了中國「翻譯文學批評」的理論架構，都是高質量的著作。但是，毋庸諱言，也有些譯學理論著作尚處在草創的水平，理論上不夠成熟。這突出表現在一些研究翻譯文學理論乃至翻譯美學的書，只不過是把文學理論的某些概念、術語、框架、思路，機械地套用在翻譯文學現象上面。例如，在談到文學翻譯原理的時候，就把「思想性」、「真實性」、「風格」、「內容與形式」、「民族性」、「時代性」等文學理論教科書上的流行概念拿來，作為全書立論的基礎；在談到「翻譯美學」的時候，就把「審美客體」、「審美主體」、「審美經驗」等傳統美學的概念拿來，再用翻譯方面的材料加以填充。這裡只以奚永吉的《文學翻譯比較美學》（湖北教育出版社，2001 年）一書為例來看其中的問題。該書是湖北教育出版社的「中華翻譯研究叢書」的一種，作者試圖用比較文學乃至比較美學的方法來研究文學翻譯，把收集到的大量譯例納入一個理論框架中，立意很好。但是，作者對比較文學、比較美學的學科精髓沒有透澈，只是停留在有關概念的套用上，甚至有時套用得很是牽強、很不自然。例如，本書的書名《文學翻譯比較美學》就令人費解：是「文學翻譯與比較美學」呢，還是「文學翻譯比較的美學」，或者是「文學翻譯中的比較美學」呢？翻遍全書，作者對此並無一字解釋，令讀者頗費猜測，不免歧義橫生。再看正文，第一章標題是「文學翻譯比較美學思辨」，其中的各節內

容並沒有什麼「美學思辨」。例如第一節「文學翻譯理論比較美學觀」，實際上是對中國現代各家有代表性的翻譯理論與主張的簡要評述；第二節「文學翻譯比較美學範型觀」，以中國現代翻譯文學史上的幾個人物為例，分析了翻譯家、理論家或翻譯家兼理論家、或翻譯家兼多種「家」於一身等不同的情形，這實際上是對翻譯家知識結構的分析，大可不必冠以「比較美學範型」這一大而洋化的美學哲學術語。綜觀全書內容，約百分之九十的文字是中國現代翻譯作品的相同片段的比較及與原文的比較，是一部以實例分析為主的實踐性的翻譯研究著作，但作者極力以「比較美學」之類的學科術語做理論上的提升，反而顯得勉為其難，捉襟見肘。這個例子說明，將文學翻譯的研究提高到學科體系的高度，提高到比較文化與比較文學的高度，必須基於作者內在的理論修養，而不能乞靈於外在的美學哲學術語和理論框架。

傅勇林的論文集《文化範式：譯學研究與比較文學》（西南交通大學出版社，2000 年）中，有一篇文章論及中國譯學的歷史與現狀，認為：中國譯學研究的現實是「局部精確，整體零碎」；探討翻譯技巧，即「術」的文章多，而「『論』的層面亦與嚴幾道『信達雅』之說形影不離，卻鮮見『體制別創』、異調新談，始終徘徊在『學術四合院』的方井裡，尺幅不納寰宇，境界不深，思想蒼白，學術乏力，既不能塑造中國譯學研究的學術品格，建立自己應有的學術範式，亦不能以深具原創性的研究實績匯入國際學術主流」。根據以上我們對中國譯學八〇至九〇年代研究現狀的大體分析，可知傅勇林的看法不是沒有根據的。不過，對於嚴復「信達雅」的「形影不離」地不斷討論和闡發，倒是逐漸形成了唯一具備中國特色譯學理論的「範式」，對此不應低估。傅勇林的這本書中有一組文章評述了現當代西方譯學理論及其範式變革。這些介紹對中國譯學理論的建設是有啟發意義的。

　　從比較文學角度看，一九八〇年代以來在譯學理論方面做出突出成績的，首推上海外國語大學的謝天振。八〇年代以來，他在《中國比較文學》等刊物上發表了一系列研究翻譯問題、翻譯文學問題的文章。一九九四年，臺灣業強出版社出版了他的論文集《比較文學與翻譯文學》。此後，他進一步提出了「譯介學」這一概念，對「譯介學」研究的性質、內容及對象提出了系統的見解，並在《中西比較文學》、《比較文學》（均由高等教育出版社出版）等教材中以專章專節表達了這些見解。一九九九年，他的專著《譯介學》由上海外語教育出版社出版。這本書是他近二十年間關於比較文學、翻譯文學、譯介學研究的集大成，標誌著他的譯介學已經形成了一定的理論系統。《譯介學》在學術上的特色和貢獻主要表現為以下幾點。第一，作者評述了西方、俄國和中國翻譯史上的「文藝學派」，並指出從文學角度出發的翻譯研究是二十世紀翻譯研究的一種趨向。一直以來，各國翻譯史上都存在著「科學學派」和「文藝學派」兩種不同的翻譯思潮，比較文學所要研究的並不是全部的翻譯現象，而是翻譯中的文學翻譯，而文學翻譯一般歸屬為「文藝學派」。謝天振沒有以「文藝學派」這個西方翻譯史上的流派稱謂來稱呼中國翻譯史，在談到中國翻譯史上的類似現象的時候，他審慎地表述為「中國翻譯史上的文學傳統」，指出從文學研究的立場出發去研究中國翻譯史，不僅有可能，也有必要，從而為比較文學的譯介學研究的對象範圍找到了歷史依據。第二，他深入地論述了文學翻譯中的「創造性叛逆」的現象，並把翻譯家的「創造性叛逆」看作是文學翻譯的一種規律性特徵，認為文學作品的有關詞語中包含著特定的「文化意象」，翻譯不應該失落和歪曲這些意象，並認為當初趙景深將「milky way」譯成「牛奶路」而不是譯成「銀河」，曾被魯迅嘲諷，現在看來是無可厚非的。第三，鑒於近半個多世紀來中國的各種文學史書上不寫翻譯文學，不給翻譯家和翻譯文學以一定的位置，謝天振提出應該承認翻譯文學。

他認為翻譯文學不等於外國文學,「翻譯文學應該是中國文學的一個組成部分」。這個觀點的提出給中國比較文學界乃至整個中國文學研究界,都造成了一定的衝擊,引起了一定的反響和共鳴。他認為對翻譯文學的承認最終應落實在兩個方面,一是在國別(中國)文學史上讓翻譯文學占有一席之地,一是編寫相對獨立的翻譯文學史,並就如何撰寫「翻譯文學史」提出了自己的看法,認為「文學翻譯史」不等於「翻譯文學史」。前者側重於文學的事件和翻譯家的評述,後者是以文學為主體,也是理想的翻譯文學史的寫法。這些理論和觀點對九〇年代後期的比較文學及翻譯文學研究,特別是對翻譯文學史的研究,都有一定的影響。

二　對翻譯文學及中國翻譯文學史的研究

中國翻譯史的研究與寫作開始於一九二〇年代後。著作有梁啟超的長文《翻譯文學與佛典》(1921)、阿英的《翻譯史話》(1938)。一九八〇年代初,馬祖毅教授的《中國翻譯簡史(五四以前部分)》(中國對外翻譯出版公司,1984 年,後擴充為《中國翻譯史‧上卷》,湖北教育出版社,1999 年)是中國第一部較全面、系統地論述中國翻譯史的著作;一九九七年湖北教育出版社出版的馬祖毅、任榮珍合著的《漢籍外譯史》是中國第一部全面論述中國書籍在外國翻譯出版歷史的專著。一九九七年上海外語教育出版社出版的王克非編著的《翻譯文化史論》,對中國和日本翻譯史做了大體的描述;一九九八年新疆大學出版社出版了熱扎克‧買提尼牙孜主編的《西域翻譯史》,系統論述了古代中國西域地區翻譯的歷史。這些書並不專論翻譯文學,但含有不少翻譯文學的內容。

對中國的翻譯文學史進行獨立的研究,是以《中國翻譯文學史稿》的問世為標誌的。

　　八〇年代中期，陳玉剛教授組織了李載道、劉獻彪等五位撰稿人合作撰寫《中國翻譯文學史稿》，到一九八九年，中國對外翻譯出版公司出版了陳玉剛主編的這部《史稿》。《中國翻譯文學史稿》並不是從古到今的中國翻譯文學通史，而是近現代翻譯文學史，上起鴉片戰爭，下至一九六六年「文化大革命」前夕。全書按不同的歷史階段分為五編。每編的第一章均是「概述」，以下各章為分述。第一編論述中國近代的翻譯文學，從一八四〇年至一九一九年，分別以專章評述了梁啟超、嚴復、林紓的翻譯活動與貢獻。第二編的時間從一九一五年到一九三〇年，作者將這一時期作為中國現代翻譯文學發展的初期，分章評述了新青年社、文學研究會、創造社、未名社四個團體和魯迅、茅盾、郭沫若、巴金等四位翻譯家的翻譯活動及貢獻。第三編是中國現代翻譯文學的中期，從一九三〇年到一九三七年，分別評述了「左聯」、瞿秋白的翻譯，關於翻譯理論的討論與研究，《譯文》雜誌、《世界文庫》叢書對翻譯文學的貢獻。第四編是中國現代翻譯文學發展的後期，時段是一九三七年至一九四九年，分別論述了上海「孤島」時期、國統區、解放區三個不同政治區域的翻譯文學，其中重點介紹了朱生豪、梅益、傅雷、戈寶權、方重、肖三、姜椿芳等人的翻譯文學。第五編是中國當代翻譯文學，分章介紹中國對亞非拉、對俄蘇、對歐美各國文學的翻譯。作者在「編後記」中談到了本書編寫的原則，即「以文學翻譯活動的事實為基礎，以脈絡為主，闡明翻譯文學的發展歷史和規律，並力圖對翻譯文學和新文學發展的關係，各個時期翻譯文學的特點，重要文學翻譯家的翻譯主張以及他們之間的繼承和相互影響，翻譯文學最基本的特徵和它同其他形式的文學基本的不同點等問題進行探討」。可以說，作者在本書中基本實現了這些設想和目標。現在看來，這部書對翻譯文學史研究的貢獻主要表現在它的填補空白的開拓性。作為中國第一部翻譯文學史，在選題上有著相當前瞻性的學術眼光，為此後的翻譯文學史的寫作提供了借鑒。

它基本確立了以翻譯家和翻譯史實為中心的翻譯文學史的寫法，並且將文學翻譯理論作為翻譯文學史上的重要現象加以評述。當然，作為第一部翻譯文學史，它難免存在一些不足。該書以評述文學翻譯的史實為主，評介的中心是「翻譯活動」，實際上是「文學翻譯史」而不是「翻譯文學」史。「翻譯文學」作為一種特殊的文學類型，應該以文本為依託，但本書對文本的分析卻是薄弱的。

一九九六年出版的孫致禮編著的《一九四九至一九六六我國英美文學翻譯概論》（譯林出版社）是與《中國翻譯文學史稿》同類的著作。但它是一部中國翻譯文學的斷代史和專題史，專談新中國成立後至「文革」爆發前十七年間中國的英美文學的翻譯，在寫法上與《中國翻譯文學史稿》基本相同，那就是以翻譯文學的史實、翻譯活動的記述為中心。作者在史料上下了很大功夫，統計出了十七年間出版的英美文學譯作四百六十種，並做成表格附錄於後；提到和評介了三百多位翻譯家，在全書的中心部分第二編中，分章重點評述了二十六位重要的翻譯家，包括莎士比亞戲劇翻譯家卞之琳、曹未風、方平，詩歌翻譯方面評述了方重譯喬叟、朱維之譯《復樂園》、王佐良譯《彭斯詩選》、查良錚譯英國浪漫主義詩歌、袁可嘉譯英美詩歌、屠岸譯《莎士比亞十四行詩集》；小說翻譯方面評述了董秋斯翻譯的《大衛‧科波菲爾》、張友松翻譯的馬克‧吐溫小說、周煦良譯《福爾賽世家》、韓侍桁譯《紅字》、曹庸譯《白鯨》、楊必譯《名利場》、吳勞譯《馬丁‧伊登》、王仲年譯歐‧亨利小說等，此外還評述了綜合型翻譯家傅東華、張谷若、黃雨石、王科一。在評述翻譯家的翻譯成就時，作者將基本史料的陳述與作品文本的分析結合起立，採取了將英文原作與譯文抽樣加以比照的方法，來說明翻譯家譯筆的特色。這樣一來，「翻譯文學」的本體色彩就突出了，這是本書較《中國翻譯文學史稿》的一個顯著的進步。

郭延禮的《中國近代翻譯文學概論》（湖北教育出版社，1998

年）是繼上書之後出版的又一部中國翻譯文學的斷代史。郭延禮是中國近代文學的著名專家，其三卷本《中國近代文學發展史》是中國分量最重、影響最大的近代文學史。他以近代文學史家的身分研究作為近代文學之組成部分的中國近代翻譯史，是有著明顯的學術優勢的。與古代文學和現代文學的研究比較而言，中國近代文學的研究是個薄弱環節，尤其是書刊出版雜多，資料大都處於缺乏整理的散亂狀態。可以說，在中國文學史及中國近代翻譯文學史研究中，近代翻譯文學這一段的研究在資料的收集、辨析、考證上最為困難。除了日本學者樽本照雄在這方面做了卓有成效的資料整理外，郭延禮在資料的積累方面是得天獨厚的，這是他的《中國近代翻譯文學概論》成功的基礎。這也是作者為什麼不是翻譯家，也沒有翻譯經驗，卻能夠寫好近代翻譯文學史的原因。該書一九九八年由湖北教育出版社作為「中華翻譯研究叢書」之一種推出，很快引起了學術界的注意和讚賞。現在看來，《中國近代翻譯文學概論》是上述叢書中質量最高的一部專著。在材料的豐富翔實、資料使用的準確可靠、論說的條貫、持論的平正方面，堪稱翻譯文學史寫作的範例。全書四十四萬字，分上下兩篇。在全書緒論中，作者認為中國近代翻譯文學開始於十九世紀七○年代，到五四運動止，統計出在五十年的時間裡，出現的翻譯家或譯者二百五十人左右，共翻譯小說二千二百六十九種，詩歌近百篇、戲劇二十餘部。該書上篇以翻譯文學的文體形式分類，在總述中國近代文學發展脈絡及其主要特點之後，分專章論述了近代翻譯文學理論、詩歌翻譯、小說翻譯、政治小說翻譯、偵探小說翻譯、科學小說翻譯、戲劇翻譯、伊索寓言翻譯等。作者在評述之外，很注意總結翻譯文學中某些規律性的現象。如，他指出，中國近代翻譯的歷程大體先是自然科學，繼而是社會科學，最後才出現了文學翻譯；中國近代自日文轉譯的小說還有不少是名家名著，但譯介的日本小說卻很少名家名著。在下篇，作者以重要的翻譯家為單元，分章評述了他們的翻譯

成就，這些翻譯家包括梁啟超、嚴復、林紓、蘇曼殊、馬君武、周桂笙、奚若、吳檮、伍光建、曾樸、陳景韓、包天笑、周瘦鵑以及周氏兄弟、胡適、陳獨秀、劉半農等。在〈結束語：近代翻譯文學與中國文學的近代化〉中，作者認為從文學本體上來說，文學的變革最終表現為形式的變革，並從文體形式的角度分析了翻譯文學對中國近代文體類型的影響，指出翻譯文學促進了中國近代文體類型的健全，西方敘事藝術，包括敘事人稱、敘事時間等，促進了中國文學的近代化。翻譯文學在人物塑造、心理描寫、景物描寫等藝術技巧上對近代文學也產生了影響。但他指出總體來說，翻譯文學對文學近代化的推動是「不充分的」，是「不充分的文學近代化」。

在中國近代、現代、當代翻譯文學史研究之外，還有人嘗試從另外的視角、以另一種形式研究中國的翻譯文學史。王向遠在〈翻譯文學史的理論與方法〉（載《中國比較文學》，2000 年第 1 期）中，根據研究的範圍角度的不同，將中國翻譯文學史的研究和寫作劃分為四種類型。一是綜合性的翻譯文學史，二是斷代性的翻譯文學史，三是專題性的翻譯文學史，四是只涉及某一國別、某一語種的翻譯文學史。認為：「第四種類型的翻譯文學史，在今後相當長的時間裡，應該是翻譯文學史研究和寫作的最基本的方式。它可以由個人獨立完成，並有可能很好地體現出學術個性，保證研究的深入。在這種國別性的翻譯文學史研究有了全面的積累後，才會出現綜合性的、集大成的、高水平的《中國翻譯文學史》。」他還在〈二十一世紀的中國比較文學：問題與展望〉（《文藝報》，1999 年 5 月 13 日）中，呼籲學界進行《中國的俄羅斯文學翻譯史》、《中國的法國文學翻譯史》、《中國的英美文學翻譯史》等重要的國別翻譯文學史的研究與寫作。二〇〇一年初，王向遠的《二十世紀中國的日本翻譯文學史》由北京師範大學出版社出版。該書是中國第一部日本文學翻譯史，也是中國第一部國別翻譯文學史。在寫作中，他注意吸收和借鑒上述各種翻譯文學

史，十分注意「翻譯文學」本體意識的表現。在該書「前言」中，他認為翻譯文學史與一般的文學史在內容的構成要素方面有相通的地方，也有特殊的地方。一般的文學史有四個基本要素，即：時代環境—作家—作品—讀者；而翻譯文學史則有六個要素，即：時代環境—作家—作品—翻譯家—譯本—讀者。他認為翻譯文學史應把重心放在後三種要素上，而其中最重要的是「譯本」，翻譯文學史的研究必須以「譯本」為中心，並應解決和回答四個問題：一、為什麼要譯？二、譯的是什麼？三、譯得怎麼樣？四、譯本有何反響？《二十世紀中國的日本翻譯文學史》就是體現了這種寫作觀念。全書將二十世紀中國的日本文學翻譯劃分為五個時期，即，清末民初（1898-1919 年）；二、三〇年代（1920-1936 年）；抗日戰爭時期（1937-1949 年）；新中國成立頭三十年（1949-1978 年）；改革開放後（1979-2000 年）。以三十五萬字的篇幅評述了各個時代日本翻譯文學的背景、特點、重要翻譯家、重要譯作及其成敗得失。各個時期重點評述的翻譯家有魯迅、周作人、章克標、崔萬秋、謝六逸、夏丏尊、李漱泉、田漢、劉大傑、胡仲持、沈端先、馮憲章、樓適夷、豐子愷、錢稻孫、楊烈、李芒、申非、葉渭渠、唐月梅、文潔若、鄭民欽、陳德文、林少華等。對重要譯本的評析深入到文學本體的層面，根據不同譯本的不同特點和情況，對情節、人物和翻譯語言技巧進行了細緻的分析。全書有意識地擺脫那種將原文和譯文羅列出來加以對照、簡單評判優劣的做法，認為翻譯文學史若展開純語言層面的過於細緻的分析，就會使翻譯文學史成為翻譯技巧的講義，而應在以文學為本位的前提下，注重分析和揭示翻譯文學、翻譯家及譯作本身所體現的時代、社會、政治、國際關係、文藝思潮流派等複雜的文化成因，注重分析翻譯家的文化立場、文學觀念對翻譯的制約與影響。鑒於中國的日本文學翻譯家有許多同時又是作家這一事實，該書將翻譯與創作作為一個整體，注意將作為翻譯家的翻譯與作為創作家的創作兩者聯繫

起來加以考察。書後所附《二十世紀中國的日本文學譯本目錄》，收譯本兩千種，為中國第一份全面的日本文學譯本目錄清單。

內地之外的香港中文大學、香港大學等，一直以來十分重視翻譯及翻譯文學史的研究，有的大學設有專門的翻譯系，有穩定的研究人員，出了不少研究成果。其中，他們在內地出版的幾本書值得注意。一是香港中文大學的王宏志教授的《重釋「信達雅」——二十世紀中國翻譯研究》。九〇年代，王宏志教授在內地及香港的學術刊物上發表了多篇有關近現代翻譯文學研究的文章。到一九九九年，這些文章上海東方出版中心結集為書出版發行。除緒論外，該書收文章七篇。該書的「內容提要」寫道：「作者將翻譯研究從一般語言文字層面提升到文化層面，運用了大量的中外文史料，從翻譯理論、意識形態、讀者接受心理、傳統文化背景及文化的傳播方式等角度系統地梳理了二十世紀中國翻譯理論。綜論與個案研究相結合，論述了嚴復、梁啟超、魯迅、梁實秋、瞿秋白等近現代翻譯家的翻譯思想和實踐。並從他們各自的文化政治立場角度，細緻分析了他們翻譯思想產生的時代因素，指出了他們之間翻譯觀的承繼、反叛、對抗、融合的情況，力求在文化的座標系中尋求他們分歧與相容的根源，為學界一直有爭議的問題提供又一個新穎的研究角度，有利於讀者更加深入地了解近代以來的翻譯史、文化史。」這個「提要」是對本書內容的很好的概括。其中有的文章在某些學界早已熟悉的問題上別出機杼，在研究的角度和深度上均有可取之處。如〈「專欲發表區區政見」——梁啟超和晚清小說的翻譯及創作〉一文，和北京大學的夏曉虹的有關文章一樣，可以說是這個問題研究的最好的文章。體現香港地區學者翻譯文學研究實力的另一成果是孔慧怡主編的、由北京大學出版社出版的「翻譯研究論叢」。該叢書到二〇〇〇年已出版三種，包括王宏志主編的《翻譯與創作——中國近代翻譯小說論》。這是一九九六年在香港召開的一次關於中國近代翻譯問題的國際學術會議的論文集，收中

國內地、香港學者王曉明、王繼權、郭延禮、孔慧怡、卜立德、王宏志、袁進、范伯群、夏曉虹、陳平原、王德威等和日本學者樽本照雄的文章共十三篇。另外兩本書是孔慧怡著《翻譯‧文學‧文化》和孔慧怡、楊承淑編的論文集《亞洲翻譯傳統與現代動向》。孔慧怡的《翻譯‧文學‧文化》是她的論文集，第一、二部分的八篇文章分別討論英譯中和中譯英方面的問題，大部分論文研究的是文學翻譯問題，所使用的譯例也幾乎都是文學作品，但作者將文學翻譯問題深入到廣闊的文化層面進行研究，在選題上均能獨闢蹊徑。該書的第三部分是「偽論專論」，其中的三篇文章分別研究佛經中的偽經、英美所偽造翻譯的記載中國情況的《景善日記》以及二十世紀末英美出現的有關中國的偽譯《光輝之城》、《世事渾圓書》等，作者考證了偽譯的來龍去脈、產生的社會文化基礎以及它們的文化意味。關於偽譯的研究在大陸學界極少有人來做，孔慧怡的這三篇文章在選題及其研究方法上，都富於啟發性。另外，孔慧怡和臺灣輔仁大學楊承淑編的《亞洲翻譯傳統與現代動向》，是一九九八年在臺灣輔仁大學舉行的「亞洲翻譯傳統與現代動向國際研討會」的論文集，收錄文章十二篇，分別論述中國內地、中國香港和臺灣地區以及朝鮮、日本、泰國、馬來西亞等東亞、東南亞國家的翻譯歷史與現狀，全書體現出了用亞洲的視野和比較的觀點來看待翻譯問題的研究思路，這在此前的翻譯研究及翻譯文學研究中是少見的。此前，只有北京外國語大學王克非的《翻譯文化史論》（上海外語教育出版社，1997 年），介紹了中國、日本、英國、俄羅斯的文學翻譯。看來，對各國翻譯文學進行總體的、整體的、綜合的、比較的研究，具有相對大的難度，但它應該是翻譯文學研究的一個努力方向。

二〇〇八年度中國比較文學概觀[1]

　　二〇〇八年，對於中國人來說是不平凡的一年。這年八月，奧林匹克運動會在北京圓滿舉行，贏得了全世界的驚歎與喝彩。而在此前不久，四川汶川地區發生了特大地震，八萬多人瞬間失去了寶貴的生命，令四海悲慟，五洲震驚。下半年，源自美國的金融危機也開始殃及中國經濟，令許多企業陷入困境……。總之，二〇〇八年是一個大喜大悲、喜憂參半的年分。而這些，多多少少都對中國比較文學學壇，產生了或明或暗的影響。

　　比較文學是一門開放的人文學科，國際性、前沿性、人文性是這個學科的基本特徵。北京奧運會的召開，使得中國與國際社會的聯繫更加頻繁與密切，中國社會更加開放。而這，正是比較文學學科所必需的社會基礎與文化氛圍。有了這種氛圍，比較文學如魚得水。從學術史的角度看，自改革開放初期中國比較文學復興並崛起以來，中國的比較文學與中國社會的起伏發展同呼吸共命運。整個一九八〇年代，中國比較文學在學術上雖然並不成熟，但充滿活氣與張力。一九八九下半年至一九九二年初的幾年間，受政治環境的影響，中國比較文學顯得瞻前顧後，一度逡巡不前，成果明顯減少。一九九二年後，隨著中國市場經濟開始建立，中國社會日益開放，中國比較文學活力重現。從《中國比較文學論文索引（1980-2000）》（南昌，江西教育出版社，2002 年）的編年目錄中可以看出，一九九〇年代中後期，

1　本文原載《中國比較文學年鑒2008》（北京市，中國社會科學出版社，2010年），與曹順慶合作。

中國比較文學的發展進步與時俱進，年年遞增；又從《中國比較文學百年書目（1904-2005）》（群言出版社，2006 年）可以看出，進入二十一世紀短短五年間的書目，竟占到一百年中的三分之一！可見新世紀後的中國比較文學，是呈幾何級數的增長。就二〇〇八年度而言，據我們的統計，國內學術刊物上發表的嚴格意義上的比較文學論文有近三千篇，出版的比較文學研究著作一百五十多部，是歷年來最多的年分。就比較文學的學科繁榮與發達的程度而言，中國比較文學在成果的質量與數量上，已經超過了其他任何國家。中國比較文學發展至今，已經初步建立起了基於中國比較文學研究實踐基礎上的中國特色的比較文學學科理論與比較詩學理論，已經形成了得天獨厚的「東方比較文學」與「中西比較文學」兩大研究範式，已經在漢語與西語的互譯實踐中，形成了中國特色的「翻譯文學」的理論研究與翻譯文學史建構。這些都充分印證了學術界近年來作出的一個判斷：當代中國的比較文學代表了世界比較文學發展的第三個階段，世界比較文學的重心已經移到了中國。

　　面對日益繁榮的中國比較文學，面對蓬勃發展的中國當代學術文化，我們不能自我矮化。特別是必須克服在一些人頭腦中根深柢固的「文化洋奴」心態，不能跟在某些傲慢自大的洋人後頭，習慣性地貶低中國學術及中國比較文學，不能一方面不得不承認中國學術成果數量多而另一方面又說質量不行。只就人文科學而言，中國從歷史到當下，從來都是人文學術大國，這一點無待於洋人來「承認」，而是一個客觀存在的事實。一般而言，人文科學研究中很多的成果數量，往往孕育著很高的學術質量，很高的質量必須從很多的數量中抽象出來。世界學術大國、學術史上的著名學者都是「量」多「質」優的。就中國比較文學學科而言，這大量的成果是中國學術文化、出版文化、教育文化、讀書文化繁榮發達的一個重要表徵。這其中有許多東西固然談不上都有學術上的創新，但也無可否認，也有許多成果在學

術上是創新的，甚至也有不少走在了世界比較文學的學術前沿。作為
《中國比較文學年鑒》的編者，我們對此有著深深的感受與體會；我
們對中國比較文學界各位學者的持之以恆的努力與豐碩的收穫，充滿
著感動與敬意。

　　就二○○八年度的比較文學研究而言，我們認為它仍然保持著前
幾年中國比較文學持續發展的慣性，在各個分枝學科領域，都有條不
紊地推進，同時又呈現出本年度的若干特點。

　　在比較文學學科理論領域，中國學者對學科理論的探討和研究越
發深入，對外來理論的消化越來越順暢，學科建構的能力越來越強。
比較文學是一個充滿活力的前沿性學科，而比較文學學科理論又是前
沿中的最前沿，既有作為一個學科的基本理論、基本概念與範疇的相
對穩定性，也具有它特有的探索性與更新性。穩定性的部分可用來進
行本科生基礎課的教學，探索與新建構的部分則可以為研究觀念的更
新尋求理論支撐。從本年度的有關文章中可以看出，一部分來自一般
院校的從事「比較文學概論」課程教學的教師，希望比較文學學科理
論要「穩定」，要「規範化」，抱怨現在的觀點與說法太多而令人無所
適從。據統計，自二○○八年度止，中國已出版各種比較文學學科理
論的相關書籍七十餘種，這其中大多數是用於本科生基礎課教學的教
材，也體現出了編者們對「規範」與「穩定」的追求。但毋庸諱言，
「規範」與「穩定」有時候往往反映出編寫者讀書不多、不求甚解而
安於墨守。另一方面，中國比較文學學科理論界一直沒有停止過理論
上的探求與更新，他們在充分吸收外來理論的基礎上，結合中國比較
文學獨特而多彩的研究實踐，不斷地對現有的比較文學學科理論、學
術理論與方法加以充實、修正、改造與優化。「規範」與「創新」在
中國比較文學學科理論中，已經形成了並行不悖的局面，體現出了中
國比較文學學科理論的基本特點。本年度，對美國學派的學術史及其
韋勒克的理論的研究、對日本比較文學學術理論的研究，都顯示了中

國學者在學科理論建設方面尋求他山之石的不懈努力。在此基礎上，中國學者也繼續發出自己的聲音。針對國外學者發出的比較文學危機論、死亡論，中國學者幾乎異口同聲說「不」。因為中國比較文學正是「三十而立」，談何「死亡」！在學科建設領域，中國學者努力進行理論建構和學科範式的建立，提出並進一步論證了「變異學」、「宏觀比較文學」等學科範疇。本年度，一些論文將作為學科理論範疇的「世界文學」概念，與比較文學學科理論進一步會合起來，進而繼續探討在外國文學史、世界文學史的教材編纂中，如何體現比較文學的觀念與方法。在學術史研究領域，繼《二十世紀中國人文學科學術研究史叢書・比較文學研究》、《中國比較文學研究二十年》、《中國比較文學百年史》之後，也有學者合作編寫出了研究新時期三十年中國比較文學教學問題的專門著作，雖然在資料收集與體系架構方面還存在種種有待完善的問題，但在學科教育史的研究上畢竟開了一個頭。

　　比較詩學，主要是中西比較詩學，是為許多中國比較文學學者特別看重的一個領域，近三十年來成果尤為豐碩。本年度出版的《中西比較詩學史》作為第一部系統研究漢語學界中西比較詩學的學術專著，較為系統地評述了一百多年來中西比較詩學的成果，可以視為迄今為止中國比較詩學的一個初步總結。本年度的成果中，中西古典文論的比較研究仍然較多，但由於中西古典文論沒有事實關係，這些研究均以平行對比為主，其中那些貫穿著鮮明的問題意識的論文，均有理論價值與啟發性；也有一些文章因缺乏鮮明的問題意識而流於簡單的比附。中西現代文論與詩學的比較，則能夠將實證研究與平行比較結合起來，但不少人物、不少概念、不少問題，此前都已經有了大量文章甚至專著做了研究，在這方面，本年度的一些論文在選題立意上重複平庸，難以出新，這不僅是本年度出現的新問題，而是一個老問題。在這種情況下，本年度也有文章對比較詩學的方法論進行反思與探討，如有的學者撰文，對多年前形成的「意境與典型」、「風骨與崇

高」之類以中西詩學範疇為單位的「配對子」式的平行比較模式及其
缺陷侷限，提出了質疑與反思，這是值得傾聽的。本年度比較詩學中
值得注意的動向之一，就是詩學與文論研究由先前的純理論化，逐漸
顯示出對當下社會現實的關懷。賑災之時，有學者從文學人類學的角
度，撰寫了以文學史上的災難與救世為主題的文章，為全民救災尋求
文化傳統與學理論證。鑒於經濟發展造成的環境污染問題，有許多學
者與學術組織，繼續呼籲將環境生態觀念引入文學批評、文學研究與
比較文學研究，旨在從文學的角度強化生態意識。同時，近幾年來，
關於「馬克思主義文論中國化」問題再次被一些學者加以研究與討
論，也從一個側面反映出比較詩學研究與中國當代主流意識形態的結
合。在純理論問題的研究上，本年度比較詩學的一些學者將研究的重
點，從以往所熱衷談論的西方文論家，轉到了海外華人學者身上，對
身處西方世界、具有中國文化修養的海外華人理論家的研究，可為中
西融合與理論創新，提供了可資借鑒的學術經驗。

　　本年度的中西比較文學的成果一如往年，在各個分支學科中所占
最多。「中西比較文學」已經成為中國比較文學的一種模式或範式，
這在本年度的成果中得到了進一步的體現。值得欣慰的是，在中國學
術界長期占統治地位的「西方中心主義」、「中西中心主義」觀念、對
西方（包括前蘇聯）知識範式的套用及其帶來的負面消極的東西，也
受到了一些學者的反省質疑，提出中國學者應該重建自己的「中國文
學」和「中國文學史」觀。也有學者撰文對中國學術界盲目崇拜美國
學術及「美國漢學」、不適當地抬舉、追捧美國漢學的做法，提出分
析與批評。這樣的聲音切中時弊，在中西比較文學中洵為可貴。在本
年度中西比較文學的成果中，關於中西文學關係的傳播與影響研究的
成果仍然是最為扎實、最富有學術性的研究領域，而且在許多方面日
益細化和深化。中國與英、法、德、俄、美等西方文學大國的文學關
係研究得以繼續推進，同時，與一些小國（如保加利亞、羅馬尼亞）

的文學關係研究也開始受到重視，並出現了相關有分量的論文乃至專著。一些文章突破純文學的視閾的束縛，開始將中西文學關係的研究與中西現代歷史事件的研究結合起來（如〈美國朝鮮戰爭戰俘小說中的志願軍形象〉等文），開闢了令人耳目一新的研究領域。當然，中西比較文學也仍然存在不少問題，最突出的依然是簡單的平行比較，就是將兩個作家、兩個作品，或作品的人物形象與性格、情節構思等的異同加以分析說明。這種「X 比 Y」的兩項式比較，一般沒有學術性可言，並且早已在學理上得到了矯正與規範，無奈陸陸續續有一些剛要入門但尚未入門的作者，仍然貪圖便捷，使得這類缺乏學術價值而又容易上手的所謂「比較文學論文」屢禁不絕，是令人十分遺憾的。這種現象在比較文學學科中，估計很難絕跡。

　　從事東方比較文學的研究人及其成果數量，與中西比較文學難以相比。雖然近些年略有加強，但「東方比較文學」與「中西比較文學」之間仍然顯得比例失調。如果今後的語言政策仍然像現在這樣，讓百分之九十九以上的在校學生無可選擇地必須學習英語，如果仍然將阿拉伯語、波斯語、印地語、日語、朝鮮語等在我們周邊國家大量使用的語種視為「小語種」而予以輕視，那麼中國的東方學研究、東方文學研究就會因缺乏語言基礎而難以發展，國人對英美世界如數家珍，而對周邊亞洲國家不甚了了，「美英一邊到」的唯「美」主義潮流所造成的文化生態失衡的局面就難以改觀。在這種情況下，「東方比較文學」研究者默默地在「西方中心」之外從事著相關的研究，更顯得可貴，而且非常必要和重要。三十多年來，中日比較文學在東方比較文學中成果積累豐厚，占據著半壁江山，本年度仍是如此，而且出現了像《日本中國學述聞》這樣的內容豐厚的著作，從日本的「中國學」的角度，展現了中日文學與文化交流的諸多側面。同時，中日文學關係研究的中的一些老課題，如有關魯迅、周作人、郁達夫、郭沫若等中國現代作家與日本文學的關係的文章，仍源源不斷地出現，

在選題與材料與觀點上，不免流於重複，已有的成果太多，後來的文章很難有新的發現。相比於中日比較文學，中韓（朝）文學的關係研究與比較研究，則顯出越來越強勁的發展勢頭。而且，朝鮮傳統文學文獻有相當部分是用古漢語寫成，中國學者從事此方面的研究可謂得天獨厚。可以預料，不久的將來，中韓比較文學在研究的成果規模上，很可能會與中日比較文學並駕齊驅。除中日外，本年度的中國與印度文學、中國與阿拉伯——中東各國的文學關係研究，成果數量不太多但學術價值大都普遍較高，從事這一研究的大都是該領域的學有所成者，生手一般不便貿然涉足，因而在東方比較文學領域中，「X比 Y」的兩項式簡單比較的所謂「論文」，也不像中西比較文學領域那樣多見。

翻譯文學是近三十年來，特別是進入二十一世紀以來突飛猛進的比較文學分支學科。近年來，各大學的外語系及外語學科，紛紛由傳統的「外國語言文學」向「外國語言文化」轉型，在研究上則由以往的單純的外國語言的研究，轉向了翻譯的研究。這一方面導致該學科更多地涉及政治、經濟、歷史文化等，從而一定程度地疏離了文學，而另一方面，由於翻譯研究的基礎仍是語言，而在翻譯研究所涉及的語言文本中，翻譯文學文本最有代表性，從而使得文學翻譯與翻譯文學的研究在一個新的平臺上得以展開，並與國際上翻譯文學研究的新熱潮遙相呼應，又與比較文學的跨文化研究相契合，從而成為比較文學研究的重要組成部分。反過來說，原本從事比較文學的人，也有許多人轉向翻譯研究與翻譯文學研究。在這種情況下，本年度翻譯文學研究仍然持續著以往數年的繁榮景象。在翻譯文學研究的基本理論，如翻譯的標準、審美理想，直譯、意譯等翻譯的方法論方面，仍有若干論文和相關論著出現，局部也有新意，但總體上似乎仍然重複以前的觀點，難有創見。看來，翻譯文學研究要有創新，必須在傳統命題的基礎上，開拓新的研究領域。為此，近年來不少學者呼籲翻譯研究

向文化研究轉型，即由傳統的以語言為出發點的翻譯研究，轉向以文化為指歸的翻譯研究，對譯作的評價，也由語言的標準而轉向文化的標準，從而將「誤讀」、「誤譯」現象作為一種文化現象，予以重新估價。本年度這方面的論文仍然不少，少量論文新穎可讀，但大多數文章了無新意。許多研究者似乎明顯感到了在翻譯本身的理論建構中，理論資源不足，於是就大量援引西方文化理論與文學理論，特別是闡釋學、接受美學、結構主義與解構主義，互文性、陌生化等等。在學術研究日益國際化的時代，適當適度地援引西方理論，是無可厚非的。在翻譯文學的具體研究中，有的文章援引西方理論而獲得了新的論據與新的視角，也是值得肯定的。但也有相當一部分文章，還處在對西方理論模式的好奇地套用的水平上，就如同文藝理論界的一些作者在上世紀八〇至九〇年代所做的那樣。用西方某種現成的「主義」及理論為指導，來研究中國的文學翻譯與翻譯文學，看上去時髦，實則陳舊老套。類似的方法從二十世紀初期開始，已經在文史哲等領域中沿用了一百多年，看似找到了理論根據，實則是拿西方的「斧頭」劈中國的「柴」，結論往往不過是西方的斧頭如何如何地快。如此，中國本土的豐富複雜的文化與文學現象，就很容易成為西方理論的注腳，成為印證西方的「主義」與理論「放之四海而皆準」的材料。在當前的中國翻譯研究與翻譯文學研究中，運用西方「主義」與理論，似乎應當很好地注意這一問題。中國的文學翻譯及翻譯文學是跨越不同語系的宏大的語言文化現象，應當努力從中國文化、中國的文學翻譯實踐自身，總結、抽象出中國獨特的翻譯理論及翻譯文學理論，為此，對中國翻譯文學史的研究就成為實現這一目標的必由之路。從這個角度看，本年度的翻譯文學研究成果一如往年，最值得稱道的成果，當屬中國翻譯文學史的研究。在這一領域，從古代到現代的中國翻譯文學，包括「外譯中」和「中譯外」，均從各個不同的角度得到了認真的審視、掂量與提煉，從中國傳統的翻譯理論、到有代表性的

翻譯家、譯本的研究，都有若干成果。其中，對翻譯家林紓、魯迅、傅雷的研究，對莎士比亞漢譯的研究，已經成為翻譯文學史研究中引人注目的焦點，本年度在此前基礎上又有所推進。本年度還出現了關於翻譯家梁實秋、朱光潛、朱湘、程抱一、英若誠人的研究專著，表明了翻譯文學史研究的幅度的進一步拓展。

　　總之，二〇〇八年，對比較文學而言又是一個連續的豐收年。從本年度《年鑑》所反映的的研究成果來看，比較文學學科仍在進一步發展壯大中，並且一如既往地體現出了它的前沿性、交叉性、開放性的特徵。這種前沿性、交叉性、開放性，不僅僅表現在比較文學研究的選題、視野與識見方面，而且也體現在作者的學科背景方面。就現有的中國的學科劃分與學術體制而言，從屬於「比較文學」或「比較文學與世界文學」學科的教學與研究人員，相比於「中國古代文學」、「中國現當代文學」、「文藝學」、「漢語文字學」等「中國語言文學」一級學科中的各個二級學科，從人員數量上看，無疑還屬於弱勢學科；與「外國語言文學」中的「英語語言文學」等二級學科的人數，也難以相提並論。但是，這些學科專業的許多研究人員或多或少地從事著比較文學研究。屬於「比較文學」範疇的研究成果，包括碩士論文與博士論文，有相當一部分出自非比較文學專業研究者之手，這些專業包括中國現當代文學、中國古代文學，文藝學，外國（國別）語言文學，乃至語言學、美學等領域。其中，外國（國別）語言文學專業、中國現當代文學專業的比較文學選題最多。還有一些選題，看上去比較文學學科色彩不太明顯，本《年鑑》目錄索引中也未收錄，但作者們較多地運用了比較文學的觀念與方法。這些都進一步顯示出比較文學學科理念與學術方法的影響力與滲透力。從這個角度看，在中國當代學術界，「比較文學」已經不僅僅是「比較文學學科」或「比較文學專業」所能涵蓋的，以「比較文學」學科專業為中心，比較文學的學術研究與學術理念已經為其他學科所廣泛接受與運

用。由此，在世界性、全球化時代，在日益開放的中國，比較文學已經顯示出其不可替代的學術文化價值，已經發揮並將繼續發揮著它的無可替代的影響力。

百年國難與「國難文學史」

——關於《中國百年國難文學史（1840-1937）》的研究與寫作[1]

一

　　「中國百年國難文學史」這一研究課題，包含著三個關鍵字：「百年」、「國難」、「國難文學」，對此需要首先加以界定和解釋。

　　所謂「百年」，指的是從一八四〇年中英鴉片戰爭開始，到一九三七年七月「七七」盧溝橋事變後中國全面抗戰為止的大約一百年。這一百年橫跨了通常所說的「近代」與「現代」，但本書沒有使用「近代」、「現代」或「近現代」這樣的術語。眾所周知，「近代」、「現代」在中國是一個相當意識形態化的概念，具有特定的社會歷史語境。從歷史科學研究的角度而言，「近代」、「現代」是當下人站在自身立場上對晚近的稱謂，而難以成為一個恆定的歷史區間稱謂。例如唐代人所說的「近代」，而今天我們看來早已經成為「古代」了，而我們今天所說的「近代」、「現代」，再過多少年，在後人那裡也會成為「古代」。因此，今人的歷史研究、特別是斷代史的研究，要想把所研究的那段歷史客觀地置於整個歷史鏈條與發展序列中，就應該逐漸少用「近代」、「現代」這樣的表述，而使用更具有客觀性的時間表述。有鑑於此，本書在研究中國的國難文學的時候，採用「百年」

1　本文在王向遠等著《中國百年國難文學史》（上海市：上海人民出版社，2010年9月）〈緒論〉的基礎上修改而成。原載《山東社會科學》（濟南），2011年第3期。

這樣時間概念，來指稱一八四〇年至一九三七年的一百年時間。

　　「國難」一詞是古漢語固有詞彙，指國家危難。在中國歷史上，大範圍持續的天災人禍，包括外族騷擾入侵、暴民蜂起、地方叛亂、軍閥混戰、宮廷政變等，都被視為「國難」。但中國歷史上的「國」或「國家」的觀念，與現代國家觀念相去甚遠。古代諸侯稱「國」、大夫稱「家」，乃至將帝王直接稱為「國家」。「國家」不是天下人的國家，而是統治者的領地與私產。因此，儘管中國歷朝歷代都不乏「國難」，但內亂之「難」基本上是統治者之「難」，而未必是尋常百姓之「難」；只有外亂（外族入侵）之「難」，才是「國難」。中國歷史上由外族入侵乃至外族入主所導致的國難，對官民上下造成的苦難與衝擊甚為劇烈，特別是宋末元初、明末清初，外族入主中原造成了改朝換代與社會動盪，也可以說是那個時代的「國難」，對此，那時的士大夫階層有大量抒寫國破家亡的詩文，如唐宋時代的邊塞詩，而民間下層百姓則有大量的演義小說、通俗小說，如明代的《楊家府演義》、《北宋志傳》等表現喪家之痛與保家衛國之情，從某種意義上也可以說是那個時代的「國難文學」。然而，從文學史上看，那些宋元明清時代的反映國破家亡的「國難文學」，與其說反映了國家危難，不如說反映了改朝換代的不適與痛苦；與其說是歎惋社稷國家的崩壞，不如說歎惋朝廷皇帝的覆亡；與其說表現了具有國家主人公意識的愛國主義，不如說是表現了具有忠君意識的皇權主義。換言之，那時的作者與讀者的「國」及「國家」的觀念，還沒有超出君權思想的範疇，還沒有確立現代國家觀念和國民意識，還沒有形成國家主人公的立場。另一方面，那時的相關創作在數量上是有限的，在空間與時間的傳播上也是有限的，未能成為一股持續的有時代性的創作潮流。故而，那時的「國難文學」不是我們所界定的真正意義上的「國難文學」，而只是古代的「邊塞文學」、「戰爭文學」或「征戰文學」。可以說，在綿長的中國歷史上，真正的「國難」史是一八四〇年後的百年

史；在悠久的中國文學史上，嚴格意義上的「國難文學史」，是一八四〇年後一百年間的以「國難」為主題的文學史。

　　一八四〇年代以降的一百年，事件頻仍，國難不斷，就重大事件而言就有十幾次。其中最重要的是一八四〇年開始的中英鴉片戰爭、一八八二至一八八五年的中法戰爭、一八九四至一八九五年的中日甲午戰爭，一九〇〇年八國聯軍侵占北京的「庚子事變」、一九一五年日本提出旨在滅亡中國的「二十一條」、一九二五年的「五卅」事件、一九二八年的濟南慘案、一九三一年的「九・一八」事變，一九三七年的「七七」盧溝橋事變。從一八四八年到一九三七年，九次重大的國難事件，正好歷時一百年。這一百年是東西方帝國主義列強不斷施加侵略、中國不斷被動挨打、國家多災多難的一百年。百年間官民都有不斷的抵禦抗爭，但由於國家政治體制落後、官僚腐敗，統治者凝聚力與領導力貧弱與喪失，民眾覺悟程度與發動程度有限，抵禦乏術，抗爭無力，往往焦頭爛額、內外交困，前門來狼，後門進虎，捉襟見肘，一籌莫展，任人宰割，辱國喪權，不但國將不國，連中華歷史文化的價值與傳統也面臨著被衝擊乃至被顛覆的危險。這一災難的深刻性、持續性、全面性，在歷史上是空前的，當以「國難」或「百年國難」一言以蔽之，反映這一時代的文學，就是「國難文學」或「百年國難文學」。

　　我們將一八四〇至一九三七年的一百年界定為「百年國難」時期，進而將一九三七年七月「七七」事變作為「百年國難」的下限。換言之，我們將「百年國難」與「八年抗戰」劃分為兩個不同的歷史時代。這樣的劃分基於如下的判斷：「七七」事變以後，中國歷史進入了另一個新的時代——「八年抗戰」時代。一九三七年七月日本發動全面侵華戰爭的「七七」事變，是中國歷史上空前的國難事件，但同時也是「百年國難」的轉捩點。面對被侵略者置之死地的深重危機，不得不做「最後的一戰」，開始從根本上擺脫百年來步步退讓、

被動挨打的局面，而進入共赴國難、浴火重生的歷史時期。從此，整
個中國從上到下，地不分南北、黨不分左右、人不分男女老幼，開始
了全面的抗日戰爭。由此，中國歷史也從「百年國難時代」而進入
「八年抗戰時代」。「國難時代」與「抗戰時代」固然是一個先後連續
的過程，卻有著頗為不同的時代特點。「百年國難」的本質是苦難，
「八年抗戰」的本質在於抗爭；「百年國難」時代固然在苦難中也有
抗爭，但抗爭乏術乏力、態度消極被動，而「八年抗戰」時期固然也
有多次國難事件（特別是日軍發動的南京大屠殺等大規模屠殺事
件），但「八年抗戰」時代的總特點是奮起於國難，上下同心，決死
一戰，最終由抗戰而新生。與「百年國難」與「八年抗戰」同樣，
「國難文學」與「抗戰文學」也是一個先後相繼的過程，同時也有著
明顯不同的內涵與面貌。

　　「百年國難」與「八年抗戰」的時代劃分，也完全適用於文學
史，由此可以劃分出「百年國難文學」與「八年抗戰文學」兩個歷史
階段、兩種文學形態。這樣的劃分尊重了時代的本質的統一性與相對
完整性，避免了以政權更迭、黨派興起為依據劃分文學史所造成的諸
多問題，並可以解決一系列文學史難題。在以往中國古代史研究與撰
寫中流行的按王朝更替來劃分的歷史著作模式中，「清史」只能包括
「百年國難」的前半部分，「中華民國史」只能包含「百年國難」的
後半部分。後來使用的「清末民初」這一複合概念，一定程度地避免
了兩分的尷尬，但「民初」一般限定在一九一九之前，「百年國難」
仍然被從中切斷。在以往的「近代」及「中國近代史」的界定、劃分
與相關著述中，將一八四〇年代作為近代史之始，以一九一七年俄羅
斯十月革命或一九一九年五四運動為界，作為近代史之終，這樣仍然
將「百年國難」從中間截斷，去掉了後半部分；而以往的「現代」及
「中國現代史」的界定、劃分及相關著述，均以一九一七年俄國十月
革命或一九一九年五四運動為起點，於是「百年國難」的前半部分就

被切斷。歷史階段與歷史形態的劃分可以根據研究的對象、課題與研究的目的宗旨，而採取多種不同的角度，尋找不同的切入點，使用不同的劃分方法。從以上分析中可以看出，對於「百年國難」史研究而言，以往的歷史階段劃分模式都不太適用，應該使這一歷史階段的敘述與書寫保持其應有的統一性和連續性，而對於「國難文學史」這樣的專題文學史研究而言，我們有必要以「百年國難」為依據，確立新的、相對獨立的文學史敘述區間與話語空間。

二

　　以上我們已經在縱向的、動態的時序上，為「百年國難文學」劃分出了存在區間，還有必要在語義學的意義上，為「國難文學」確立靜態的存在空間。為此，就要釐定「國難文學」與此前使用的兩個相關概念──「反侵略文學」、「愛國主義文學」──之間的關係，從而進一步確立「國難文學」概念的合理性與有效性。

　　在以往的文學史研究中，不少研究者使用「反侵略文學」這一術語，來指稱一八四○年之後的相關文學。例如，一九三八年阿英先生編纂出版了《近百年來國難文學大系》（全四卷，北新書局版）。一九五七至一九六○年該套叢書增訂為五卷（增加了〈反美華工禁約文學集〉一卷，由中華書局再版的時候，更名為《中國近代反侵略文學集》。此後直至現在，「國難文學」一詞基本上成為死詞而不被使用，「反侵略文學」卻被經常使用。然而實際上，「反侵略文學」這一術語雖然一定程度地反映了「百年國難文學」的內容，但並不嚴密、並不周延。從內容上看，與其說「百年國難文學」反映的是「反侵略」，不如說是更多反映的是「侵略」，更多地描寫帝國主義列強如何侵略中國，如何給國家與國人帶來種種災難。「百年國難文學」對「反侵略」固然也有不少描寫，對反抗侵略的民族英雄人物固然也有

不少的讚頌，但同時也如實地反映了一些當權者如何昏庸誤國、如何
退讓妥協、如何放棄抵抗、如何賣國，抒發的主要不是反侵略的豪情
壯志，而是國破家亡的憤懣與悲哀。概而言之，更多地描寫的是「國
難」，而不是「反侵略」。「國難」是消極被動的承受，「反侵略」是積
極主動的承當。因此，「百年國難文學」的實質在於「國難」，而不在
於「反侵略」。實際上，「國難」一詞在「百年國難文學」史上早就有
人使用，「國難小說」、「國難詩歌」之類的稱謂在當時的報章書籍上
被經常使用，阿英先生早在《近代國難史從鈔》中就使用了「國難」
一詞，來概括指稱相關文獻史料。而「反侵略文學」一詞作為一個文
學術語在「百年國難文學」史上的相關文獻中殆無所見，也很難找
到。後來之所以放棄了「國難」、「國難文學」這樣的概念，蓋有種種
原因，但問題可能出現在「國難」的「國」字上。長期以來，由於國
內政治方面的原因，我們對新中國以前的「國」在主流的政治觀念的
層面上缺乏認同、甚至沒有認同。在這樣的語境中，如果使用「國
難」、「國難文學」這樣的提法和概念，似乎就不免帶有認同清朝君主
之「國」與中華民國之「國」的言下之意。而不提「國難」、「國難文
學」、使用「反侵略文學」這樣的概念，似乎就可以迴避政治層面上
認同的尷尬。

　　但相同的問題，卻又以不同的方式困擾著主流政治觀念的邏輯，
那就是「愛國主義」。長期以來，更多人使用「愛國主義」一詞來指
稱「百年國難文學」史上的相關作品及文學現象。「愛國」是個古老
的詞彙，《戰國策・西周》有「周君豈能無愛國哉！」這裡的「愛
國」指當時的諸侯國，在不同的歷史時代，「愛國」的「國」有著種
種不同的內涵，例如屈原的「愛國」，愛的是他所屬的封建諸侯國；
陸游的「愛國」，愛的大宋王朝；林則徐的「愛國」，愛的是大清帝
國。歷史上，「愛國」總是和「忠君」聯繫在一起，稱為「忠君愛
國」。除去所「忠」之「君」的不同，「愛國」指的都是一種愛家鄉、

愛故土、愛父老、愛國民的高尚情操。而後來在「愛國」一詞基礎上合成的「愛國主義」一詞，是一個相當具有現代性的概念，具有鮮明的政治內涵和現代國家意識。在國內政治的語境中，「愛國主義」的前提是對現有政治體制的認同；在國際政治的語境中，「愛國主義」往往具有鮮明的對外指向，激進的「愛國主義」常常被視為「民族主義」、「國家主義」的同義詞。在國際政治語境中，「百年國難文學」無疑是「愛國主義」的，因為它反對的是帝國主義列強；但從國內政治的語境中來看，「百年國難文學」常常並不是對當時政治體制的認同，更多的是反思、批判與否定。例如，對清政府、對北洋軍閥政府，「國難文學」都做過痛烈的批判。在今天完全超越的立場來看，批判腐敗政府無疑是「愛國」的表現，而在當時，這些批判者卻常常被政府當局視為「國賊」，因為「國難文學」家們並不認同統治者之「國」。的確，從政治學的角度看，「國」或「國家」並不只是指代國土、國民，也指統治國土、管理國民的國家政權，因為「國家」首先是以制度和暴力來維持的政權實體。這樣，「愛國主義」所愛者，不僅僅是國土、國民，也應包括統治國土與管理國民的國家政權。從這個角度看，「百年國難文學」不完全是現代意義上的「愛國主義文學」，「百年國難文學」的許多作品名稱中，常常帶有「痛」字、「恨」字、「難」字，因而與其說它們是「愛國主義」文學，不如說是「恨國」、「痛國」、「難國」的文學，更準確、更概括地說，就是「國難文學」。當然，「愛國主義文學」這一術語今後當然可以繼續使用，但「愛國主義文學」只能在一定意義上用作泛指，而「國難文學」或「百年國難文學」則是一個具有特定時序的歷史的、文學史的、學術的概念，「愛國主義文學」最多只能包括、但不能替代「國難文學」或「百年國難文學」。

　　百年國難時代，每一次重大的國難事件都伴隨著大量相關的文學作品出現。圍繞著相關事件而產生的大量詩歌、政論、戰記、戲曲、

小說等純文學作品及具有一定文學性的非純文學作品，真實反映了歷次國難事件的全過程，描寫了國家與民眾的苦難，發出了反抗的呼聲，並痛定思痛，對國家前途命運、國民性格等問題做出了反省與思考，有些作品還表現出鮮明的國家意識與自覺的世界意識，不僅具有重要的歷史文化價值，也具有不可忽視的文學價值。總之，「百年國難文學」是中國文學發展史上特定歷史時期的文學現象，它是特定的社會時代的產物，是國難時代的產物。「百年國難文學」是那一百年的文學主流，最能概括體現那一時期中國文學的根本性質與特點。

三

　　回顧以往的學術史，學者們對百年國難文學進行研究，大致開始於「百年國難」時代即將結束、而「八年抗戰」時代全面展開之時。當人們把上一個時代作為一個「歷史時代」和「歷史現象」進行觀照與研究的時候，往往意味著被研究的那個時代與研究者所處的時代，已經形成了心理上的客觀距離，具備了研究的主觀心境與客觀條件。著名文學家、學者阿英先生最早著手對「國難文學」進行研究。一九三八年，阿英搜集整理、編輯出版了《近百年來國難文學大系》，其中包括《鴉片戰爭文學集》、《中法戰爭文學集》、《甲午中日戰爭文學集》、《庚子事變文學集》共四種資料集，還編寫了《近代國難史籍錄》、《中英鴉片戰爭書錄》、《甲午中日戰爭書錄》、《庚子八國聯軍戰爭書錄》、《國難小說叢話》等一系列書目集。這些資料的編纂，為中國百年國難史及百年國難文學史的研究，開闢了道路、奠定了基礎，提供了可靠的第一手資料，示範了文史結合、以文證史、以史論文的研究方法。阿英先生為各卷撰寫的序言，將各次國難文學的來龍去脈、基本特點，提綱挈領地加以梳理和分析，可以說是研究該問題的高水平的系列論文。除了編訂多卷本的國難文學集外，阿英還根據自

已多年搜集資料的基礎上，撰寫了《近百年中國國防文學史》[2]一書，論述了從鴉片戰爭到一九三五年日本增兵華北近一百年來的國難文學，可惜該書稿已經遺失，僅留下了《近百年中國國防文學史・自序》。在這篇序言中，阿英回憶了一八三九到一九三五年間的國難大事，分析了國難文學的形成，認為「一百年來我們有無數的作家，用著文學的各種各樣形式，在不斷的表現自己的憤怒、喊叫，促使廣大民眾的覺悟，直接間接的傳達出強烈的反抗帝國主義的聲音。」並呼籲廣大讀者，特別是文學史家重視這種特殊的文學，稱這種文學「真正能代表中華民族的『魂』」。[3]

　　然而，阿英先生以降，由於種種原因，「國難」一詞近於死詞，對百年國難文學的研究十分冷清，迄今為止，關於國難文學的專門的研究著作一本也沒有。對各次具體的國難事件及國難文學的研究也很不平衡，但也多多少少、陸續有一些零星的研究成果出現。但總體來看還很薄弱。改革開放三十多年來，學界對「中國近代文學」的研究相當重視，但對屬於「中國近代文學」範疇的「百年國難文學」研究，卻沒有在半個多世紀前阿英先生的已有研究的基礎上有顯著的推進，其中有著種種主觀上的障礙與客觀上的困難。

　　首先是文學史研究的「視角滯定」問題。

　　所謂「視角滯定」，就是在學術研究及中國文學史研究中，使用某一兩種視角而不加改變，久之成為僵化模式。最為流行的「視角滯定」大概有三種。

　　一種是「通史視角」，即中國近代文學的研究，採用的是中國文

學通史的視角。表現在文學史階段劃分上，就是將中國的改朝換代、中國的政權更迭甚至外國的政權更迭（如1917年俄國十月革命），作為劃分文學史各階段的基本依據，具體到一八四〇年後的百年中國文學史，則以俄國十月革命及「五四」運動為界，人為地割裂為「近代」與「現代」前後兩個部分，使百年文學在歷史敘述與邏輯鏈條上產生了阻隔與斷裂，弱化了其連貫性與聯繫性。另一方面，回歸到文學本體，則將語言與文體的演變與轉換作為文學史矛盾運動的基本動力，於是近代一百多年的文學史，被劃分成用文言及傳統文體寫作的「舊文學」，和使用白話文及新文體寫作的「新文學」兩個部分，並從這一角度展開論述。「通史視角」常常不得不將不同時代、不同性質的作品納入統一的模式中加以分析評價，最為流行的評價模式就是「思想內容」與「藝術特色」二分法。而對「思想內容」常根據既定的主流意識形態，作出「積極─消極」、「進步─反動」、或「革命性─侷限性」等等判斷，具體就是指出某作家作品「歌頌」了什麼，「批判」了什麼，「同情」了什麼，「表現」了什麼。「藝術特色」一項則要說明某作品「故事情節」如何生動，「人物形象」如何鮮明，「語言」如何優美之類。在這種話語模式中，不管什麼作家的什麼作品，不管是什麼時代什麼背景下產生的作品，都會被分析出大同小異的「思想內容」，以及其實沒有什麼特色的「藝術特色」。每一作家作品被分析出的彼此相同或相通「思想內容」和「藝術特色」越多，它越是經典之作。而以這種模式來評價「百年國難文學」，「思想內容」上常常是灰色絕望的、消極的，政治上常常是對腐敗反動當局抱有幻想的，對洋人的認識常常是矛盾的乃至糊塗的，民族意識常常是狹隘的，文化立場與思想觀念常常是保守的和落後的，階級意識常常是不自覺的和模糊不清的，結論自然是「價值不大」。而在「藝術特色」方面，由於是在「國難」時代的特殊環境或心境下產生的作品，大多並不是為純審美的目的而寫作，在藝術技巧上自然就缺乏「生動」、

「形象」、「優美」之類的藝術魅力。由於這樣的原因，在一般的中國
文學通史與近現代文學斷代史中，涉及歷次「國難」的作品，除了一
些名家的作品被提到之外，大量的一般作者的一般作品自然就會被
忽略。

　　第二種「滯定視角」是「審美至上主義」。「審美至上主義」是一
九八〇年代以後流行的一種觀念，是對一九三〇年代以來左翼文學及
文學理論所主張的「政治第一、藝術第二」的「思想傾向至上」的文
學價值觀的反撥。改革開放前，人們判斷一個作家作品的價值，主要
看他（它）的政治思想傾向；改革開放後，許多人的文學價值觀由
「思想傾向本位」轉向了「藝術性本位」，或者說，傾向於採取「純
文學」的價值觀，以「藝術」性和審美價值作為衡量作家作品的標
準。這樣做當然是有道理的，但堅持得太僵硬，就會出現矯枉過正的
情況，容易從一種狹隘走向了另一種狹隘，對文學研究也會帶來一些
消極影響。具體到中國近現代文學的研究，大量的研究者都盯著那為
數有限的名家、名作，而有些文學現象和作家作品，從純文學的、純
藝術的角度來看，價值不夠大，所以不被重視。「百年國難文學」的
大多數作品，大多屬於「通俗文學」的範疇，在文體上也是新舊交
叉，不夠經典，故而用「審美至上主義」的價值觀來衡量，有的或許
不值得在文學史上加以書寫。但是另一方面，那些作品卻有著某些
「純文學」的「純美」的作品所不具備的歷史文獻學價值、社會心理
學價值、文化學價值、比較文學與比較文化的價值。換言之，如果我
們的文學價值觀更開放一些，站在文化學的角度看，則「百年國難文
學」史上那些被一般研究者、被流行的文學史所忽略、按下不提的相
關作品，卻有著那些純文學所不具備的特殊的、豐富的文化內涵。

　　第三是單一學科視角，這主要是由學科劃分所造成的。近百年
來，在外國學術體制、大學分科的影響下，中國的學術研究很大程度
地拋卻了文史哲不分家的學術傳統，這固然是學術的進步，但過於僵

硬，常常走向學科之間井水不犯河水的分工乃至分離，使學者的格局、心胸和氣魄受到限制，學術研究的深廣度受到制約，造成歷史、哲學、宗教研究者可以不問文學，文學研究者可以不問歷史、哲學、宗教等學科。早在一九三六年，阿英先生就在《近百年中國國防文學史・自序》中說，我們的文學史家「一向只會評文章的優劣，爭辯誰是正統誰是非正統，早都有『國家事，管他娘』的成見在胸」，因而對近代百年間的豐富多彩的國難文學的研究不予重視。實際上，歷次「國難」形成都有著種種複雜的原因與背景，「百年國難文學」的研究本身，就是一個超越文史界限的跨學科研究。它屬於歷史學的研究，屬於中外關係史的研究、屬於軍事學與戰爭學、政治學、社會學的研究，更屬於文學史的研究。假如文學史研究者太過堅持「文學學科」本位，便不會涉足其他學科而研究「國難」文學；假如歷史學研究、特別是中國近代史的研究太過堅持史學本位，那麼也就不會涉足文學並且去研究「國難文學」。

另外一個原因是文獻學層面上的。對「百年國難文學」的研究而言，資料的收集整理工作是一個篳路藍縷、披荊斬棘，披沙揀金的繁難工作。相關文獻資料數量龐雜、散亂而缺乏整理，這和古代文學的文獻資料的狀況十分不同。古代文學由於研究歷史長，關注的人多，資料積累比較豐富，以「四庫全書」為主的各種叢書、全集、別集都有出版，也較容易找到。近代的情況則大不相同，許多作家的文集從未出版過，即使已經刊刻的，有些今天也已很難看到，而大量的小說、戲曲、詩歌、翻譯文學的文本又散布在數百種報刊雜誌上，查找、搜集、整理的難度是很大的。而且，兵荒馬亂的年代，物質匱乏、紙價昂貴導致作品印數少，紙質差不利於保存，導致資料大量遺失，許多作品分藏在各地（如上海、武漢、重慶等地），收集整理極為不便。蒙樹宏先生在〈雲南抗戰文學園圃漫步散記〉一文中，談到搜集抗戰時期的書籍和報刊時曾感慨說：「尋找這些出版物之所以困

難，一是因為其印數少，流通面不廣；二是因為多為土紙本，紙質差，不易保存；三是因為編、著者生活動盪，或因政治運動的緣故，或因後代的興趣不同，所藏或被銷毀，或作為廢品加以處理；四是因為後人重藏不重用，讓它們沉睡書櫥，隔斷了和讀者見面的機會，或以為奇貨可居，秘藏不露，索要高價。」[4] 此言甚是。

四

由於上述的種種原因，將「百年國難文學」作為一段相對獨立的文學史、作為特定歷史階段的獨特的文學現象、作為文史交叉的特殊文學類型，從比較文學的涉外文學及跨學科、「超文學」研究的角度進行系統、完整、深入的研究，至今還是一個空白。

為此，「百年國難文學」的研究不但要克服上述僵化的文學史觀念，解決文獻資料收集難的問題，還要擁有明確的研究性質、研究思路，使用恰切的研究方法。

在研究對象的性質上，《中國百年國難文學史》的研究是中國文學史的專題史研究、專門史研究。作為「專題史研究」，既要有「史」的意識，更要有強烈的「題」（問題）的意識。必須僅僅圍繞「國難」這一主題，收集資料、吸附資料、消化資料，明確意識到專題史與「通史」或一般斷代史的取材方法不同，文學通史及一般的文學斷代史，目的是以「文學性」為價值尺度，對歷史上的作家作品做出審美價值的判斷，並予以定性定位，而「百年國難文學史」的主要目的，是從文學作品，或具有文學性與文學色彩的相關文獻中看「國難」，因此在取材和立論方面都要具有「事件中心」的意識。凡是描寫「國難」題材與事件、反映「國難」主題的文學作品或具有文學色

---

4 李建平、張中良：《抗戰文化研究》（桂林市：廣西師範大學出版社，2007年），第一輯，頁240。

彩的文獻，都應納入研究的視野與範圍。而判斷「國難文學」價值高
低的標準，不僅僅是文學的審美價值，而是文學價值與歷史文化價值
的統一、當時影響力與後世生命力的統一。在國難文學的文本解讀與
文本分析中，要看作家作品對某次國難事件反應的速度與敏銳度、觀
察的角度與高度、思考的深刻度、描寫的全面度、情感表達的契合度
與共鳴度、傳播過程的時效性與感召度，並依此評價他（它）們各自
的文學史價值，進而對國難文學中所蘊含的國難意識、生存危機、心
靈震盪、世界觀念、愛國情懷、民族情感、反省與批判精神等，加以

分析闡發，這樣寫出來的「百年國難文學史」，既可以彌補一般
近代史研究、國難史研究中重視一般史料，而忽視、或不太顧及「文
學」性文獻的不足，也可以彌補一般文學史著作過分注重審美價值而
相對忽略歷史文化價值的缺憾。換言之，「百年國難文學」的專題研
究，應該採用許多學者已經成功運用的「以詩證史」即「文史互證」
的方法，以歷史學印證文學，使文學文本獲得史料價值；以文學文本
的形象性、細節性補充一般史書、史料的平實敘事方式之不足。「文
史互證」的方法實際上也是一種跨學科的方法。

「百年國難文學史」的研究，從本體論的角度看，是中國文學
史、特別是通常所說的「中國近現代文學史」中的重要組成部分；而
從方法論的角度看，則是「比較文學」的重要組成部分，屬於比較文
學的重要研究領域——「涉外文學」研究。筆者在《比較文學學科新
論》一書中曾提出：在各國文學當中，凡涉及到「外國」的文學作
品，都可以歸為「涉外文學」的範疇。由於「涉外文學」所具有的跨
文化、跨國界的性質，我們把「涉外文學」作為比較文學研究的主要
的對象或課題之一。[5] 中國的「百年國難」特別是重大國難都是「涉
外」的，而從這個角度看，中國的百年國難文學史也是「涉外文學」

5　王向遠：《比較文學學科新論》（南昌市：江西教育出版社，2002年），頁234。

史，因而應該採取「涉外文學」的研究理念與方法，注重「國難文學」中反映的一些跨文化現象、跨文化心理，注意揭示「國難文學」中的傳統文化成見與外來文化的衝突，注意「國難文學」作品中外國描寫、外國人形象描寫及涉外評論中的社會語境、感情趨向、時空視差、文化心理，以便盡可能準確地呈現國人的感情與心態在中外政治、經濟、軍事、文化全面劇烈衝突時代、在災難頻仍時代的起伏、震盪、失衡、調適與變化。這樣，《中國百年國難文學史》也就成為跨文化的、「超文學」的、比較的文學史，成為特定時代、特定角度的中外關係史。

最後還要強調的是，雖然有阿英等前輩學者開闢了研究道路，但進一步全面收集、整理原始資料，並寫出系統的專題文學史，尚屬嘗試和草創。而且，文學史研究是文學研究的基礎科學，特別是《中國百年國難文學史》這樣的專題文學史，更是基礎的基礎，因而它不同於高深的思辨性理論著作，不必追求新名詞、新概念的大量使用和觀點上的標新立異，不必做過度抽象的理論闡發，而是將「百年國難文學」的相關知識加以發掘、整理、統合，使之系統化，為此就要重視文獻資料的豐富翔實，重視稀見文本段落的徵引，重視代表性作家作品的文本分析，而盡力使它成為一部資料豐富、知識可靠、角度獨特、風格平實、面目新穎的專題文學史著作。

後記

　　二〇〇九年四月，我從吉林大學獲得博士學位後，來到王向遠教授這裡的博士後流動站做博士後研究，有幸進入「王門」，成為「王門」的一員，得以經常與王老師及「王門弟子」們聚會聊天，切磋交流。王老師是一個創作力旺盛、不斷超越和探索的人，跟在他的後面，不會再有閉塞、落伍的焦慮，受益匪淺。這些年來，老師每有新的思路、新的創作，常常會在課堂上、在師門聚會的席間與我們分享。有時，正好碰上老師剛剛寫完或者譯完一篇，會興奮地朗讀給我們聽，偶爾發錯一個音，還會像個孩子似地慌忙修改。這是一種分享，更是一種學術上的感染與傳授。

　　承蒙老師的信任，這些年來不斷地校閱老師的著譯文稿，在這個過程中也受益多多。記得我第一次幫老師校對的是《日本物哀》那本書。當時，一想到自己手中的列印稿將來要成書出版，像自己以前在書店看到的王老師其他著作一樣陳列在店頭，就深感責任重大。一個半月時間，我反覆校對書稿三遍。當時我剛入職中央財經大學外語學院，需要每天到學院坐班。為了抓緊一切時間看書稿，等車、坐車時，只要有一些時間，眼睛盯著的一定是書稿。我還記得那年三月的一天，北師大東門鐵獅子墳公交月臺，我等車時手捧書稿，在沙塵漫天中念念有聲的情景。老師曾說，校對書稿最好的辦法就是大聲念出來，這樣才能感受文氣是否充盈、文脈是否暢通。而那部書稿幾乎就是這樣出聲念著校對出來的。也是從這個時候開始，我才真正明白了譯文的語言如何才是美的，體會到了翻譯轉換的快感在哪裡，也真正

明白了以前早就接觸而一直沒有徹底搞清的所謂「物哀」，明白了
《源氏物語》寫的是什麼，對日本古典文學不再「恐懼」生畏了。其
實真不知道有多少日文出身的人像我這樣，讀了王老師的《日本物
哀》之後才開始真正進入《源氏物語》，從而對日本古典美學、對日
本的審美文化開始感興趣。最近一年幫老師校對的書稿是《日本文學
研究的學術歷程》（國家社科基金重大項目「新中國外國文學研究六
十年」的結項成果之一），我反覆看了七遍，並寫了長達萬字的書
評。為老師校閱書稿，已經成為我的讀書學習的一種方式。

　　校閱書稿之外，就是聽王老師的課。作為北師大名師，王老師的
課是很好聽的，既有學術史上的深邃與厚重，又有學術前沿的活躍與
開闊。我在工作之餘，只要能抽出空來，就跑到北師大蹭王老師的
課。王老師每週一次來校講課，課間或課後，等著老師指點的學生常
常在講臺前排成一個隊列，我也經常是那隊列中的一員。儘管每學期
的課程類型都是一樣的，但是王老師每次的講授都有不同。他把新思
考、新思路不斷加進去，還有更多的即興發揮，因而每次聽講都會有
不同的啟發與收穫。聽完他的課，許多疑惑都沒了，甚至連參加學術
會議的願望也大減了，覺得王老師的課堂帶給我的學術前沿信息已經
足夠，已無需長途跋涉費時參會。

　　我常想，王老師學問厚重精深，大概與他常年注重學術史、學科
史的研究也密切相關。寫學術史，就要多讀書，也要研讀歷史上各家
的學術成果，一個學者也就有了底氣和底蘊，也就能夠從歷史走出來
而站在最前沿。這些年來，王老師為東方文學、日本文學、比較文
學、翻譯文學等學科領域寫出了五六種學術史。我負責編輯的這一
本，作為《王向遠教授學術論文選集》的第三卷，除最後一篇〈「百
年國難」與「百年國難文學史」〉之外，都屬於中國比較文學學術史
方面的文章。但即便是對中國百年國難文學史的研究，也是運用比較
文學的觀念與方法的。本書收錄的二十篇論文大多是王老師在寫作

《中國比較文學二十年》一書時，邊寫邊作發表出來的，這也是王老師從博士論文《中日現代文學比較論》開始就形成的一貫的做法，也是他著述的一個特點。王老師曾反覆說過：學術刊物可以起到一個檢驗過濾的作用，著作的重要的章節經學術期刊的過濾檢驗，就能保證成書時的質量。這確實應該是著述上的一個不二法門。

　　記得張小嫻有這樣一句話：在對的時間，遇見對的人，是一種幸福。這句話放在學術研究的道路上也是一樣的，在追求學術研究的道路上，遇到一個明白人，能指引你前進的人，也是一種幸福。對我來說，王老師就是這樣的人。他的學術水平自然不用我來評論，但他作為老師、作為導師也堪稱表率。我最欽佩老師對待學生的耐心，他經常傾聽我們從學習到生活，再到工作中的小事情、小情緒，並幫我們一一化解。這些年，我能夠在工作崗位上得心應手，得益於老師無私、耐心的指點。現在，我作為學生，能夠參與編校《王向遠教授學術論文選集》，並以此見證和感念王老師從教三十年，我感到很開心，很榮幸，並期待著王老師的著作不斷問世，能不斷地為老師校閱書稿，並從中學習。

盧茂君

二〇一六年八月於中央財經大學外國語學院

作者簡介

王向遠教授一九六二年出生於山
東，文學博士、著作家、翻譯家。

一九八七年北京師範大學畢業後
留校任教，一九九六年破格晉升教
授，二〇〇〇年起擔任比較文學與世
界文學專業博士生導師。現任北京師
範大學東方學研究中心主任、中國東
方文學研究會會長、中國比較文學教
學研究會會長，中國作家協會會員。

主要研究領域：東方學與東方文
學、比較文學與翻譯文學、日本文學
與中日文學關係等，長期講授外國
（東方）文學史、比較文學等基礎課，獲「北京師範大學教學名師」
稱號。

主持國家社科基金重大項目一項，重大項目子課題一項，獨立承
擔國家社科基金一般項目兩項，國家社科基金後期資助項目一項，教
育部、北京市社科基金項目共四項。兩部著作入選為國家社科基金項
目中華學術外譯項目。

在《中國社會科學》、《文學評論》、《外國文學評論》、《外國文學
研究》、《中國比較文學》、《北京師範大學學報》等刊物發表論文二百
二十餘篇。著有《王向遠著作集》（全十卷，寧夏人民出版社，2007

年）及各種單行本著作二十多種，合著四種。譯作有《日本古典文論選譯》（二卷4冊）、《審美日本系列》（4種）、《日本古代詩學匯譯》（上下卷）及井原西鶴《浮世草子》、夏目漱石《文學論》等日本古今名家名作十餘種共約三百萬字。

　　曾獲首屆「高校青年教師教學基本功比賽」一等獎、第四屆「寶鋼教育獎」全國高校優秀教師獎、第六屆「霍英東教育獎」高校青年教師獎、教育部「新世紀優秀人才獎」；有關論著曾獲第六屆「北京市哲學社會科學優秀成果」一等獎、第六屆「中國人民解放軍優秀圖書獎」（不分等級）、首屆「『三個一百』原創出版工程」獎等多種獎項。

東方學研究叢書　1801001

王向遠教授學術論文選集
第三卷　比較文學學術史研究

作　　　者	王向遠
叢書策畫	李　鋒、張晏瑞
責任編輯	蔡雅如
特約校對	林秋芬

發 行 人	陳滿銘
總 經 理	梁錦興
總 編 輯	陳滿銘
副總編輯	張晏瑞
編 輯 所	萬卷樓圖書股份有限公司
排　　版	林曉敏
印　　刷	百通科技股份有限公司
封面設計	斐類設計工作室

發　　行　萬卷樓圖書股份有限公司

臺北市羅斯福路二段 41 號 6 樓之 3

電話 (02)23216565 傳真 (02)23218698

　　電郵 SERVICE@WANJUAN.COM.TW

大陸經銷　廈門外圖臺灣書店有限公司

　　電郵 JKB188@188.COM

香港經銷　香港聯合書刊物流有限公司

電話 (852)21502100

第三卷 **ISBN 978-986-478-071-6**

全　套 **ISBN 978-986-478-063-1**

2017 年 3 月初版

定價：18000 元（全十冊不分售）

如何購買本書：

1. 轉帳購書，請透過以下帳戶

　　合作金庫銀行　古亭分行

　　戶名：萬卷樓圖書股份有限公司

　　帳號：0877717092596

2. 網路購書，請透過萬卷樓網站

　　網址 WWW.WANJUAN.COM.TW

大量購書，請直接聯繫我們，將有專人為您

服務。客服：(02)23216565 分機 10

如有缺頁、破損或裝訂錯誤，請寄回更換

國家圖書館出版品預行編目資料

王向遠教授學術論文選集 / 王向遠著.

李　鋒、張晏瑞 叢書策畫.

　-- 初版. -- 臺北市：萬卷樓, 2017.03

　　冊 ；　公分. -- (王向遠教授學術著作集)

ISBN 978-986-478-063-1(全套：精裝)

ISBN 978-986-478-071-6(第三卷：精裝)

1.文學 2.學術研究 3.文集

810.7　　　　　　　　　　　　106002083